# 纯爱年代

ChuN ai NiaN dai

qing chun

青春
我们在最美好的季节里
拥抱阳光
拥抱雨季
我们把最浪漫的诗篇
最火热的激情
挥洒在这个
青涩的年代

刘佳乐/著

小说作家方阵丛书

中国财富出版社

**图书在版编目(CIP)数据**

纯爱年代/刘佳乐著．—北京：中国财富出版社，2014.3
(青春派小说作家方阵丛书)
ISBN 978－7－5047－5067－9

Ⅰ．①纯… Ⅱ．①刘… Ⅲ．①长篇小说—中国—当代 Ⅳ．①I247.5

中国版本图书馆 CIP 数据核字(2013)第 288489 号

| | | | |
|---|---|---|---|
| **策划编辑** | 王秋萍 | **责任印制** | 方朋远 |
| **责任编辑** | 白 昕 白 柠 | **责任校对** | 饶莉莉 |

---

| | | | |
|---|---|---|---|
| **出版发行** | 中国财富出版社 | | |
| **社　　址** | 北京市丰台区南四环西路 188 号 5 区 20 楼 | **邮政编码** | 100070 |
| **电　　话** | 010－52227568(发行部) | | 010－52227588 转 307(总编室) |
| | 010－68589540(读者服务部) | | 010－52227588 转 305(质检部) |
| **网　　址** | http://www.cfpress.com.cn | | |
| **经　　销** | 新华书店 | | |
| **印　　刷** | 北京兴星伟业印刷有限公司 | | |
| **书　　号** | ISBN 978－7－5047－5067－9/I·0124 | | |
| **开　　本** | 710mm×1000mm 1/16 | **版　　次** | 2014 年 3 月第 1 版 |
| **印　　张** | 12.5 | **印　　次** | 2014 年 3 月第 1 次印刷 |
| **字　　数** | 231 千字 | **定　　价** | 24.80 元 |

---

# 1

那一天对于姚大力来说将注定是个特别的日子，因为他翘首企盼了好久的一个人，再过不久就要出现在他的眼前。他兴奋难耐，右手时不时地敲打着方向盘，哼着曲调不准的小曲。仔细听来，似乎是当年在班级联欢会上与他合唱的那一曲《无悔这一生》。

寒冷的空气肆虐着城市的夜空，连声音似乎都被冻住了。

姚大力驾驶着黑色帕萨特在空旷的高速路上疾驰着，赶往五千米外的霖阳国际机场。一路上，他体会着这座城市在这几年取得的长足发展，感觉它就像是一部重型机器一样，从未停止过运转。

此时，路上的车辆已很稀疏。他忽然觉得一阵凄凉，一股愁绪涌上心头，短暂地取代了即将见到老朋友的那种兴奋。他觉得深更半夜还驱车奔波在外的人想必都是带着一些目的的，就像他一样，放弃了温暖的家，让自己的女人一个人在家睡觉，自己却投入到这暂时的孤寂氛围中。如果不是因为某些原因，任谁也不会如此。

姚大力把车子停好，并不急于走进航站楼，他要享受一下寒冷的空气，体会一下温度骤变给身体带来的那份刺激。他点起一支烟，将围脖拽了下来，顺便还敞开了衣领。

一架飞机从他头顶呼啸飞过，吸引了他的目光。透过吐出的烟气，他痴痴地望着那架逐渐升高又逐渐远去的飞机，表情变得凝重起来。也不知他是在敬畏那架庞然大物，还是在感叹坐在里面的那些为生计东奔西走的乘客。

候机大厅空空如也，只能看到屈指可数的几个人呆滞地靠在成排的椅子上，时而低垂着脑袋，时而左顾右盼。其他则在打盹，在半睡半醒地损耗着生命。当然，也有三三两两的年轻人，看起来二十岁出头，站在候机大厅中央谈笑风生。相比之下，他们倒是给寂寞的大厅增色不少。至于那些剩余的座位，明明已经没什么作用，却还在那里顽强地挺立着，宛如奔命于生活中的身不由已的人们。机场的电视里放着韩国节目，仿佛在向世人宣告自己已经是一个名副其实的国际机场。

姚大力斜靠在候机大厅的一角，注视着一切活动的生命，顺便等待着那架即将到来的庞然大物，期盼着见到他的兄弟。虽然大厅里明明有许多座位，可不知为什么，他却只想站在墙根，像一个执行任务的秘密特工。其实，了解他的人不会对他的行为感到奇怪，他之所以那样，是因为多年来养成的习惯，那种不想让自己过得太安逸，多少带点自虐倾向的习惯。

随着机场广播人员清脆洪亮的声音在空旷的航站楼里面回荡，那些处在半睡半醒之间的人们慵懒地揉了揉眼皮，姚大力意识到，他马上就要见到那位久违的老朋友了，不觉间脸上又泛起了笑容。

接机的人们不断向前涌动。姚大力站在后面，举目远眺，试图搜寻那个人的轮廓。久违的人们逐一相见，幸福的笑容洋溢在彼此的脸上，一路上谈笑风生，与他擦肩而过，朝着久候的汽车走去。他心急如焚，不断探头遥望出口。然而，直到“大部队”都已经走散，却始终不见那人的踪影。不管是行李太多也好，还是故意拖慢速度，以彰显他的与众不同也好，此刻姚大力的心中始终都只有一个想法——这个家伙怎么还是那么能装。在那一刻，他脑子里不自觉地浮现出一张脸——那是那个人见到姚大力之后可能出现的似笑非笑的滑稽表情。因为姚大力非常清楚，他等待的正是一个性格怪异的家伙。

眼瞅着候机大厅就要陷入又一轮寂静，姚大力才见到了想见的人。只见他大大咧咧地从通道里走出来，身边竟没带多少行李。

“耀祖！”姚大力狂舞着自己的手臂喊道。

高耀祖看到了姚大力，也加快了脚步。他走到了姚大力面前，一句话不说便左手搂住了姚大力的脖子，用攥着拳头的右手奋力敲打着他的后背。

“兄弟，你还是那么结实。”

“你也是呀，你胖了。”

“都快三十岁了，能不胖吗？”高耀祖向后退了半步，“不过你看我这肚子还行，你摸摸。”

“去你的，谁愿意摸男人的肚子。”姚大力笑着推开高耀祖。

“走啊，哥们儿这就带你去找几个，让你摸摸女人的肚子。”

“你还是算了吧，我可不是当年的我了。”姚大力说。

“瞧你说的，当年你也不行啊。”高耀祖挑着眉毛，嘲笑道。

“得，你就拿我开涮吧。行了，快走吧，你嫂子在家等着呢。”姚大力帮高耀祖提起了唯一的一个旅行箱，转身朝航站楼出口走去。高耀祖紧随其后，嘴上不依不饶。

“唉，你刚才说什么？是弟妹好不好。”

“是嫂子，因为我是你哥。”

“不要脸，我是你哥好不?”

“行了，你别跟我闹了。”

“不行，你说清楚，到底谁是谁哥。”

姚大力和高耀祖一路走，一路打，一路笑，一路闹，好像两个半辈子都没有笑过的人似的。对于如今的他们来说，周围的一切仿佛都显得不那么重要了。他们把曾经的故事藏在心里，只需要眼神的交汇，或彼此的一句点醒，就能唤起他们共同的回忆。

“吃饭了吗?”

“吃过一点。”高耀祖笑了笑，“我等着去你家吃呢。”

“没问题，等哪天你去我家，想吃什么你尽管开口，你也好几年没吃过关燕做的菜了。”

姚大力把高耀祖的行李箱放到后备厢里，两人迅速上了车。高耀祖二话没说，上车的第一件事就是点了根烟。

“懂不懂礼貌，也不问问就在别人车里抽烟。”

“你这车里的烟味还少吗？不知道的人还以为你车里着火了呢。”

这两个老小孩似的中年男人之间的关系让人难以理解，他们好像有意在找对方的不痛快，有意来挖苦对方。而被挖苦的人非但不生气，反倒乐在其中。好像被对方贬损一番，就如同获得了莫大的荣誉似的。

汽车很快就驶离了霖阳国际机场。高耀祖不想在这个鬼地方多滞留哪怕一分钟，他讨厌机场，讨厌生活的中转站；而对于多愁善感的姚大力来说，机场也绝不是个好地方。

“关燕还好吗?”高耀祖最终还是问了。这个女人虽然已经跟他再无任何瓜葛，但他还是忍不住要问。

“还可以吧，日子过得挺平静的。”姚大力说。

“有没有提起我，知道我回来，她有没有表现出很高兴的样子。”

“有啊，她说她都不想跟我结婚了。”姚大力笑着说。

“这个我信。”高耀祖冲姚大力诡秘地一笑，笑得丝毫不知廉耻。

“大哥，你就饶了我吧。”

“终于承认我是你哥了。”

姚大力叹了口气，没有说话。这一声叹息把高耀祖也给整“没电”了，车里瞬间安静了下来。姚大力心里有些责怪高耀祖，因为是高耀祖的出现，才让他把已经忘记的许多事情想了起来。但他也明白，记忆这种东西不可能是单一的，永远都是痛苦和快乐纠缠在一起，他不能也做不到只保留快乐的部分。

高耀祖是个天生聪明的男人，凭着对姚大力多年的了解，知道他心里有事。

“喂，我说你不至于还记着那些陈年旧事吧？”

“怎么可能呢，我早就忘记以前的事了。”

姚大力故作镇定，心想绝不能让高耀祖看出他的不自然，哪怕一丁点也不行。可是，高耀祖显然对姚大力刚才的表现放心不下，扭头对他说：“我说大力，我现在可是彻彻底底的局外人，刚才我只是跟你开个玩笑。”

“你想哪儿去了，”姚大力唯有自圆其说，“我只是有些伤感罢了。”

高耀祖不屑地哼了一声。时隔四年，姚大力又听到了这欠揍的声音。然而，姚大力并未撒谎。经历了那么多，他如何能够不伤感呢。过去的朋友如今都已经不在他身边，而且似乎永远也不会出现在他的生活中了。就像庭院中的麻雀，原本是一片吵闹的景象，稍有惊扰，便叽叽喳喳地一股脑飞走了。更让姚大力无法接受的是，高耀祖这家伙当年就那样一声不响地消失了，从此杳无音信。如今虽然回来了，却早已物是人非，连他都已经和关燕同居多年了。

“耀祖，你能跟兄弟我说说，那一年你为什么说走就走，甚至连你最好的兄弟都不通知一声。我想知道你当初为什么要做出那样的决定。”

高耀祖也不知道在想些什么，竟没注意到姚大力刚才的问话，当他回过神来的时候，便问道：“唉？你刚才说什么？”

“我问你为什么连个招呼也不打就走了。”姚大力无奈地重述了一遍自己的话。

“想去找一找人生的目标，你说人为什么要有目标？”

姚大力没有回答高耀祖的问题，听到高耀祖如此解释，他忍不住笑了出来，笑声中带着苦涩的味道。高耀祖竟然也能说出这样晦涩难懂还带有一丝悲凉意味的话，颇让他感到意外。高耀祖曾经也是一个十分开朗的人，向往美好的生活，纯洁的爱情。为了追求令他心动的女人，他也付出了许多。然而，他终究摆脱不了他所在圈子的局限性，或者说是游戏规则也并不过分。姚大力唯一困惑的是，岁月真的能在这么短的时间里便将一个人的棱角磨去吗？

“兄弟，为什么没再找个女朋友呢？”姚大力问道。

“你怎么知道我没找？”高耀祖好奇地问。

“你这样的人，如果有女朋友的话会不带在身边？我才不信呢。”

“还是你了解我，”高耀祖说，“不过你说错了，我在那边有一个女朋友，不过回国之前黄了。”

“对方怎么样？”

“相当不错，个子高、漂亮，父母是在南方做服装生意的。”

“不错嘛，”姚大力感叹道，“那为什么还分手了？”

“性格不合呗。”高耀祖答道。

“我说你呀，多少收敛一下，两个人在一起过日子，需要相互理解。就你这脾气，有谁能跟你合得来。”

高耀祖没说什么，只是简简单单地叹了口气。

伴随着不断从眼前晃过的路灯，高耀祖的那声叹息更显得悲切。昏黄的灯光如同岁月的风霜，无情地打在两个中年男人那沧桑的脸上，那感觉真比北方腊月天的空气还要冰冷。带着这种悲凉的感觉，黑色的帕萨特离机场越来越远。

姚大力把高耀祖送回了他在霖阳市的家，两人还在客厅里抽了两根烟，简单计划了一下未来几天的安排。姚大力害怕高耀祖一个人住这么大的房子会感到孤独，于是主动提出在这里陪他一晚。没想到高耀祖非但不领情，还说姚大力其实是对他有非分之想。最后，姚大力哭笑不得地离开了。

回到家已经是后半夜了。经过一晚上的折腾，姚大力忽然觉得肚子饿了，就来到厨房想自己煮点面条。姚大力习惯性地点了一支烟，刚抽了一口，身后忽然伸出一只手，拿掉了他嘴里的烟。

“你吓我一跳。”姚大力惊悚地抖了一下，“干吗像个鬼魂似的，把烟给我。”

“不给，不是叫你少抽烟吗？”

“这么晚了起来干吗。”

“我睡不着，想知道情况。”

“还好意思问，高耀祖对你贼心不死呢。”

“你嫉妒啦？”

“嫉妒也是应该的。”

关燕笑着从姚大力手里接过厨房的活，还从冰箱里拿出一个鸡蛋，打在锅里。姚大力一时无事可做，就坐在客厅的沙发上吸烟。

“没救了你，早晚死于肺癌。”关燕说完这句话，就不再搭理姚大力了。

不一会儿，一碗热气腾腾的面条端了上来。

姚大力捻灭烟头，开始朝着碗吹气。

“他变了吗?”关燕还不想睡，也坐到了姚大力身边。

“变胖了。”姚大力说。

“只是变胖了？没有变得成熟一些吗?”

“目前看来，没有。”

“真奇怪，像他那种那么在乎自己形象的人，竟然也会允许自己变胖。”

对于关燕的这句自问自答，姚大力没有再说什么，而是专心吃起了面条。关燕能看出这个男人的想法，透过他的一举一动，她都能猜到对方此时的心思，这就是两个同居多年的恋人必然掌握的技能，她把这种技能称之为无声的沟通。

与其招人讨厌，不如自觉滚蛋。关燕忽然想起了姚大力经常用来自勉的这句话，便笑着进屋睡觉去了。关燕离开后，姚大力觉得轻松了许多，他也终于能够安安静静地享受眼前这碗面条了。

吃完了面，姚大力将碗筷往洗碗池里一扔，转身就想往客厅走。可他又想了想，回到了厨房，耐心地把碗筷刷干净，放到了橱柜里。

“自己要结婚了，可不能再这样随心所欲下去了。”姚大力这样想着，关了灯，走进卧室，躺在了关燕身旁。

姚大力看着已经熟睡的关燕，很难相信从前的日子就那么在一眨眼间就过去了。统一的校服，齐颈的短发，不必化妆也娇嫩无比的脸庞。这些学生时代的种种特征，如今在这个女人身上也已经完全消去了。如果上天能够让他见到上学时的那个关燕，他很想开口问一句：“你能想象十几年后我们会走到一起吗?”

随着这句幻想中的问题，姚大力的思绪飞到了那个遥远的年代。

## 2

在盛夏里最酷热的一天，霖阳市第九中学的操场上人头攒动，学生和家长们伸长了脖子，目光一刻不离地聚焦在墙上的几张大红纸上。人群里有人欢喜，有人忧愁。其中有两个学生，并没有与家长一起来，因为他们各有各的心思：高耀祖觉得这种小事没必要非拉着家长一起，无非就是在红榜上找到自己的名字罢了。他对自己的成绩信心十足，这点从他并不急于往人群里面挤的悠闲状态中就能看得出来。

跟高耀祖站在一起的是姚大力，他同样一脸轻松，用一种很高的姿态藐视着拥挤的人群。不过，他这样做的理由可就有点悲催了，因为他几乎已经确定，红榜上不会出现他的名字，只能用嘲笑别人的心态给自己一点可怜的安慰。

“看完了就赶快走吧，还看个什么劲儿。”姚大力不屑一顾地说着，嘴角翘成了一个夸张的形状，“看完自己孩子的还不满意，非要连别人的也看看，什么心态。”

“你担心什么，反正又看不到你的名字。”

“我揍你。”

姚大力并没有生高耀祖的气，尽管他话不中听，但的确有道理。但他有时候就是喜欢垂死挣扎，不让他看一眼，他会死不瞑目的，如果他是那么容易妥协的人，他今天来都多余。

家长和学生们看到了想看的内容，或心满意足或垂头丧气地离开了。姚大力和高耀祖走上前去，开始寻找自己的名字。

“有了，我考上二中了。”高耀祖指着自己的名字，让姚大力看，可是姚大力并没有去看。

“没有，没有，还是没有，”姚大力瞪大了眼睛，“快出现啊。”

高耀祖也认真地帮姚大力寻找他的名字。此时他也不跟姚大力开玩笑了，因为他从姚大力紧蹙的眉头看了出来，姚大力现在可没心思开玩笑。

结果令人大跌眼镜，却也在意料之中。原本姚大力还幻想，万一自己运气好呢，答案能全蒙对，分数比高耀祖还高。看来这也只能是痴心妄想了。

“没事，想开点，反正咱俩还是好兄弟。”高耀祖拍了拍姚大力的肩膀。姚大力低垂着脑袋，流下了两滴眼泪。

他没让父母来是对的，因为没有人能受得了这种打击。眼看着其他同学一个个笑容满面地离开他的视线，心想那些家长们可能带着他们的孩子去吃大餐，去旅游；而他呢，注定要过一个悲惨的暑假。

如果你因此便对姚大力表现出无限的同情和惋惜，那说明你是一个富有同情心的好人，当然也可能是一个容易上当受骗的人。

当天下午，霖阳市农贸市场的一家电子游戏厅里，姚大力和高耀祖正在一台“97 格斗之王”的主机旁边奋力厮杀。

“我还以为你有多厉害，弄半天你就会用玛丽。”

“别废话，能赢你就好使。”

结果，姚大力连赢都没赢，被高耀祖使用的“八神以鬼步”灭队。不过高耀祖也并没有坚持多久，就在姚大力下去不久，高耀祖也被一个流里流气的小伙子给干掉了。

“看来你也就能在我面前嘚瑟。”

姚大力不怀好意地笑着，高耀祖一脸无奈。两人的游戏币打光了，时间也到了傍晚，于是便决定回家。他们上午便出来了，这个时候才回去，虽然已经初中毕业，但是在父母眼里，他们依然是好惹是生非的莽撞孩子；而且姚大力还没有意识到，等他回家之后，等待着他的将是什么。

夜晚，姚家一片死气沉沉。姚大力瑟缩着身子，蜷缩在沙发上，对面椅子上坐着他的母亲李凤。一家之主姚山河依旧对家里的这种紧张关系采取不理不睬的态度，一边吸着红塔山，一边翻阅着报纸。

李凤之前已经对姚大力劈头盖脸地一顿贬损，此刻是暴雨的间歇，姚大力随时做好了迎接第二轮的准备。

“山河，你倒是给点意见啊。”李凤将目标转向姚大力的父亲，让姚大力暗自窃喜。

“你着什么急啊，不就是重点高中没考上吗？没准够普高的分数线呢。”

“你看看孩子这成绩，就连普高的分数线也不够啊。”

姚大力彻底心灰意懒，这种打击简直就是火上浇油。

“实在不行就复读吧，你说呢？”李凤问道。

“那就复读吧。”姚山河很平静地说。

姚大力此刻已经不能再忍了，明明是跟他息息相关的事情，父母谈论起来就好像是身边没他这个人似的，而且他要是再不说点什么，可能就更被动了。

“妈，我不复读，别人都上高中了，我还跟一大群傻小子在初中混，这算怎么回事啊。”

“就是，又不是没有其他路可以选择，干吗非得复读啊。”姚山河放下报纸，郑重其事地说。

“刚才同意复读的是你，现在你又赞成不复读了，你到底有没有主意啊。”

“不是我有没有主意的问题，孩子才刚考完试，你先让他歇一歇，非得今天拿定个主意不可吗？”

李凤也觉得自己有点咄咄逼人。以往的经验告诉她，在决定大事时，她显然不如丈夫。可是李凤对姚大力的关心可是丝毫不输给丈夫的，所以姚山河也清楚，不给妻子吃一颗定心丸，她不会轻易罢休。

“别着急，我同学认识一些教委的朋友，改天我去找他聊聊。”

姚大力见父母的情绪都有所缓和，便趁着这个机会溜回自己的屋子，关起门来给高耀祖打电话。

姚大力本来想让这个好兄弟安慰他一下，没想到高耀祖对于姚大力的遭遇却显得漠不关心，末了还让姚大力第二天陪他去未来的学校采风。

姚大力答应了高耀祖，立刻挂掉了电话，打给第二个同学。他想好了，如果第二个不行，他就打第三个，他就不信找不到一个能听他诉苦的人。

## 3

第二天风和日丽、艳阳高照。到新学校采风是新学生们乐此不疲的事情：提前看看自己的学校，幻想着自己将来能够在里面有所作为、名留青史，是大多数学生都幻想过的美梦。

高耀祖当时的心态可以用气吞山河来形容，姚大力这个倒霉蛋跟在高耀祖身边，两人雄赳赳、气昂昂地一路飙车来到霖阳二中，将自行车停放在存车处，以一副领导人前来视察的架势走向二中大门。

高耀祖的自信源自于他优异的中考分数，以及他在所有考试中均列年级前五名的荣誉；而姚大力的自信则来自他的叛逆倾向。在老师的责骂声和家长的失望情绪下渐渐长大的孩子，多少都有那么一点对抗心理。总之是对新接触的事物都要对抗一下。

除了上学和放学时间以外，二中的大门始终是处于关闭状态的，只有旁边的一个小门虚掩着。小门左侧照例跟其他学校一样，是一间面积不大的门卫室。姚大力在离门卫室还有几米远的地方时就已经有种预感——他觉得门卫室的人不会让他们进去，但既然高耀祖决定走进校园里看看，那么就一不做二不休，低着头往里闯。于是姚大力加快脚步，走到了高耀祖的前面。

“等一会儿。”他们刚跨过小门几步，就听到身后传来不祥的声音。

姚大力无奈地站住了脚，转过身来，看到门卫室里走出一个身材粗壮的男人。

“你们是哪的?”

“老师你好，我们是初中毕业生，考上了这所学校，提前来看看。”

姚大力觉得高耀祖完全没必要跟这个粗鲁的男人解释得如此详细，但事实证明，那个男人得知了他们的身份之后，语气多少变得和气了些。

“高一新生啊，现在也没开学啊，开学再来吧，学校正在补课呢。”

“老师，我们不进楼里，就在操场上转转。”高耀祖和颜悦色地说。

姚大力觉得这事原本成功的希望就不大，经高耀祖这么一说，更是彻底没戏了。老师他见得多了，这种呆头呆脑的老师就是属于软硬不吃的。结果正如姚大力所料，那老师好说歹说就是不让他俩进去。

正当他俩打算放弃的时候，大门外一辆黑色的日系轿车轻轻地鸣了一声笛。

门卫室的老师顿时不再理会姚大力和高耀祖，转而去开大门。大门打开，日系轿车缓缓驶进校园。

连姚大力也不得不承认，当他第一次看见从汽车里面走出来的关燕，真心觉得她是一只被父母关在笼子里养了十几年的小鸟，即使放出去，也没有勇气飞向广阔的天空。

关燕唯唯诺诺地站在妈妈身边，连头都不敢抬。最可笑的是，明明都已经初中毕业了，却还穿着第十中学的校服。

“哼，世界上还有这样的女孩。”姚大力不屑地哼了一声，又看了看高耀祖。

他发现高耀祖并没有注意听他说话，而是在全神贯注地观察着关燕的一举一动。高耀祖希望关燕能把头抬起来一些，这样他就能透过关燕那遮住半张脸的头发，看到她秀美的脸庞了。

“老师，我们跟车主任约好了，今天带孩子来看看学校。”关燕的妈妈跟那个老师客气地说，“您看我们把车停哪里比较好。”

“开进去往左转就行了，小姑娘考上了，不简单啊。”看门的老师脸色转变得很快，刚才还板着脸，此刻却变得和颜悦色起来。

关燕害羞地朝门卫室的老师点了点头，露出小家碧玉般的微笑。这微笑吸引着站在不远处观察她的高耀祖，以至于高耀祖没有看到姚大力的举动，也没有及时阻止他。

姚大力几步走到看门人的面前，理直气壮地问道：“老师，他们都能进去，为什么我们就不能进去啊?”

看门人似乎没有碰到过跟学生讲道理的情况，听到姚大为的话，露出一副不可思议的神态。

“人家是来找人的。”看门人说。

“那我们也是来找人的。”姚大力说。这时高耀祖也走了过来，但是他的目光始终没离开关燕。

“你找谁呀？”

“我们找刘老师。”

“你可别瞎掰了，这学校里压根儿就没有姓刘的老师。”

“怎么就没有啊，我就不信了，这么大的学校就找不出一个姓刘的老师。”

“去去去，赶快走，别没事找事。”

这种赶苍蝇似的态度显然让姚大力有些恼火，他还想继续跟看门人争执几句，还好高耀祖及时过来拉住了他，生拖硬拽把他拉到了学校大门对面的马路上。看门人不想让姚大力再来找他的麻烦，便小心翼翼地将小门也给关上了。

“你拉我干吗啊，咱们得教训教训他。”姚大力甩开了高耀祖的手说。

“别在人家面前丢人现眼了。”

“怎么会是丢人现眼呢，”姚大力反应过来，“你说在谁面前丢人现眼？”

“那女孩都笑话咱们了，你看到没有？”

“没看到，”姚大力摇摇头，“哎，我说你让我陪你来干什么来了，能不能办点正事。”

“这就是正事，我要追她。”高耀祖说话的时候，目光炯炯有神，面带浅浅的微笑。姚大力觉得高耀祖的心中充满了期待，不是期待这所霖阳市数一数二的重点高中，而是期待着能认识那个女孩。在高耀祖的期待之下，姚大力也想一睹关燕的芳容，于是这两人在二中对面蹲了很长时间，门卫室的看门人也时不时地透过小窗户好奇地盯着这俩人。

终于，日系轿车再次从学校里出来，直接开上了大路。高耀祖和姚大力始终也不明白，他们明明一直盯着校门，却没看到那辆车是何时开出来的。

当晚回到家，姚大力的情绪又陷入了低谷。他有点埋怨高耀祖非要拉着他去霖阳二中采什么风。校园没进去不说，还让他产生一种不切实际的幻想——要是他也能去那么优秀的学校该有多好。他感觉高耀祖的行为就好像拿着一块肉，明明不会给你吃，却还要在你眼前晃悠晃悠，看你露出馋相后，再吞到自己肚子里。

李凤看出儿子心里有事——现在她的心态已经逐渐平和，不会再给儿子施加什么不必要的压力了——于是她走进姚大力的房间对他说：“大力，怎么了，不高兴啊？”

“今天陪高耀祖去了趟二中。”

李凤果然是做母亲的，她一下子就明白了儿子心里的那种羡慕、嫉妒的情绪，她那悲天悯人的情怀又上来了。

“你也想去二中吧，儿子。”

“去是肯定去不成了，但是我实在是不想复读。”

“不会复读的，那么多高中呢，肯定能上一所，你爸会想办法的。”

姚大力知道妈妈的话顶多能起到安慰人的作用，至于他能上哪所高中，依旧是没谱的事情，但是他还是喜欢听这种话。因为这种话能给人精神上的力量。没了精神，人就不能称为人。

## 4

虽然过程不同，结果不同，但享受的待遇却雷同，这就是典型的 80 后所具有的优势。80 后的父母们是吃苦的一代，长大了，他们不想让这种苦延续下去，但是自己的童年已经不复再来，只好将他们的美好心愿寄托在孩子身上。

高耀祖的爸爸高建波给儿子买了当时在电脑城里最昂贵的电脑，高耀祖还用零花钱购买了全套的四驱车改装工具。姚大力则为自己添置了一台次时代游戏机，终于玩上了梦寐以求的《最终幻想 7》，向全机种制霸的理想又接近了一步。

除了打游戏机，姚大力还喜欢看一些课外书，他从不读什么高深的文学作品，倒是喜欢看一些童话故事和带有幻想性的作品，像是《一千零一夜》《安徒生童话》之类的，这可能也跟他经常沉迷于游戏世界有关。看得多了，玩得多了，他也会尝试着自己写一写，但是他觉得自己写出来的东西都是些入不了他人法眼的作品，只能供自己欣赏罢了。

其实那段时间姚大力还是很在意自己的未来的，所以假期过了一半的时候，他的心也开始慌了。而就在这时，姚山河给儿子带来了一个天大的好消息。

“今天去见了教委的一个老同学，他说大力的成绩想上普高也没什么希望。”姚山河说。

听到这话，姚大力的希望顿时像一个升到水面的气泡，瞬间化为无形。

“这可怎么办啊。”李凤焦急地看着自己的丈夫。

“别着急啊，我还没说完呢。”姚山河像是有意卖关子，“虽然上不了普高，但是我那老同学说，有一所省重点今年打算开个分校，属于民办公助，咱儿子上那所学校还是有希望的。”

“那不就是私立吗？拿钱就能上。”李凤对这个结果仍不够满意。

“你懂什么呀，人家那可不叫私立。我刚才不是说了吗？是民办公助，老师都是从省重点里挑出来的，只不过学费可能高点，但是对成绩还是有要求的。我这边找找人，花点钱走个后门，大力差不多就能进去。”

姚大力听来听去，到最后也没弄明白民办公助和私立之间到底有什么区别。不过，得知他还是有可能念一所高中，他也多少放心了。但是，假如这件事情真的能成的话，也就意味着他铁定不能跟高耀祖念同一所高中了。他转念又一想，觉得这种想法很可笑，就凭他的中考成绩要是能读二中，那才是对普天之下的莘莘学子最大的不公平。

姚大力度过了一段孤独寂寞的日子，因为高耀祖不久前就随同家人到海南玩了一圈，一走就是一个月。在此期间，他们只通过一次电话。而且姚大力在家里的这段时间过得也不舒服，因为不管家里发生了什么事情，他总是能隔着一道门听得一清二楚。姚大力上初中后，姚山河为了发展自己的事业，经常早出晚归，有时候因为应酬还会喝得烂醉如泥。李凤经常因为这些事跟他争吵。以前，她都忍了，如今却不必担心会影响孩子学习。她也似乎明白了，姚大力在家里根本不学习的事实，所以也就没必要再容忍自己的丈夫了。

耳朵遭受了一个月的折磨，姚大力终于等到了高耀祖的电话。

“兄弟，我回来了。”

“你终于回来了，明天去打游戏吧。”

“好啊，你来找我吧，我在家等你。”

第二天，姚大力迫不及待地就去见高耀祖，可是高耀祖上来问的第一句话就让他感到很不痛快。

“兄弟，学校有着落了吗？”

“先别提这个了，海南好玩吗？”

“没什么可玩的，要不是陪我那几个亲戚，我早就回来了，还是霖阳好。”

“那当然，在一个没有兄弟和哥们儿的地方，风景再美也没用。”

高耀祖点了点头，似乎十分赞同姚大力的话。高耀祖刚到家一天，还有点疲惫，所以他决定不骑自行车，让姚大力带他。等高耀祖坐到了自行车后面，姚大力二话没说，蹬着自行车就出发了。

他们这次活动可算不上顺利。在骑行的过程中，自行车的速度过快，遇到一个十字路口，姚大力想秀一下车技，于是拐了一个公路摩托车似的急转弯，可自行车后轮承受不了如此大的重力，在惯性的作用下，顿时折成了九十度直角。姚大力和高耀祖同时倒向右侧，姚大力擦伤了手臂，高耀祖的后脑磕出了一个大包。

“你还能不能行。”高耀祖咬着牙站了起来。

“这车怎么这样。”姚大力皱着眉头说。

他俩呆呆地盯着报废的后轮看了一会儿，终于忍不住笑出声来。

“你个傻子。”高耀祖说。

姚大力承认自己很傻，所以没有反驳，只是一个劲地傻笑。

自行车看来是不能骑了，他俩一个人抬着后座，另一个人在前面掌握方向，好容易才找到一个修自行车的大爷。修车大爷用难以置信的眼神盯着那辆自行车。那眼神好像在告诉他们，这是他这辈子接过的最有挑战性的活了。

“能修好吗？”姚大力对修好后轮不抱什么希望，他觉得换轮胎是在所难免的了。

“没问题，看来问题不大。”修车大爷的自信让姚大力和高耀祖为之一愣。

他们站在那里，看着修车大爷娴熟地修起来。只见修车大爷用手中那些灵巧的工具，将车条一根根卸了下来。车圈没有了支撑，扳过来就容易得多了。之后，那修车大爷又用锤子进行细微的修正，那态度真是一丝不苟。不知不觉中，姚大力和高耀祖竟然沉浸在这种观看修自行车的乐趣当中了。

“以后考不上大学，修车也不错，是吧。”姚大力对高耀祖说。

“好啊，以后你就干修车，要是自行车坏了，就都到你那里去修。”高耀祖说。

“这活可不是你们干的，”修车的老大爷边修边说，“只有我们这样没出息的人才干，因为也干不了别的呀。”

“我不觉得修车是没出息的工作，有自行车就总得有修车的，修车挺有意思的。”姚大力反驳道。

高耀祖并没有把姚大力的想法当回事，但姚大力的确是这么想的。他对体力劳动有一种崇拜感，觉得那才是男人应该做的工作。正是这种心态，才使姚大力在未来的漫长日子里，始终保持着他所认为的男儿本色。而正是这种男儿本色，不知不觉间吸引了关燕的注意。

车子修好了，修车大爷这个活接得高兴，竟然只收了他们 10 块钱。骑上刚修好的车，姚大力和高耀祖小心多了，到了拐弯的地方，高耀祖直接跳下车——他可不想再出任何意外了。

但是意外还是发生了，姚大力和高耀祖在游戏厅玩得昏天黑地，出来的时候，发现刚刚花了 10 块钱修好的自行车被偷了；并且从此以后，他们再也没见过那辆自行车。

## 5

“妈，我车丢了。”姚大力低着头，小声地对李凤说。

“又丢了？”李凤差点快被气疯了，“这都丢了三辆车了。”

“没办法，不是我想丢，关键是总有人偷啊。”

“有人偷你不会小心点，不会不骑车。”

“有车不骑，买它还有什么用啊。”

姚大力极希望父亲能站出来圆个场。以往的案例充分说明，姚山河在这个时候的一句话，总是能起到化解矛盾的作用，这也是他的例行工作。姚山河果然不负众望。他先是对李凤好言相劝了几句，又代替姚大力说下回肯定注意点，两头就基本达成了停战协议了。

女人的性格是反复无常的，姚大力趁母亲还没有再次唠叨之前，迅速溜回了自己房间，把门一关，自己看起书来。

姚山河心里有事，总是坐立不安的。李凤看出他的心思，便关切地询问起来。可是姚山河并没有做好把心里的事情对李凤说的准备，突然被询问，他有点不知所措。

“到底怎么了，跟个赶集的似的，来回走什么呀，抽烟就坐那抽呗。”

姚山河果然按照李凤的指示坐在了沙发上，可见他脑子里已经完全被那件事占据了。

“铁柱今天给我打电话了。”姚山河说。

听到“铁柱”这两个字，李凤的心突地跳了一下。本能的反应告诉她，姚山河的这个亲弟弟给他打电话，十有八九不是什么好事。

“什么事啊？”

"借钱。"姚山河的回答言简意赅，可是这个回答足以令妻子震惊和不安了。

"他怎么又借钱，上次借的还没还呢。"李凤的言外之意是不要借，但姚山河听不出话外的意思。

"上次那点钱，我也没打算让他还，再说他肯定能还。"

"我不管了，反正借不借你自己拿主意吧。"

李凤起身走进了卧室，好像真的不想过问此事了。可是姚山河清楚得很，自己的妻子是不可能对这件事置之不理的，他太了解妻子了。姚山河唯一能做的就是在客厅里抽烟，看看报纸，晚一些时间再上床睡觉，或许可以避免被妻子拷问。

一个人的时候，姚山河想事情的思路就比较开阔了。他能够从头到尾把自己的家庭规划设计一番。他的妻子，他的孩子，他远在南方的弟弟和弟妹，还有他们的小女儿。他也知道一个男人若想将这些家庭成员全部照顾到，自己必须要达到一个很高的高度才行，要有足够的资本，否则只能是一纸空文。

姚山河现在有一个小厂子，虽然生活也算是小康水平，但是他觉得要想达到自己设定的标准，这点小事业还远远达不到他的要求。他需要走动，需要结识人脉，这些都需要花钱。所以，不仅仅是李凤对是否借钱给弟弟一事表示担忧，他自己也有点拿不定主意。而他跟妻子的不同之处在于，妻子只是出于对金钱的吝啬，而他要面对的则是更多的困惑。

姚大力在房间里并没有听到太多父母之间的谈话，但是他听到了"铁柱"两个字，便很自然地想到了他的堂妹姚瑶。姚大力平时的生活总是"丰富多彩"，再加上经常被老师和家长批评和管束，这些都占用了他大量的精力和时间，导致他有时都忽略了自己还有这么一个堂妹，以及多年不见的叔叔和婶婶。对于姚铁柱这一家子，姚大力几乎没什么印象。他只记得在他很小的时候，叔叔经常来他家逗他玩，至于婶婶和堂妹，那都是叔叔只身前往南方之后的事了。

姚山河借给姚铁柱钱的事，姚大力是知道的，但他不愿过问大人间的事情，所以他从来没在爸妈面前提起过。但是，从这件事上能推断出，叔叔在南方过得并不安稳。他唯一不理解的是，既然过得不好，为何不回来呢？男人的自尊和面子真的就那么重要？

姚山河经过深思熟虑，想着自己就这么一个亲兄弟，说什么也不能不帮。于是，他不理会妻子的委婉阻挠，最终还是把十万块钱给姚铁柱汇了过去。结果，这一汇过去可就出事了，使好事变成了坏事。

就在钱汇过去不久，姚山河在教委的同学告诉姚山河一个令他喜出望外的消息：姚大力有希望到霖阳二中念书了。据可靠消息说，二中的校长还有三年就退休了。在退休之前，他很想改善一下自己的经济条件，于是这一届的借读生很有可能会非常多。当然，天下没有白给的午餐，借读需缴纳的费用也是价格不菲，三年共六万块钱，而且要一次性付清。姚山河得知这个消息之后，肠子都悔青了。他不敢跟李凤说，倘若李凤知道了这件事，等待他的可就不是委婉的指责了，而是轰炸机般的狂轰滥炸。姚山河打算暂时把这件事隐瞒下来。作为一家之主，他的一个基本生活原则就是报喜不报忧。

姚山河以为这是他犯过的唯一错误，但是坏事情却接踵而至。就在这个时候，东方红私立高中给姚大力寄来了录取通知书，这也就意味着又要交出一笔学费了。虽然学费不是很高，第一年的学费需要九千元钱，可是姚大力一时半会儿也拿不出这些现金。他和李凤各有一笔存款，而他的十万块钱存款全部汇给了姚铁柱。假如他跟妻子说用她的存款来交学费，很容易引起妻子的怀疑。于是他决定暂时跟朋友借这笔钱来支付姚大力的学费。

其实姚山河有些过于一意孤行了，在这一系列事件上，他没有跟家里人商量过。尽管事情最后也顺利解决了，但是通过这件事，他也吸取了一些生活经验，知道有时候他也应该多跟妻子沟通，多听听家人的意见。姚山河这个人之所以能在事业上取得一点成就，靠的就是这种善于自我反省的习惯。这个优点使他不会在同一个地方跌倒两次，至少不会跌倒多次。就在他用借来的钱帮姚大力交了第一年的学费之后，不久，姚铁柱就给他汇了两万块钱，并在电话里表达了对亲哥哥的感激之情。

“铁柱，你还想在外面漂泊多长时间啊，真不考虑回来?”以前，姚山河跟弟弟通电话，基本上不提这些事情，但是他现在觉得有必要劝劝他了。

“哥，你不懂，人一旦出来，总想干成点大事，就算回去也好体体面面的。你让我现在怎么回去啊。”

“你跟谁体面啊，家也搬了，以前的老邻居想见一面都找不到人。咱们姚家就剩我们哥俩，你体面给谁看呢，给你嫂子看?”

“我现在回去，嫂子也会瞧不起我。”

“她不会，你想多了。”

姚铁柱不说话了。他不了解如今的霖阳已经不是当时那座民风淳朴，重工业气息浓厚的传统北方城市了。在大力发展经济的大环境下，很多情况都改变了。姚山河也不能完全理解姚铁柱的想法，毕竟他从小到大都没有离开过霖阳，所以一个人漂泊在外所必须具备的那种心态，他是不曾体会的。一个人在家里代表的是自己，到外面代表的是家庭，到其他城市则代表家乡，到了国外，代表的就是他的祖国，倘若到了外星，代表的则是整个地球了。姚铁柱就是这么想的，所以他有不回家的理由，因为他不想让家乡人民瞧不起他，尽管家乡人民都不知道他是何方神圣。

姚山河丝毫不知道，就在他俩通电话的时候，姚铁柱已经携家带口从南方来到了北京。那时候，从东北走出去的人大多都选择北、上、广这三座城市，而姚铁柱却不走寻常路，跑到了湖南省株洲市。其实，他也只是沿途经过那里，因被当地的城市氛围给感染了，于是就留在了那里。姚铁柱更适合做一个旅人，而非一心想做事业的创业者。要说他的性格和作风，在姚大力身上就能找到。姚铁柱当年成绩很差，初中毕业就不再念书了。他先是在家乡做了点小买卖——摆摊卖零食，赚了两年钱，于是就买了火车票，临走前还跟父母大吵一架。但是上了火车，他就哭了。因为原本极力反对他出去闯荡的母亲告诉他，在外面要好好发展，实在不行就回来。父亲的眼里也噙着泪，对此，他看得一清二楚。姚山河并没有多说什么，只说了路上保重，一切感情都包含在这简短的四字当中了。

“我会回来的，你们放心吧。”这是姚铁柱临上火车前说的唯一的话。

很可惜，他没有兑现这个承诺，原因就是他当时的理想太大，这个理想带给他太大的包袱。他想带着胜利的喜讯回来，可是他哪来的喜讯呢。他在株洲做了整整一年的饭店后厨，还不是厨师，只是个帮工而已。他发现南方人喜欢喝茶，就辞掉了饭店的工作，跑到福建安溪县的一个小山村，希望能在那里找到一些机会。他去的是一个相对贫困的村子，那里的确有茶叶，可是村民却非常穷，大多是一些小茶农。姚铁柱明白了，原来钱都被茶商赚去了。于是他风风火火地做起了茶商，并在当地认识了一个茶农的闺女。他们刚刚认识了一个星期，姚铁柱就在山坡上与她成就了百年之好。这方面他有些经验，都是在饭店打工的时候积累下来的。但是姚铁柱没有像对待其他女人那样对待她，而是把她娶到了手。这个女人就是姚铁柱的妻子陈爱玲。这事他都没有通知家里人，两人就在陈爱玲的娘家把婚礼办了。整个婚礼都是用姚铁柱倒卖茶叶赚来的钱操办的。

婚后，陈爱玲跟着姚铁柱进了城，后又随姚铁柱回到了株洲。不知为什么，姚铁柱就偏好这个城市，也许是因为这里有着跟霖阳同样浓厚的工业气息。那时候姚铁柱选择租房，将手里的钱全部投资在门市上面。这两年对他来说太顺利了，他的行为开始草率起来。结果，房地产商卷钱跑了，留下一座烂尾楼，坑了几百个商户，其中就有姚铁柱。

原本可以过上平静的日子，如今却只能租着别人的房子苟且偷生。这种生活令姚铁柱对这个城市失望透顶，但是他不能走，烂尾楼的官司还没有解决，他就必须在这里耗下去，最起码要讨个说法。

不管怎么说，生活还得继续。他们有了一个女儿，也就是姚大力的堂妹。这个时候正好是姚铁柱思乡心切的一个阶段，他觉得自己回到霖阳的日子几乎是遥遥无期，因此就给女儿起了个名字叫姚瑶。

也就是从那之后，他管姚山河借了几次钱，每次都不多，只是在某个需要用钱的阶段不得不借。

后来事情总算解决了，虽然解决得不完美。虽然烂尾楼被另一家承包商买下了，但他们在这里面玩了一个手腕。他们利用商户急于收回资金的心理，刚开始只给很少的补偿。一些商户不同意，另一些商户同意了。姚铁柱选择了妥协，得到了一些补偿。这笔钱他不敢再乱花，全部存到了银行里。株洲已经没有值得他留恋的东西了，于是他们一家三口选择了去首都北京发展。

他们刚到北京的时候，一时找不到工作，那点存款都在那个时候花光了。后来，陈爱玲做了一家茶叶专卖店的店长，姚铁柱在另一个茶庄做采购工作。这两个职位听起来似乎很不错，但跟大多数来京打工的外地人一样，他们买不起房子，而且姚瑶的学费几乎占用了夫妻二人收入的大部分，所以他们基本上是收入等于支出，于是，姚铁柱不得不再次给姚山河打电话。

当姚山河跟他提起回家的时候，姚铁柱这一次是真的动心了。以前在南方，姑且能把路途遥远作为一个牵强的理由，那么如今他身在距离霖阳只有七八个小时车程的北京，他还有什么理由不回去呢？

借到钱的那天晚上，他就跟妻子陈爱玲说起打算回霖阳的事。

“好呀，那我们就回去吧，我还没有去过东北呢。”陈爱玲赞成道。

姚铁柱对于妻子如此干脆利落的回答一点不感到奇怪。陈爱玲就是这样的女人。她敢爱，所以跟姚铁柱在山坡上就相爱了，爱得还挺火热的。她敢闯，跟着姚铁柱游历了很多城市，最后来到北京。最重要的是，她爱这个家，爱她的丈夫，也全心全意地支持他的决定。

姚铁柱也爱着陈爱玲。他喜欢听她柔声细语的说话声，也觉得那一口不是很流利的普通话很可爱。虽然陈爱玲外表看起来十分柔弱，但是姚铁柱知道，这个女人的内心是强大而且不可动摇的。

在回家这件事上，陈爱玲完全赞同，倒是姚铁柱的心开始动摇了。

“我们暂时先不回家，用两三年时间，咱们想办法攒些钱，怎么着也得把我哥借给咱们的钱攒出来再回去；否则，咱们跟落魄的乞丐有什么区别？回去了还是得接受他的救济。”

“你们东北男人就是好面子。”陈爱玲吃吃地笑着说。

“我身上也就只剩这么点东北人的特性了，咱们家再也找不出像我这样的人了。”

姚铁柱不无遗憾地说。只是他还不知道，就在霖阳，恰恰就有一个跟他年轻时一模一样的男孩——姚大力，他叛逆，倔强，有自己的想法。姚大力把这个亲叔叔的很多特点都原封不动地继承下来了。

## 6

姚大力和高耀祖度过了一个快乐的长假，直到开学之前的最后一周，一点小麻烦找上了他们。

对于一个初中毕业生而言，高耀祖的做事风格足以堪称高调了，就连上学的时候也是。比如他和姚大力放学后经常去吃市场里的一家羊肉串。当时包括大人在内，一次能买上五块钱或者十块钱的，就已经相当令人羡慕了，但是高耀祖每次都至少买二十块钱的，不够吃的话他们还要再加，久而久之，老板甚至认识了他们，允许他们赊账。吃羊肉串的人无非就是奔着吃去的，有钱就多吃，没钱可以少吃些，只要能尝到油水，就都有满足感，不至于因为吃得多少而发生什么矛盾。

那时候比较容易出危险的地方是“三厅一社”，即录像厅、舞厅、电子游戏厅和台球社。当时霖阳的游戏厅里还有老虎机那种变相赌博的机器，赢了的游戏币可以找老板换钱。高耀祖出手的阔绰程度丝毫不亚于那些成年人，甚至有过之而无不及。成年人只是拿这种赌博活动当做一种娱乐，对于某些家庭条件一般的孩子们来说，那些破金属币可就被其视如珍宝了。

“小弟，给我俩币子吧。”

高耀祖和姚大力正在配合《雷电》，旁边不知何时已经站了两个个子比他们高的学生，还不知廉耻地开口要游戏币。

姚大力好斗的本性被班主任压制了三年，面对这种突发情况，他一时不知道该怎么办，于是他看了看高耀祖。高耀祖的眼睛一刻也没有从游戏画面中移开，只是快速腾出一只手，从口袋里翻出几个游戏币，交给了他身边的那个人。那人竟然还颇有修养地说了声“谢谢”。之后，那两个人拿着打劫来的游戏币不知去向。在很长时间里，姚大力没有再看到那两个人。

当时很多小孩子对于游戏币的珍惜程度，从他们苦练一个游戏的技巧上就能看得出来。游戏币来之不易，因此他们会苦练一个游戏，直到达到一币通关的境界，这样就能用最少的投入获得最长的游戏时间。游戏高手都是这样逼出来的，而姚大力和高耀祖的游戏技巧是钱砸出来的，他们不用考虑游戏币够不够用。他们只要出现在电子游戏厅，就一定会玩到太阳落山为止，那天亦是如此。出了游戏厅，高耀祖跟姚大力跨上自行车，可还没有骑出市场，就被两个小伙子堵住了。市场已经过了买菜的高峰，人流稀少，没有人会在乎这几个小孩子究竟在干什么。姚大力很快认出了那两个人正是在游戏厅里向他们索要游戏币的人，他意识到此刻的相逢必然凶多吉少。

“你俩跟我们走一趟。”其中一个人说。

“干吗去?”姚大力硬生生地回了句。

那人怕是没想到姚大力会这样顶撞他，有点惊讶。从刚才高耀祖给他们游戏币的态度看，他们觉得姚大力和高耀祖应该乖乖跟他们走才对。他们不知道，当时高耀祖只是不想让他们打扰自己打游戏，所以才用最快速有效的方法解决了当时的麻烦。

“废话那么多，让你俩走一趟不行是不是?”那人很快定了定神说道。

“废话，当然不行，”姚大力说，“你让我跟你走，我他妈认识你是谁呀。”

话音刚落，一个突如其来的耳光落在了姚大力的脸上，令姚大力措手不及。姚大力长这么大，除了被初中班主任扇过两个耳光之外，还没受过这样的侮辱。他不慌不忙地放下新买的自行车，准备跟眼前的敌人一决胜负。没想到的是，站在他身边的高耀祖已经冲了上去，一脚将那个比他们年龄大的人踹倒在地。

“我操。”那人大骂一声，躺在地上滑了很短的一段距离。

“你不想活了。”那人身边的小弟看到此情景，才反应过来应该动手了。可是姚大力还是比他快一步，他一个铁拳挥了过去，那人的反应比较慢，根本来不及躲闪，就被打得眼冒金星。

“敢抢我的钱。”高耀祖并没有打算放过那个带头大哥，趁着对方还没有站起来的时候，冲过去猛踢。姚大力也冲上去跟高耀祖一起踢那个人。他本能地察觉到，以当时的形式，对方的年龄都比他们大，倘若单打独斗，恐怕最后吃亏的是他们，所以他和高耀祖必须合力对付首要目标。

果不其然，那个带头大哥被踢得始终站不起来。最后，姚大力抓着他的头发，发狠地问道："还牛不？"

"小兔崽子，你给我等着。"带头大哥恨恨地说。

"我等着，我看你能怎么的。"姚大力知道对方已经毫无斗志了，即使站起来接着打，也只有挨打的份，于是松开了手。

带头大哥起来后，说了句"有种你们别走"，就带着他的小弟离开了。

姚大力也回了他一句"我们就在这等你"。等看不到那两个人的身影后，便骑车带着高耀祖飞速逃离了现场。

在骑车逃离的过程中，他们的心始终悬在嗓子眼里。他们虽然害怕，但也兴奋，感觉就像是在玩"激流勇进"。事后回味起来，两人很为自己的英勇表现而感到自豪。两人骑到了离家很近的安全地点，才放松了心情，开始对刚才的行为大肆吹嘘一番。

"我还以为是多么厉害的人物呢，让我一脚就撂倒了。"高耀祖说。

"我那一拳也挺厉害。"姚大力说，"不过我真没想到，你怎么也不给人家一点准备，上去就一脚，我都被你给吓住了。"

"你还是太嫩，我要是不上，咱俩肯定挨打，就你还想慢腾腾地跟人家单挑？你也不想想，当时咱们在气势上已经输了，我那一脚为的就是扭转局势，要是没有我那一脚，咱们肯定赢不了。"

"你就吹吧。"姚大力嘴上虽然这样说，但心里却十分赞同高耀祖的说法。高耀祖的那一脚给他留下的印象太深了。高氏家族的霸气从那时开始，已经渐渐融入进高耀祖的性格中。

## 7

关燕和高耀祖在大学期间整整相恋了四年之久，如果算上高三，足有五年了。遗憾的是，他们两人的罗曼史也如同当今这个浮躁的社会一样变化无常，并最终不欢而散。这件事对高耀祖的打击似乎不小。姚大力一直觉得，在这件事上，他是有着不可推卸的责任的。因为姚大力从很早的时候就知道，关燕并不喜欢高耀祖，可是姚大力却还是充当了整个事件的导火索，鼓励关燕去尝试一场没有建立在感情基础上的恋爱。

这一切都要从高中开学说起。

姚大力正如父亲所说的，上了一所名字叫做东方红的私立高中。那是一所新成立的学校，目前还只有高一年级，也就是说，这帮学生刚上高中就已经成了本校学生中的“老大”。

接触新同学并不能给姚大力带来什么快乐，因为他有抵触情绪。他自认为没有任何人可以取代初中的那些好哥们儿，尤其是高耀祖，所以，刚开学的头几天，他很低调，时常保持沉默。他觉得新同学跟老同学相比差远了，他没指望在东方红私立高中遇到什么生死之交。

姚大力的同桌是个名字叫张伟的男孩，身材高大，四方脸、细长眼，严肃的外表下总给人一种滑稽的感觉。张伟很喜欢主动接近别人。在第一次班会上，全班同学做自我介绍的时候，姚大力就听到张伟在下面小声对上台的同学品头论足，还给别人起外号。姚大力听到张伟说出的那些俏皮话，也禁不住笑了起来。

“下面那位同学好像很有发言的欲望啊，”讲台旁边的班主任笑着对张伟说，“那就请那位同学先来自我介绍一下。”

忽然，大家顺着班主任的目光，把焦点都集中到张伟身上。姚大力注意到，张伟的脸瞬间红成一片。他原本皮肤就白，一旦红起来便特别明显。略微顿了一下，张伟便拿出破釜沉舟的气势，走上讲台。

坐在台下，一切看起来都顺理成章；可一旦走上讲台，张伟才明白，公开演讲是需要训练的。他的脸更红了，讲话也变得语无伦次。他说了自己的名字之后就打算下台，但是班主任却让他再讲几句。于是张伟说了自己的爱好、曾经的初中生活以及未来的理想。回到座位上的时候，姚大力注意到，张伟的额头竟然冒出了汗。

轮到姚大力的时候，情况也好不到哪去。姚大力紧张得甚至忘记介绍自己的名字。就在他以为结束了，往台下走的时候，才被其他同学提醒，结果他匆匆忙忙说出自己的名字，便狼狈地回到了座位上。

之后其他同学的自我介绍姚大力也无心去听，他一直在懊悔自己这次的糟糕表现，发誓以后再有这种机会，绝对要好好发挥。

当晚回到家，姚大力的情绪异常低落。每次到了一个新环境，他总要经历这样一个情绪低落的时期，然后才能逐渐适应。这一次，姚山河没有给儿子这种适应的过程。受妻子李凤的压力，姚山河早在儿子开学之前，就开始想办法运作他的上学问题了。

开学第一天，老师没有布置任何作业，姚大力也没什么事情可做，便早早躺下了。姚山河回到家的时候，姚大力被吵醒了。他从父亲的脚步声就能听出，姚山河是喝醉了回来的。姚大力来到客厅，照例跟爸爸打了个招呼。

“大力，还没睡。”姚山河靠在沙发上，“今天上学感觉怎么样?”

“没什么感觉，又不是第一天上学了。”姚大力说。

“爸爸今天跟市教委的朋友打招呼了，可能用不了几天，你就能去二中借读了。”

姚大力一听到这个消息，睡意全无了。他感谢爸爸，感谢老天，他终于能回到兄弟身边，继续他的灿烂人生了。

“爸，这事靠谱吗?”姚大力问。

“靠谱，钱我已经给我那个朋友了，由他转交给二中校长，人家承诺一个星期保证把这件事办成。”

“那太好了，那我就等消息就行了。”

姚大力回到房间，兴奋得睡不着觉，反倒拿起新发的教材预习起来。他觉得倘若能到二中借读，就必须要从现在开始做起。二中跟东方红私立高中可不一样，那里要不就是每天点灯熬夜学习的狂热分子，要不就是像高耀祖那样的天才学生。而他的智商他自己明白，所以他能模仿的只有前者。

姚大力在东方红私立高中的日子仅仅是短暂的一个星期。在这一个星期里，他没有将自己即将离开的事情告诉任何同学，也没有主动去跟任何同学联络感情。因为他觉得这些举动都是徒劳的，他不属于这里。尽管张伟对他很热情，但是他却尽力回避这种热情，因为他不想伤了张伟的心。

直到人到中年，姚大力依然很感谢父亲能为他创造这个到二中借读的机会。如果没有父亲在社会上利用关系为他创造了这个条件，他就不会有如今的幸福。

## 8

对于高中时的姚大力来说，关燕是算不得大众眼里的那种标准美女的，充其量也就是具备了一个美女的性格罢了。或者可以说，是温文尔雅和超凡脱俗的气质将她装点得很美。关燕也有缺点，她对于男生的追求总是不屑一顾，这也是姚大力最无法接受的。姚大力认为，莫名其妙地漠视一切男生的追求是一种不可理喻的心态。高耀祖与姚大力不同，他那时候对关燕目空一切的个性倒是迷恋得如痴如狂。

不知不觉，姚大力在二中借读的日子已经过去了半个学期。东方红私立高中的那短暂的一个星期，以及擦肩而过的同学，逐渐淡出了姚大力的记忆。

高一没过多久，高耀祖对关燕的暗恋便成了班里尽人皆知的事情。关燕和姚大力也都心知肚明，只是大家平时绝口不提这件事。自打姚大力来到二中以来，他和关燕的关系就显得得十分“融洽”——他们隔三差五便要吵一次架。尽管关燕对其他男生总是爱答不理，却唯独对姚大力关怀备至。姚大力一直认为，关燕之所以对他产生了很浓厚的兴趣，多半是因为他桀骜不驯的性格。最重要的一点，也是令高耀祖十分羡慕的是，姚大力在来到二中之后，就被安排在关燕旁边，成了关燕的同桌。

高耀祖经常对姚大力说起关燕的诸多优点，有些优点甚至连姚大力这个同桌都没有发觉，足见当时高耀祖观察的细致程度。为了帮助自己的好兄弟，姚大力那时候的工作便全部集中在二人身上：一方面，他要劝说高耀祖不要陷得太深，因为姚大力发现，在高耀祖的思维中，关燕逐渐被神话成一个女神级的人物，就差对其顶礼膜拜了；另一方面，姚大力也会适时给关燕一些暗示，潜移默化地让她认为高耀祖是个相当不错的家伙。

然而，事情进展得很缓慢。

姚大力想象中的二中生活跟他实际体验的情况有很大出入。虽然如愿以偿地跟好兄弟继续在同一个班级厮混，可是他来到这样一个班级，注定要面临成绩垫底的命运。虽然他很努力地学习，可是成绩却只能赶超他自己。每次考试结束，姚大力都不想去理会班级的排名；可每次他都会去看，幻想着自己的排名能出现在倒数五名之外，可这个目标一直都没有实现过。久而久之，他开始有点自暴自弃的苗头了。

一天下午，英语考试成绩刚刚发了下来，摆在姚大力面前的是一张写着42分的卷子。姚大力站了起来，走到讲台前跟老师说上厕所，直接走出了教室。

二中的厕所在操场的另一端，是个十分隐蔽的地方。姚大力走到那里，并没有拐进男厕所。他靠在墙上，从校服的口袋里拿出一包红塔山，一个人抽了起来。姚大力以前并不经常抽烟，因为他喜欢运动，觉得抽烟对运动能力的影响挺大的。自从来到二中，抽烟成了他逃避成绩的主要手段。每次成绩下来，他都要跑去厕所抽烟，有时候一根，有时候两根。

正当姚大力刚抽到第二根烟的时候，从他身后伸过来一只手，拿掉了他嘴里的烟，把姚大力吓了一跳。他回过头，发现关燕在抿着嘴笑。

“是你呀。”姚大力无奈地叹了口气。

“吓了一跳吧，还以为是德育老师呢，是吧？”关燕得意地说。

“德育老师算个屁，他来了我也不惧他。”

“得了吧，就你刚才那熊样，好意思说。”

“你干吗来了，要上厕所就赶快去，可别憋坏了。”

“我就知道你跑这里来抽烟了，别老抽烟，对身体不好。”

“我闹心。”

“有什么可闹心的，不就是一次考试成绩嘛。”

“一次？”姚大力瞪大了眼睛，“我都考了几十次不及格了。”

“那倒也是。”关燕是个不太会安慰人的女孩，“高一的课程有那么难吗？”

“你看看，我就说嘛，咱俩永远都不会有共同语言。”

姚大力哭笑不得地又拿出一根烟，刚点上，又被关燕从嘴里拿了下来。

“欠揍啊你。”

“你揍个试试。”

“无聊。”

“好啦，快回教室吧，再不回去老师该怀疑了。”

姚大力为了不让关燕因为自己的行为而被别人误会，或是遭到老师的批评，只好跟着关燕朝教室的方向走去。除此之外，他还担心一点，他不希望高耀祖对此产生任何误会。

姚大力和关燕回到教室的座位上，引来了一些同学好奇的目光。若不是因为知道高耀祖喜欢关燕，姚大力本来是不会在乎这种非议的。他回过头去看了高耀祖一眼，发现高耀祖正低着头在课桌上写着什么。

不一会儿，一张纸条传到了姚大力的手里，他打开一看，上面写着：“兄弟，你俩刚才干吗去了？”

姚大力在上面写了两个字：抽烟。

放学后，姚大力一如往常地觉得一天的学习生活简直太累了，好在明后天是周末，他可以找高耀祖去游戏厅放松一下。如果高耀祖没有时间，他就一个人在家睡觉，也可以一个人去打游戏。

姚大力刚背上书包，关燕就叫住了他。

“我可不送你回家，要送你让高耀祖送你吧。”

“谁让你送我回家了。我是想问你，明天我和闫庆要去市图书馆，你要不要去。”

“图书馆，去那里干吗？”

“上自习啊。”

“不去，好不容易休息两天。”

姚大力话音刚落，高耀祖不知从什么地方冒了出来，开口说道：“去，去，我和大力都去。明天咱们是在学校集合，还是在图书馆见面？”

高耀祖的出现并没有让姚大力感到意外，倒是令关燕有些不知所措。

“咱们就在图书馆见面吧。”关燕说。

“行，图书馆见，”高耀祖兴高采烈地答应了，“大力，去玩一会儿吗？”

“走吧。”姚大力说。

“这么晚了，你们还去玩啊？”

“就玩一会儿。”高耀祖说完，拉着姚大力的胳膊走了。

下楼的时候，姚大力能感觉到高耀祖的兴奋，便说：“吃兴奋剂啦？”

“没有。”高耀祖不愿意承认。

“那明天我是不是应该找个理由不去了。”姚大力想为兄弟创造一个单独约会的机会。

“不行，你必须得去，否则意图就太明显了。而且也说不过去呀，关燕本来找的是你，到时候你跟闫庆坐在一起就行了。”

高耀祖以为这件事可以这样简简单单地决定了，但是姚大力怎么肯放过这个勒索他的好机会，于是一把抓住了他，“威胁”道：“你得请我吃羊肉串。”

高耀祖毫不犹豫地答应了。只可惜二中离他们初中时经常吃的那家羊肉串距离有点远，他们必须得开发一家附近的资源。于是，他们决定骑着车去寻找和尝试，不吃到羊肉串绝不回家。

## 9

霖阳市图书馆是一座半包围结构的建筑，一楼中央是一个讲堂，平时兼做自习室。每到休息日，这里便会集合全市水平参差不齐的学生，所以，这里既是知识的殿堂，也是闲聊的茶社。

高耀祖和姚大力来到这里的时候，关燕和闫庆早已经占好了位置。因为座位是收费的，所以这里允许占位。

“你们的位置在那边。”关燕指着斜后方说。

“怎么那么远。”姚大力抱怨道。

“你还好意思说，约的是八点半，现在是十点。”关燕说。

“我昨晚熬夜来着。”姚大力说。

“没关系，大力。”高耀祖拍了拍他，“咱们就去那里坐着吧。”

“行。”姚大力点点头，“一会儿吃饭的时候，你们去找我们。”

姚大力和高耀祖坐到了座位上。这时候高耀祖和姚大力对待学习的态度就截然不同了。高耀祖踏踏实实地在座位上看书，而姚大力则左顾右盼，在人堆里寻找某个让他眼前一亮的女孩。

“耀祖，我说你在干吗？”姚大力终于还是按捺不住寂寞了。

“学习啊。”高耀祖说。

“别跟我装，你来这里真是为了学习？”姚大力用怀疑的目光盯着他，“你倒是想办法跟关燕坐一起啊。”

“不行，欲速则不达。”

高耀祖嘴上这么说，其实完全是因为自己心里紧张，根本不敢上前去跟关燕说什么，只能在这里打肿脸充胖子。

“你不去我可去了。”姚大力站了起来。

“你别去，我自己心里有数。”

“谁管你啊，我去找闫庆。”姚大力冷笑一声，走了过去。

姚大力悄悄地走到两人身后，探头看了一眼，原来两人在看少女杂志。

“我去，感情你们来图书馆不是为了学习。”姚大力说。

“学累了还不让歇一会儿啊。”关燕说，“你过来干吗？”

“我找闫庆出去溜达溜达。”

“找我？”闫庆显然没有任何心理准备。她还看了关燕一眼，但是关燕对此好像没什么意见。

“去图书馆转转，没准儿能发现什么好书呢。”姚大力接着说。

“走吧。”闫庆站了起来，莫名其妙地跟姚大力走出了自习室。

尽管姚大力是故意想为高耀祖创造条件，但是他也的确想去自习室以外的地方看看，便和闫庆上了二楼的藏书室。闫庆起初还有点不敢相信，她觉得姚大力这样的学生不应该喜欢看书，但是后来她发现自己错了。姚大力看起书来的那种专心致志的劲头跟自己平时做题的态度不相上下。

姚大力看的是《葛朗台》，闫庆则拿了一本《旅游导航》，坐在姚大力旁边的座位上看了起来。

那时候姚大力还不具备读类似《葛朗台》这种作品的心境，但是为了给高耀祖和关燕营造单独相处的时间，他依然耐着性子读。闫庆偶尔会侧过脸去观察姚大力的状态。不知为什么，他觉得姚大力读书的状态跟他刚刚坐下时不一样了。她想跟他说什么，却又不知道该说什么。

从他们来到藏书室到离开，闫庆总共换了三本书，而姚大力竟一直坐在座位上没有动。

回到自习室之后，姚大力深深叹了口气。闫庆看到高耀祖和关燕各自坐在自己的座位上，两人相隔十万八千里，似乎也明白了姚大力深深叹气的原因了。

“你去叫关燕，咱们去外面吃饭吧。”姚大力对闫庆说。

他自己则走到高耀祖那里，叫上高耀祖，两人先走到图书馆的大厅里等待着。

“我说你是不是傻啊，我为你创造那么好的条件，你怎么不把握呢?”姚大力痛心疾首地说。

“原来你出去是为了我呀。”高耀祖恍然大悟，“我还以为你喜欢闫庆呢。”

“我去。”姚大力哑口无言。

“你真是为了我呀?”高耀祖问。

“得，我什么也不说了。”姚大力摇着头说。

关燕和闫庆从自习室走了出来，因为拖拖拉拉的，被姚大力数落了一番。

“我们吃什么呀。”闫庆问。

“要不，随便买点东西，拿到自习室去吃吧。”关燕说。

“开什么玩笑，你想给高耀祖省钱啊，瞎操心。”姚大力说。

“我没那么想，我只是觉得咱们来一趟图书馆，可是根本没学什么东西，可时间都浪费了。”

“好学生啊。”姚大力轻蔑地叹了口气。

“吃个饭耽误不了多少时间，我每顿饭都正常吃，成绩也没见下降。”

高耀祖的意思是想说，一个人无论多忙，也应该按时吃饭，可是听起来却让人觉得他有些狂妄，所以关燕对此很反感。这明明就是在说，虽然都是好学生，但他高耀祖跟其他人是不一样的。

关燕觉得既然这样，那就让高耀祖破费一下好了。虽然想法是美好的，但是作为学生的他们除了吃快餐还能吃些什么。尽管关燕点了很多，可是依然没有达到她的目的，而且通过这次的行动，她发现姚大力的饭量异乎寻常得惊人。她点的那些最后吃不下去的东西，都让姚大力消灭了。

## 10

在姚大力和关燕同桌的日子里，他们的校园生活过得有声有色。姚大力这个人有个特点，总是对一些生活细节明察秋毫，因此，能够时常关心一下身边的同桌，但又非常适度。久而久之，关燕出于礼貌，也会自然而然地反过来关心姚大力。但是关燕并没有想到，那时的姚大力还很叛逆，讨厌别人过度地关照，所以，每当他对关燕说“我的事你少管”或“一边儿待着去”的时候，吵架也就随之而来。

起初，关燕会很生气，并且会说姚大力不识好歹。后来她见姚大力始终不知悔改，索性开始公然对抗他的蛮横，处处与他针锋相对。再以后，便例行公事般大大方方地与姚大力吵架。关燕与姚大力吵架时总是显得很开心，高耀祖看在眼里，就像吃了一颗酸葡萄，酸涩的感觉直沁到心里。

姚大力不得不承认一件事，那就是他确实不具备高耀祖的远见卓识。高耀祖的这种本领在关燕身上得到体现。原本长相并不突出的关燕随着身体的发育，变成了班里颇具淑女气质的美女，美得让姚大力都不好意思再和她吵架了。于是，他和关燕开始遵守和平共处的原则了。自打那以后，姚大力变得坦然了许多，因为之前他与关燕的那种暧昧关系，经常使姚大力觉得有些对不起自己的兄弟。

随着时间的推进，关燕与姚大力变得无话不谈，几乎不向对方保留任何秘密。也是在那个时候，姚大力才知道，关燕早就知道高耀祖在暗恋她。

“既然知道，你就和他交往看看嘛。”

姚大力对关燕说出这句话的时候，关燕说她根本就不喜欢高耀祖，可姚大力当时一点也不能理解关燕的想法。高耀祖当时在班级里已经是出类拔萃的学生了。他成绩优秀，长相俊美，又不失东北男人的那种大块头身材。如果姚大力是女生，他都会喜欢上高耀祖。正因为有这种想法，他才觉得关燕确实是与众不同的女孩，因为她能把高耀祖迷得神魂颠倒。那个做什么事都自信满满的高耀祖，一谈到关燕，便会表现得像个笨蛋。

中年时的姚大力偶尔会回味一下他的高中生活。他觉得高耀祖和关燕当年之所以没有在一起，是因为他们生在了错误的年代。在那个年代，女孩子喜欢浪漫的追求方式，喜欢独树一帜的男孩。而男孩追求女孩的时候，又不懂得借用金钱的价值。那是一种纯爱，是燃烧灵魂深处的火种。倘若他们出生在一个屌丝求爱被泼水的年代，可能高耀祖和关燕的孩子都上小学了。

“大力，”高耀祖露出一副愁眉苦脸的样子，“完了，我彻底没戏了。”

“又怎么了?”

“上午下课时，我不是去你那里跟你聊天吗?”

“是啊。”

“我偷偷瞄了一眼关燕，她连看都没看我一眼。”

“那有什么大不了的，是你想得太多了。”

“别安慰我了，我看我是没戏了，她现在对我还是不理不睬。”

“你还真是没遇到过挫折。”姚大力喝了一口可乐，“看来你对关燕是真心的。”

“兄弟，你说得太对了。”高耀祖赞同道，“你看我平时跟其他女孩开玩笑的时候，我一点都不紧张；可是一到关燕面前，我就感觉自己成了哑巴。”

“我真不明白，关燕就真有那么好，能让你如此着迷?”

“你不懂，你还没发觉她的优秀之处。”高耀祖说。

其实姚大力也并不是没有意识到关燕的好，只不过在知道自己兄弟喜欢关燕的事实基础上，姚大力强迫自己打消了一切对关燕的念头。

“如果你真喜欢她，我帮你约她出来好了。”姚大力说。

他们就这样达成了口头协议。于是，在学校对面的小饭店内，两个好兄弟密谋起了一场小小的阴谋。计划总是说起来容易，做起来难。身在声名显赫的重点高中，姚大力自身也有解决不了的难题。

在关燕的帮助下，姚大力的成绩可以用突飞猛进来形容，可是无奈身边与他共同学习的都是霖阳市的佼佼者，所以，无论他如何努力，他的班级排名总是倒数的。

在这个文化内涵并不十分浓郁的古都，除了发展工业，教育产业也办得红红火火。那时候二中在霖阳市被学子们奉为权威，因为二中每年出现的清华、北大生都是最多的。有些人认为，在二中念书的学子是幸运的；然而，对于姚大力来说却不是这样。

记得有一次，姚大力在语文课上睡着了，当时教语文的老赵看见他趴在桌子上，于是便叫他起来读课文。

“姚大力，你读一下课文。”

姚大力迷迷糊糊地站起来，瞥了她一眼。老赵正一脸严肃地俯视着他。姚大力看得出来，她心里其实在说，看你小子怎么办！

当时，姚大力有些茫然不知所措，拿起语文书胡乱翻着，同时等待好心人小声告诉他该读多少页、第几行。

“六十二页第三段。”关燕小声说道，那声音是从牙缝里挤出来的，还带有嘶嘶的声音。

“什么？”

“六十二页第三段。”

“你稍微大点声。”

“唉，六十二页第三段！”

终于，姚大力勉强听清了，迅速翻到六十二页。也许是整个过程耗时过长，他刚打算开口，老赵便以一副极其不耐烦的口吻说：“行了，不用读了，你站着吧！”

紧接着，她又问：“姚大力，你知道你拖了全班同学的后腿吗？”

“不知道。”姚大力赌气道。

“我猜你也不知道。”老赵白了姚大力一眼，“就你这样的学生，能知道就奇怪了。”

之后，姚大力就一直站到下课。他站在众目睽睽之下，觉得身体如同发了四十度的高烧。如果书桌是个冰窖，他真恨不得马上把头埋进去降温。他当时感觉自己成了众矢之的，成了班里的笑柄。

失落的情绪一直延续到下课都没有衰减。姚大力将脑袋搭在课桌上，既不跟任何人说话，也不看任何人，更不为下节数学课做准备。

“你干吗呢？”耳旁传来熟悉的声音。

“你少烦我。”

姚大力依然不肯抬头，等着接下来一系列的冷嘲热讽。但是那一次，关燕没有说诸如“给脸不要脸”或“不知好歹”之类的话，她看出姚大力的心情实在是糟透了。

“老赵上课时说的话确实太过分了，简直就是狗眼看人低。”关燕说。

姚大力抬起头，仿佛竞选的人遇到了一个支持者一样兴奋。

“我看老赵恨不得在我脑袋上贴一个纸条，上面写上‘借读生’三个字。”

“别这么说，老赵也许没那个意思。”

“行了，你还是别替她说话了。”姚大力说，“她的意思我明白，我是二中这块金字招牌里的败类。”

“你倒挺会理解的。”关燕笑着说。

“不是我会理解，她本来就是那个意思。”姚大力倔强地说。

“好好，就算是那样，那你就争点气，让她改变对你的看法就好了。”

关燕说完这句话，已经开始预习下一节的数学课了。姚大力也翻出书本，假装翻几页，装给她看。处在那个年龄的男生就爱如此，尤其在面对关心他的女孩的时候。

其实，二中的老师大多不错，像老赵那样的基本上也属于特例。然而，这样的老师如果让你碰上一个，就会在你的学生时代留下一段不美好的记忆。老赵有一大爱好——分析学生的家庭背景。就拿姚大力来说，借读生就意味着学籍没有转过来，学籍没有转过来就意味着家庭背景不够夯实，家庭背景不够夯实就意味着可能在教育领域之外对她帮不上忙。按道理，基于姚大力当时的性格，也许会用拒绝听课来反抗，但是他并没有那么做。相比之下，他的班主任倒还不错，姚大力从没有发现他歧视过某个同学。他的班主任有自己独到的班级管理方法，其中一项就是，他不轻易调换同桌。照他自己所说，如果两个人都没有什么意见的话，就要一直坐在一起，除非其中一个学生要求换同桌，那也要看有没有人愿意换才行。靠着这种制度的庇护，姚大力和关燕的关系一天比一天密切。甚至有时候，姚大力打篮球将手指弄破，关燕发现后会从书包里拿出创可贴，很自然地帮姚大力包扎。身后的同学看到此景，总会传来阵阵善意的嘲讽。对此，关燕只是淡淡一笑，偶尔会回头瞥对方一眼。

高耀祖之所以一直没有跟关燕明确表白，除了他自身的原因之外，还受制于学校严格的管理制度。在二中，谈情说爱基本上不是学生应有的权利。这不难想象，家长让他们来到这里是为了学习，他们自己来这里的目的也是为了学习。所以，这是两厢情愿的事情，没办法改变。

二中的学生学习都很拼命，除了一些特例，大多数都是那种即使晚上五点早早回家也会学习到半夜才肯熄灯的怪物。虽说姚大力的基础比起其他同学要差一些，但若拼命努力，也能在班级同学以及大部分老师面前争得一份来之不易的尊重。所以，自从来到这所学校，姚大力表面上不务正业，却在心里暗暗憋足了劲，誓要发愤图强。

只不过事情并没有姚大力想象的那般容易。一个学期过去了，他在班级里的名次始终在下游徘徊。并非是他不思进取，而是那帮狂热的学习疯子太执着。每一次考试，很多人的成绩只差毫厘。假如考试的时候稍微放松精神或是发挥失常，排名就很可能像喝多了啤酒而憋不住的尿一样一泻千里。

姚大力除了要学习，还要把一部分精神头放在高耀祖和关燕身上。自从他向高耀祖作了保证，便一直在寻找机会。只是很遗憾，有好几次机会都胎死腹中，因为他总觉得那些理由都太牵强。关燕知道高耀祖喜欢她，以她的性格，直接表白是绝对会被拒绝的。

终于，姚大力等到了一个机会。在离开二中之前，姚大力如愿地为高耀祖和关燕制造了一次约会。在姚大力离开后，高耀祖顶替了他的位置，顺利地和关燕成了同桌。那机会在当时来看，并没有发生多么剧烈的化学反应，但姚大力始终认为是那个机会改变了他们三个人的关系和命运。而那个机会，来的是如此容易。

## 11

时间还要追溯到高二上学期期末。北国的雪刚刚给干枯的城市披上了一件洁白无瑕的冬装。赶上这种鬼天气，青年人的优势便得以凸显——北风不仅冻不死他们的激情，相反还能激活他们的浪漫情愫。

周六的一天下午，姚大力与关燕在教室里聊天。

“你明天有没有什么安排？”姚大力问道。

“明天吗？”关燕眨了眨眼，“还不知道，应该不会有什么安排吧。”

“要是没有安排的话，要不要和我去踏雪？”

“踏雪？”关燕惊异地看着姚大力，“去哪儿踏雪啊？”

“好好想一想。”

“我不知道。”

“我说你怎么这么笨，不就是北国公园嘛。”

“去北国公园？”

“对。”

“那有什么意思啊？我看你是没事闲的吧。”

“到底去还是不去，快说。”

姚大力有些不耐烦，关燕则始终平静地看着他。最后她笑着问道：“大力，你喜欢踏雪吗？”

“非常喜欢。”

“哦，你倒说说，踏雪有什么意思？”

“什么意思？”姚大力没想到事情会这么麻烦，“让我想想。”

“好的，你想吧，想出来我就去。”关燕说完，又低头看起了书。

关燕当然会去，这是她后来告诉姚大力的。当时，她只是想多了解一下姚大力，而姚大力却没有给她太多的机会。

“我想好了。”姚大力说。

“想好了？”关燕的眼睛一亮，“说吧。”

“我想，踏雪的乐趣主要体现在一种境界上，是一种天人合一的境界。没有目的，也没有任何压力和烦恼。”

关燕略显失望地说：“想了半天，就想出这么点内容？”

姚大力的忍耐终于降到零点，不耐烦地说：“去不去，给个痛快话。”

“去，”关燕爽快地答应了，“但是你要请我吃饭。”

“凭什么。”姚大力皱着眉头说。

“谁叫你想叫我出去又不老实说呢。”关燕说完这句话，不再理姚大力了。

姚大力当时觉得自己的言行的确很不光彩，似乎处心积虑地欺骗一个信任他的女孩，但是为了高耀祖，他别无选择。有时候他在想，如果当时他知道关燕的真实想法，是会选择接受，还是拒绝？那些流逝的青春，与他和高耀祖如今这两张成熟的脸部轮廓比较起来，似乎一切都不那么重要了。

姚大力和关燕约定周日早上 7 点半在北国公园不见不散。他迫不及待地把这件事告诉了高耀祖，高耀祖则欣喜得如同走火入魔。

“兄弟，你做得真好。”高耀祖感激地说。

“这算什么，搞定关燕还会有问题吗？”姚大力脸上泛着得意的光芒，“怎么样，你来不来？”

“废话，当然来，就算天崩地裂也要来啊。”高耀祖说。

“不过我没有告诉她你也来，不知道关燕那天来的时候，突然发现你也在，会是个什么样的表情。”

“我靠，你怎么不告诉她呀。”

“我想给她一个惊喜，那样才有意思。”

“去你的吧，到时候我怎么办？”高耀祖一脸的不高兴。

“兄弟，你放心吧。”姚大力冲他神秘一笑，“明天你晚一点到，她看到你保证大吃一惊。”

“你滚吧。”高耀祖说，“那样好吗？男生迟到貌似不太礼貌吧？”

“没事，你就听我的好了。”姚大力自信满满地点着头，“我太了解关燕了，要是让她知道你也来，她肯定不会去的。这跟去图书馆可不一样，别忘了，这次我们可是只叫了她一个人，你总不希望闫庆也来吧？”

“行，那我晚一点到，我就8点左右到吧。”

事情就这样敲定了。姚大力和高耀祖正打算回教室，只见高耀祖突然表情十分痛苦。

“大力，你先回去吧，我肚子痛，要去蹲一会儿。”

“你真麻烦。”

“不行了，我得赶紧去了。”高耀祖说着就往厕所方向跑，跑了几步又回过头来，“兄弟，麻烦你给我送点手纸。”

姚大力用一个无奈的点头打发了他。高耀祖去完成他的“屎命”，姚大力则回到教室取手纸。

下午的自习课，班主任通常不在教室看管，学生们比较自由，然而也少有不学习的同学。

“又回来晚了。”关燕小声对姚大力说。

“有点事儿。”

关燕一直在旁边看着姚大力。说实话，如果不是和姚大力坐在一起，她的成绩或许会更好。

“关燕，你有手纸吗？”

“有。”关燕说着麻利地从书桌里掏出半卷手纸。

“谢谢。”姚大力将手纸拿过来，扯下一些。

“我得给高耀祖送去，这家伙拉肚子了。”

“都拿去好了。”关燕说。

“不用，这些够他擦屁股了。”

姚大力的话让关燕的脸变得通红。他拿着手纸，从容地走出教室，没遇到班主任。对于在自习课外出这种事，关燕曾经一度阻止过他，但见他对此毫无顾虑，终于明白自己是对牛弹琴，从此不再说三道四。

# 12

姚大力本以为高耀祖早已经忘记了那件事，就算没有忘记，那件事在他心里也早已经不那么重要了。但是高耀祖首先提起了两个人当年做过的一些傻事，让姚大力明白了，他的一部分人生依然停留在过去。

“那时候真的很傻，连追女孩子这么简单的事情，都要别人来帮着想办法。”高耀祖自嘲地说。

“可能是那时候你手里没钱吧。”姚大力猜测道。

“不，那时候我有钱，当时我自己的存款就已经有十几万元了。我一直都没有告诉你，我想那时候我们都不知道钱能够干什么，我们只是知道钱能买游戏币，能吃羊肉串，能请哥们吃份炒面，还能买一个很漂亮的手链，送给喜欢的女孩。”

“你比那时候还要小气，现在连炒面也不肯请我吃，还总是到我的饭店里来蹭饭。”姚大力笑着说。

“我那是在做项目考察，难道我能随随便便就投资？”高耀祖辩解道。

“你说得没错，项目考察。”姚大力摇了摇头，“考察得怎么样，有没有信心？”

“有。说实话，我没想到你那个烧烤店能有那么多顾客。”高耀祖此时显出异乎寻常地吃惊，好像姚大力没有经营好烧烤店倒是正常，“你怎么会把饭店经营得那么好，有什么秘诀吗？”

“能有什么秘诀。”姚大力停顿了几十秒钟，因为他不愿意回忆那段过去，但是对高耀祖，他不想隐瞒什么，“我从报社辞职后，不是去了北京吗？那时候真是不容易，我在顺义的一家烧烤店打工。那家烧烤店挺有特色的，跟其他的店都不一样。当时霖阳的烧烤店无非两种，一种是正宗的韩国料理，还有一种就是本土化的烧烤，但是我打工的那家店用的是一种类似煎肉的大灶台，就是我店里现在用的这种。”

“然后你就给借鉴过来了，你这创业经历也有点太简单了吧。”高耀祖说着笑了起来。

“简单？”姚大力轻蔑地笑了，“你以为光有个炉子就能开饭店？”

“那还需要什么？”

“废话，当然还得有菜啊。”

“烤肉，无非就是肉呗，从哪里都能买到啊。”

“大哥，人家是有配方的，你从市场上买回来的肉，能烤出那个味道来?”

“那你是怎么知道配方的。”高耀祖的好奇心被提了起来。

“说出来你可能不相信。我当时在那里打工的时候，每一种肉我都尝过，生的。”

高耀祖不再嘲笑姚大力了，相反有些心酸。在他们失去联系的这段时间里，他的兄弟一定吃了不少苦头。他能想象到姚大力一个人在北京的那种寂寞，在烧烤店打工的那种寄人篱下的感觉，也能体会到他为了奋斗而付出的努力。为了偷师学艺去品尝那些肮脏的生肉，一想到这些，高耀祖的目光凝重了。

“兄弟，我来给你投资吧，咱们开连锁经营店。”

“我就等你这句话呢。”姚大力满意地抿了抿嘴，“这回你放心了?”

“放心了。”高耀祖郑重其事地说，“之前我的确犹豫不定，但是现在我对你放心了。”

车子经过梧桐路，一座曾经辉煌过的洗浴中心映入他们的眼帘。

“兄弟，你还记得金海岸吗?”

在马路灯光的映衬下，黑色的弃用多年的洗浴中心如同一片废墟。

“它已经黄了多少年了?”

“少说也有八年了吧。”

“还记得那个时候吧，我们经常来这里。当时它可是霖阳市最大的洗浴中心，又有谁能想到它竟然能黄了，想想都觉得可笑。”

“真是三十年河东，三十年河西啊。”

“一会儿就要路过二中了。”

“要不要进去看一看?”

“算了吧，这个时间，打更的大爷非报警不可。”

“我随口说说，你还当真了。”

“晚上开车专心点，别嬉皮笑脸的。”

姚大力和高耀祖有片刻的时间没有说话，然而，寂寞是可怕的，他们终究还是承受不住。车子路过二中，距离目的地就只剩下一半的路程了，他们很自然地继续聊起了那次聚会。姚大力本不想过多地谈论那些事，因为他不知道高耀祖是否真的已经将过去彻底忘记。不过，这次是高耀祖主动提起的，姚大力便顺着他说了下去。

# 13

姚大力与高耀祖通了电话，再一次提醒他，第二天早上来的时候一定要穿得体面点。高耀祖三两句话就打发了姚大力，又急着上厕所。

“好了先不说了，刚才和亲戚在饭店吃饭，有点吃坏肚子，突然想拉稀，先挂了。”

“得，你快去吧，都拉干净，省得明天掉链子。”

挂了电话，姚大力冲了个澡，躺在床上翻起了小说。他不知道自己是什么时候睡着的，只记得醒来时已是早上五点半。这是他早起的标准时间，一直都没有改变。

那天早上，姚大力拖着沉重的脚步去卫生间方便，又简单用清水洗了脸，刷了牙，活动了一下四肢。他尽量蹑手蹑脚，怕的就是惊扰了家人，却还是惊动了半睡半醒中的母亲。李凤的睡眠一向不好，稍有动静就会醒来。

“儿子，怎么起来这么早，今天不是休息吗?”

“一会儿去公园和同学散步。”姚大力轻声说。

“这么早就出去，天还没亮呢，小心点啊。”说着，李凤吃力地坐起来，打着哈欠走出卧室。

“妈，你不用起来。”

“我给你弄点吃的，早上不吃东西可不行。”李凤走进厨房，从冰箱里拿出两个鸡蛋。姚山河依然睡得酣香，呼噜震天。

“不用了妈，你回去接着睡吧，我早上不用吃东西。”姚大力走过去对李凤说。

李凤显得有些焦虑，她是担心姚大力不肯吃，于是说：“哎哟，傻儿子，等你出去就知道早上有多冷了，吃点东西能御寒。”

无奈之下，姚大力只好顺从。

李凤低头注视着炒勺中的荷包蛋，直截了当地问道：“是和女同学出去吧?”

“一男一女。”姚大力若无其事地说。

“你现在的心思可不能放在处对象上。”

“我懂，他们只是我的好朋友而已。”

李凤满意地点了点头。在她眼里，仿佛姚大力还是个不懂得欣赏异性的小孩子。

“出去时最好穿上羽绒服，别光顾着好看，冻出毛病的话，老了该遭罪了。”

“妈，我没事。”姚大力终于有些不耐烦了，“煎完鸡蛋你就去睡觉吧。”

虽然姚大力的话说得清楚明白，可李凤却将其当作耳旁风——她将煎好的鸡蛋端到桌子上，顺势坐了下来。李凤不肯放过早上这点时间，不厌其烦地问姚大力一些老生常谈的问题。

“儿子，现在上课能跟得上吗？”

“还行，下点工夫的话应该没问题。”

“你可别忘了，咱是借读生，底子不如他们。”

“我知道，”姚大力说，“借读生也一样，班主任对我挺好。”

“那就好，”李凤长叹一口气，“咱可别跟老师过不去，学习是为了自己。”

李凤对姚大力的品性了如指掌，所以她总是担心儿子跟老师的关系处不好。这是有先例的。初中时，姚大力就是因为不满老师的为人而拒绝学习，成绩也一落千丈。

“你可千万要好好学习。”李凤继续说。

“妈，我明白。”姚大力一边咬着荷包蛋一边说。

姚大力当时根本没拿母亲的话当回事儿。这就好像让一个小学生去考虑和设计他的人生一样。尽管初衷是好的，可听起来总是有那么一点不切实际的感觉。

姚大力穿好鞋子，悄悄从外面把门关上。

灰暗的天际充满着阴冷的空气，像一幅刚刚完工还未完全干透的城市风景画。姚大力家附近便是霖阳市最大的公园——北国公园。公园分为两个部分，外面是游乐场，里面是一座陵墓。尽管是著名景点，只因票价并不便宜，而且也并非十分有趣，所以自打小时候姚山河带他去过一次之外，就再没去过。

时间很早，公园里人迹罕至，只有数不清的四季常青的松树矗立在那里，给整个公园平添了一分怀旧气息，像是植物界的兵马俑。古代的皇帝总是被臣子们捧为“万岁，万万岁”，其寿命终究不及这些没有丝毫贪婪之心的植物。昨天晚上果然如天气预报所说下了整整一夜的雪，第二天早上才停，所以公园里的雪是崭新的，还没有人踏过的痕迹。

姚大力亦步亦趋地走在公园里，松垮垮的雪在他脚下发出“咯吱咯吱”的声响，如同某种生物的鸣叫。他正陶醉其中，突然发现远处一个婀娜的身影扭扭捏捏地向他走来。

“来得这么早啊!”

姚大力离老远就喊道。关燕和他的视线撞在一起，在北方最寒冷的冬天，她带着春天般的微笑向他招手。

“冷死了，冷死了，冷死了。”走到面前，关燕用了排比句来表达对姚大力的抱怨。

“你怎么提前来了?”姚大力看了看表，七点二十三分，足足早了七分钟。

“第一次被你约出来，总不能迟到啊。”

姚大力看着关燕冻得红扑扑的脸说：“怎么连个围巾也没戴，是不是出来时太着急了？还是跟我约会太紧张了?”

“讨厌。”关燕笑了笑，“礼拜天睡懒觉习惯了，出来得比较匆忙。”

“真不好意思，害你没睡成好觉，早知道就不找你出来了。”姚大力口是心非地笑着说。

“没关系，平时这个时候不是已经在学校上早自习了嘛，也没什么大不了的。”

“可不是吗？我们这代人一点也不轻松。”

蓬松的雪在两人脚下咯咯作响。

“你又在那里装成熟了。”关燕说。

“我哪里装成熟了?”

“怎么没装，你看你说话的语气，一副要死了的样子。”

“你能说点好听的吗?”

姚大力记得那天早上他和关燕聊得很开心，让他一时间忘记了策划这次活动的目的。有那么片刻时间，他的内心深处企盼着高耀祖不要出现。也许是这种想法太过强烈，导致他的思维暂时性的陷入迷茫。他竟看着关燕问道：“关燕，今天咱们干什么来了?”

关燕听到这句莫名其妙的话，备感诧异地望着他说：“干什么来了？是你找我出来的啊，你不是想踏雪吗?”

“哦，对。”姚大力慌忙解释，“我有点困，昨晚睡得太晚了。”

“我看你是有点精神恍惚，怎么？今天能约我出来，让你昨晚高兴得失眠了?”

“嗯，是啊，好久没约美女出来了。”

“既然如此，那就给我精神点，咱们往里面走走。”

关燕说完，向前快速迈了几步，像是要跟姚大力比赛似的。然而，没走几步，她的步伐又马上慢了下来，变得轻盈起来。她在前面走着，姚大力在后面跟着。关燕像一只刚会走路的企鹅左摇右摆，在地上留下了一串可爱的小脚印。姚大力故意踩着她的脚印走，将那些脚印扩大了一圈。

“大力，你有没有感觉自己现在像个小孩子？”关燕回过头来问他。

“我可没有那种感觉。”

“怎么会没有呢，小孩子不都是无忧无虑的吗？”

“是啊，”姚大力笑着说，“可小孩子不会像你这样走路。”

“哦？小孩子通常怎么走啊？”关燕头也不回，继续向前走。

“小孩子一般都不怕冷，也不怕摔跤，他们通常在雪地里都是活蹦乱跳的，打滚、打雪仗。”

“我们也可以打雪仗呀。”

话音刚落，姚大力就搓起一个雪球，照着关燕的脑袋砸了过去。可能是不敢太用力，雪球中途下落，阴错阳差地打在关燕的屁股上。

关燕转过身来，又气又恼，表情很滑稽，一双眼睛笑成了两轮弯月。她也握起一个雪球，朝姚大力扔过去，却被姚大力很轻松地避开了。

“笨蛋，能打到我吗？”姚大力开心地笑着说。

“你等着！”关燕不服气，蹲下身去握第二个雪球，刚站起来，又被姚大力打中了。

“你等一会儿，我还没准备好呢。”关燕说。

平时在学校，姚大力见到的总是那个穿着校服，背着大书包，做起题来专心致志的关燕，一个成绩总是名列前茅得令人欣羡的关燕，却没想到她也有如此天真烂漫的时候。那一刻的她纯洁得如同一块没有任何杂质的冰。

高耀祖，如果你今天来不了，那该多好，姚大力当时心里这样想着。可惜天不遂人愿，关燕突然僵住的表情说明了一切。姚大力向身后看去，远处出现一个人影，仔细看去，正是高耀祖。

“大力，高耀祖怎么来了？”关燕对于高耀祖的到来感到好奇，但是并没有表现出丝毫的反感。

“我叫他来的。”姚大力说。

“你……”关燕顿了顿，“你叫他来怎么不事先告诉我？”

“我想给你一个惊喜。”

“真的吗？”关燕狐疑地看着姚大力，“鬼知道你到底安的什么心。”

“没有啦，真的只是想让你惊喜一下而已。”

“少来，回学校再跟你算账。”

关燕当时的话带有一种女人特有的报复心理，让姚大力心生一丝畏惧，他觉得她那时是有些生气的。可是，当时的形势容不得她使性子。就在她跟姚大力对峙的时候，高耀祖已经走过来了。

“不好意思啊，我来晚了。”

关燕笑而不语，姚大力调侃着说：“不晚不晚，我还嫌你来早了呢。”

高耀祖看了一眼关燕，脸刷地红了起来，那热度仿佛能烫化地上的雪。

“关燕，”高耀祖说，“这么冷的天，你还能出来，太了不起了。”

“没办法啊。”关燕笑了笑，又看了看姚大力，“一不小心，就被别人给骗出来了。”

姚大力咳嗽两声说：“让你早点起床，到公园呼吸点新鲜空气，还不是为你好。”

关燕无可奈何地笑了。见关燕笑了，姚大力的心也轻松了下来。他和关燕之间有一种默契，一个笑容就能表达所有的意思。那个微笑等于在说，以前的事就不要追究了。

高耀祖不知道姚大力和关燕在笑什么，也跟着傻笑。

“关燕，你今天出来是怎么跟家里人说的？”高耀祖问。

“我和他们说去图书馆看书。”关燕调皮地吐着舌头，还有些得意扬扬。

“看不出来，你还挺会说谎。”姚大力揶揄着说。

关燕用手拍了一下姚大力的肩膀说：“你还好意思说我。”

“也不知道你们到了多长时间了，我们要不要往里走走？”高耀祖问。

“好啊，走走吧。”关燕说。

“要不，咱们赛跑吧。”晴朗的天空激发了姚大力的童真，“好久没在雪里跑了。”

关燕和高耀祖都愣了。当正常人与非正常人在一起，这种表情是常见的。

“全是雪，怎么跑啊？”高耀祖疑惑不解地看了看四周。

“全是雪就不能跑吗？”姚大力说，“这样才好玩嘛。”

“我还是不跑了，要跑你们跑吧。”关燕摇了摇头。

“那好，你给我们当裁判。”姚大力说。

“兄弟，你真的打算跟我比？”

“废话，你以为我和你闹着玩呢?”

“我虐你跟玩似的。”高耀祖露出自信的笑容。

“我虐你连玩都不用玩。”姚大力冲高耀祖竖起了中指，随后看向关燕，“你在前面给我们当裁判，一会儿你手一放下，我们就开始。”

关燕似乎很喜欢当裁判，踏着欢快的脚步向前走去。她的步伐有些吃力，却又带着轻盈，显然心情不错。当时姚大力从她的后脑勺都能看到她脸上挂着的笑容。

“在这里行吗?”关燕喊道。

“再远点。”

“这回呢?”

“行了。”

# 14

姚大力和高耀祖并排站立在起跑线上，做好了预备的姿势。关燕郑重其事地将手臂抬向空中，当手臂放下的一刹那，两个男孩冲了出去。虽然无法看到自己跑步时的动作究竟有多滑稽，但是从关燕脸上展露的笑容便能知道，那一定十分可笑。

因为很在意自己在关燕面前的行为举止，高耀祖不敢跑得太难看，只好以牺牲速度为代价。这样一来，姚大力的胜利看来就是必然的。人们说人生就像赛跑，是因为在跑道上时刻存在跌倒的危险，正如人生一样。也许是跑步的时候过于兴奋，姚大力竟然在临近终点的时候，当着关燕的面摔了一跤，整个人扑倒在雪地里。高耀祖从姚大力身边轻松愉快地超了过去，得了第一。

关燕开怀大笑起来。姚大力和她做了一年多的同桌，也没见她如此开心地笑过。

姚大力站起身，拍了拍了身上的雪说：“跑步我不行，打篮球才是我的强项。”

高耀祖只是轻蔑地一笑，并没有说话。他那故作姿态的劲头还真的有点让姚大力恼火。不过，那只是姚大力转瞬即逝的想法，并不足以影响当时的心情。

姚大力走到关燕身边，想带着两人朝里面走。关燕看到姚大力的后背上残留着一些雪，做出了一个足以让高耀祖争风吃醋的举动——帮姚大力拍掉身上的残雪。关燕的手触到姚大力背部的那一刻，使姚大力的神经都惊跳了一下，所以姚大力总认为，高耀祖对那一幕一定记忆犹新。

高耀祖身边总是充满了有趣的事。那天他因为早上多喝了几杯水，就突然想上厕所。当时离他们最近的厕所大概有五百米远，姚大力便劝他在树丛中解决，可是他死活不肯。关燕对此也觉得好笑，这更增加了高耀祖的窘迫感，脸刷地红了起来，与皑皑白雪形成鲜明对比。

“我快去快回，你们在这里等我一下。”高耀祖说着就要跑。

“我们一起过去吧，反正待在这里也没意思。”关燕说。

“不用，你们在这里等着吧，我马上就回来。”

高耀祖说完便向厕所的方向跑去了。

“我看这家伙是忍不住了。”姚大力说。

如此一来，空旷的北国公园又暂时只剩下姚大力和关燕两个人了。

阳光被白雪反射到瞳孔里，略微有些刺眼。即使有阳光照耀，极寒的雪也丝毫不见融化的迹象。

“大力，你和高耀祖的关系好像不错啊。”

“嗯，我们是好兄弟。”姚大力说，“也是最好的朋友。”

“你们无话不谈吗？”关燕用脚尖玩弄着地上的雪：她用脚在地上画出一个小圆圈，又在圆圈上画了两只眼睛。

“差不多吧，也不是什么都说。”姚大力看着远处的某个点答道。比如他今天不希望高耀祖出现，就没有对他说，他心想。

那一瞬间，姚大力甚至开始怀疑约他们出来是否是个错误，因为这次精心为高耀祖安排的约会，却使他认识了一个不同于往日的关燕。难道是他们两人独处的时间过多，再加上周围令人浑然忘我的景色使他产生了错觉？

直到那天见到关燕的前一秒钟，姚大力也不曾想到，关燕就像一个能够治愈伤痛的天使，只要在他的伤口处轻柔地抚摸了一下，伤口便奇迹般地愈合了。那种清新的感觉，就像在一串酸葡萄中突然吃到一颗甜的，让人回味无穷。

关燕并没有发现姚大力有些不自然。当时，姚大力强制性地遏制了自己那种逐渐膨胀的幻想，心里默念：关燕是属于高耀祖的，因为高耀祖喜欢她，高耀祖是他的兄弟。

包括姚大力在内，他们三人都高估了自己的情趣。尽管北国公园的风光秀美、空气清新，但没过多久，他们便觉得站在空旷无人的公园里简直无聊透顶。

“一会儿我们去打游戏吧。”高耀祖建议道。

“我才不去‘三厅一社’。”关燕喃喃地说，“都出来半天了，一会儿我想回家。”

“回家干什么啊？”姚大力问。

“看书啊，写作业，做习题。”

“到底是好学生。”姚大力嘲笑道。

后来，关燕执意要回家，姚大力和高耀祖也不便挽留，于是他们在一家饭店吃了顿饭。吃完饭后，姚大力便与二人在饭店门口道了别。高耀祖一副傻呵呵的表情，说要送关燕一段路，姚大力不想回家，可又不能破坏高耀祖的好事，只好一个人独自前往游戏厅。

姚大力记得那天晚上他到家之后感到身心俱疲，并且失眠了。

翌日，姚大力来到学校后从高耀祖口中得知，原来他将关燕送上公共汽车后就独自回家了。

## 15

高耀祖来到姚大力家，当他见到关燕的时候，依然显得很拘束。当他看到久违的关燕时，还在犹豫这次来到姚大力家里是不是一个错误。可是，他已经来了，想这些又有什么用呢？

女人总是能把自己真实的一面隐藏得很好。关燕除了对高耀祖表现出极为得体的态度之外，没有人知道她内心的真实想法。她并不慌乱，好像两个人之前并没有发生过什么。姚大力却在旁边若有所思地站着，不知该说些什么。他总觉得关燕似乎在隐藏着某些感情，因为他不相信肉体的记忆能够轻易忘记。甚至在他们做爱结束之后，姚大力都会难以控制地想，关燕会不会把他当做高耀祖呢？

“你们吃饭了吗？”关燕问。

“吃过了。”高耀祖还是显得很紧张，回答得十分局促。

“吃过了就好，说实话家里还真没有什么像样的饭菜。”关燕说。

“不用担心我们，今天耀祖主要是来看看烧烤店的设计图。”姚大力说。

“哦，你把想法跟耀祖说了吧。”关燕看着高耀祖，“你觉得怎么样，有兴趣吗？”

“你们的店真火，说实话我还真没想到。”高耀祖说。

“其实你更没想到的是烧烤店的名字吧，是以你的名字命名的。”关燕笑着说。

耀祖烧烤店是姚大力亲自起的名字。其实他是因为不太会起名字，又加上他跟高耀祖是好兄弟，于是就借用了高耀祖的名字。但是这个名字却足以让高耀祖感动了。

“听大力说，你现在在高中教书，那一定很累吧。”高耀祖总觉得应该找点话题，“想象一下班级里都是像我们那样的学生，就知道你的工作一定不轻松。”

“怎么，现在你开始理解老师的辛苦了？”关燕的举止显然成熟了许多，有些令高耀祖刮目相看了。

“理解了，不理解老师的辛苦，那都是小孩子才干的事情。”

“是啊，我的学生也经常惹我生气，不过我也理解他们，毕竟我们也都是从那个年龄走过来的。”

继续僵持下去，高耀祖就真的不知道该说些什么了。他觉得这样说话太难受了，每说一句话之前，都要考虑说出的话得不得体，会不会无意间伤害了姚大力的感情，毕竟他跟关燕是有过共同过去的人。这时，姚大力招呼高耀祖到电脑旁看烧烤店的设计图，高耀祖这才觉得如释重负。看过了设计公司设计的图纸，高耀祖表现出了十足的信心；但是姚大力却感觉他在应付自己。因为从刚进门开始，高耀祖就精神恍惚、眼神涣散，似乎疲惫不堪。高耀祖自己有一家装修公司。他在临走之前，答应用自己的装修公司来负责这个项目。

高耀祖执意要走，姚大力和关燕都没有反对。关燕不发表意见是情理之中，姚大力有他自己的想法。因为高耀祖没有开车，姚大力家附近正好有一家规模不大的酒吧，他们两人还可以进去喝几杯。

他们来到楼下，姚大力把这个想法告诉了高耀祖。

“算了吧，那要喝到很晚，你还是回家陪老婆吧。”高耀祖拒绝了姚大力。

“没关系，关燕会理解的。”姚大力说。

“女人，你不能指望着她们会理解你。”

“但是，这是我们三个人啊，跟其他人当然不一样。”

“不再是了。”高耀祖自嘲地笑道，“来之前，我也以为是我们三个人，还跟从前一样；但是，其实那种想法很傻很天真。大家都是成年人了，现在关燕又是你老婆，你们有自己的二人世界，那是别人不能参与进去的，也不应该参与进去。”

“你这样说可就见外了，关燕从来也没把你当外人看待。”

“别再那么不成熟了，大力。”高耀祖站在原地说道，“我知道你对我的感情，我知道你是个怀旧的人，但是你这样让我很不适应。”

“你到底怎么了。”姚大力困惑地看着高耀祖。

“大力，我的好兄弟。”高耀祖将双手搭在姚大力的肩膀上，“不是我怎么了，而是你怎么了，难道你就那么缅怀过去吗？看看我们现在。”

高耀祖摊开双手，站在原地看着姚大力，姚大力不知道高耀祖究竟想让他看什么。

“看看现在的我，头发少了，脸也胖了，肚子也大了，难道你非要让我回到那个纯真的年代吗？还让我去寻找那纯真的感情吗？我们都变了，原来关燕跟我睡在一起，可如今他是你的老婆。”高耀祖意识到自己的情绪过于激动了，语气缓和了些，“大力，我们是好兄弟，这点没有变，可是我也是个有感情的人啊，你得让我平静一下，送我回家吧。”

姚大力点了点头，放弃了去酒吧的想法。高耀祖坐上了姚大力的车，一路上，两人都不知道该说什么。高耀祖扭头看了看姚大力的脸，发现姚大力表情严肃，但是却还在那里故意装得很镇定。这都是因为高耀祖刚才那番略带指责意味的话，让姚大力内心感到郁闷。高耀祖忍受不了车里的尴尬气氛，要是这样下去，他倒不如自己打车回家了。

“大力。”高耀祖想了想说，“你这辈子喜欢过几个女人，还是只喜欢过关燕一个人？”

“有那么几个，都是过去的事情了。”姚大力说。

“真的？没看出来。”

“小瞧我，谁还没有经历过几次失败的恋爱。”

“是啊，跟我谈过恋爱的女人，我都数不清了。”

“我没有你那个财力。”

“跟财力没关系，是个人魅力。”

就这样，车里的紧张气氛消失了。高耀祖引出这段谈话的用意很简单，他只是想向姚大力传达一个信息，他对很多女人都动过情，其中当然包括关燕，但关燕也只不过是出现在他生活中的众多女人里极其普通的一个。他之所以要让姚大力明白这个道理，是因为他担心姚大力会在他是否依然迷恋关燕的问题上胡思乱想。

高耀祖的家住在湖畔庄园里，那是霖阳最早兴建的一批高档住宅，就在寸土寸金的黄金地段。当时房地产商都尽可能地利用有限的土地面积来建高层住宅，而湖畔庄园却只有别墅。高耀祖在家门口下了车，姚大力开车在湖畔庄园里绕了一圈便出来了。

高耀祖的那番话勾起了姚大力的回忆。他这一辈子也不仅仅只喜欢过关燕一个女人。在他心里一直有一个遗憾，而那个遗憾怕是永远也无法弥补了。姚大力开车来到东方红私立高中，下了车，静静地伫立在大门口。学校早已经黄了，但当年租用的教学楼还依然存在，如今是一家广告公司。姚大力重新坐回车里，点燃一支烟，思绪万千。

姚大力读高二的那一年，是霖阳市教育界最不平静的一年。起因是副市长被双规，黑社会被击垮，反腐倡廉工作进行得如火如荼，甚至波及教育界。不久，教育相关部门便下达了禁止"同城借读"的文件。霖阳一中的校长因警方在其家中发现巨额现金而上了《霖阳日报》的头版，二中校长自然需要引以为戒。教委下发文件，严禁教育机构以各种名义获得取非法收入，所以，二中所有的借读生都不能继续在这所学校接受教育了。就这样，高二下学期结束，姚大力把他所有的课本都搬回了家。

姚山河为此费尽周折，无奈姚大力对于霖阳二中来说，实在是无足轻重的一粒沙。校长不敢冒险让他留在这里，因此，他与关燕和高耀祖不得不暂时告别一阵子了。

那个暑假，关燕经常在晚上给姚大力打电话，所谈的内容无非是让姚大力不要灰心丧气。当时，因为不能跟关燕在一起，姚大力十分难过。可是看到父亲为他所做出的努力，他又不能不坦然接受这个现实。姚山河动用了很多社会上的关系，最后依然没有成功。

关燕总是对姚大力语重心长地说："大力，你再跟老师好好说说嘛！"

"我爸都找校长谈了，就是不行，我有什么办法。"

"你看，当初我让你好好学习，你不听，如果你成绩好，或许校长还舍不得你走呢。"

"我现在心情本来就不好，请你别火上浇油了。"

"对不起，我就是替你担心而已。"

"别放在心上，不就是高三一年时间嘛，在哪还不是一样，有空给我写信好了。"

“你不在我身边，我会失去很多乐趣的。”

“拿我当玩具吗?”姚大力笑道，“我不在你身边倒好，你正好趁这个机会努力把成绩提高一下，上次期末考试你的成绩可不如以前了。”

“你就别担心我了，还是多为你自己着想吧。”

“放心，我没问题。”

“哼，你倒是想得开……”

姚大力已经坦然地接受了这个事实，可是李凤为此却着实上了一阵子火——她觉得头两年的借读费算是白花了。为了让自己的耳根子清静一些，姚大力只好安慰母亲，说课程几乎都讲完了，高三那一年主要用来复习，所以，在哪里上学都是一样的。即使这样，李凤仍旧不依不饶，并把这股怨气转移到了姚山河身上。足足有一个星期，姚大力是在父母震耳欲聋的吵架声中度过漫漫长夜的。

人这种生物很奇怪，起初姚大力还想得开，可是在母亲的熏染下，他竟然也开始觉得整件事情对他来说很不公平。但随着生活的继续，愤懑的情绪逐渐消失殆尽。这种风平浪静体现在他对待霖阳二中的态度上：自从离开那里以后，他便发誓绝不回去。

## 16

东方红私立高中迎来了自己的第三个年头。这所私立高中在一位退休老校长和几名霖阳市退休教师的苦心经营下，竟然在当地积累了一点点名气——学校第二年招上来的学生要比第一年不止多一倍。这所学校同样拥有学习成绩优异的学生，只不过跟那些重点高中比起来，学霸和学渣的比例不一样罢了。

下午的一节自习课上，周晓娇在课桌上兴致勃勃地画着四格漫画。漫画是以她的名字命名的，叫《小娇的糊涂生活》。没有多少人欣赏她的作品，但是周晓娇并不在乎，因为她画这些东西的目的只是为了自娱自乐。此外，她还有一个忠实的读者，那个人就是已经跟她成为同桌的张伟。

周晓娇画好了一张，悄悄地递给了张伟，然后等待着张伟的反应。张伟当时的心情不是很好，因为他刚染了一个星期的黄头发被班主任勒令剪掉了。虽然东方红私立高中的生源质量相比之下要差一些，但班主任杨秀梅老师依然严格要求她的学生们。杨老师是个慈眉善目的老太太，个子不高，嗓音非常洪亮，退休之前曾经在霖阳二中执教。杨老师的家底很殷实，大儿子魏道宽在霖阳靠搞建筑起家，如今已经做起了地产商。据说当年湖畔庄园刚动工的时候，魏道宽还只是一个小包工头。杨老师有一颗不服老的心，魏道宽经常劝她不要再从事教书工作了，但是杨老师死活不肯接受儿子的劝告。这个老人除了把一部分精力用来教书之外，其余的则全部都用在了她的孙女魏雨欣身上。杨老师是英语教师，魏雨欣的英语水平是她一手培养出来的，所以魏雨欣的英语成绩在小学里一直名列前茅。杨老师太喜欢她的这个大孙女了，只要她的英语有了进步，杨老师丝毫不吝啬自己的那些养老金。而小雨欣也的确非常争气，她身边的许多东西都是用成绩从杨老师那里换来的。

不管其他同学对这位德高望重的老师持什么态度，周晓娇和张伟一直都很尊敬她。尤其是张伟，他甚至有些害怕这位慈眉善目的老太太。以前的老师打他也好，骂他也好，他都敢顶撞；而杨老师对他不打不骂，使他平时那些有悖于学生道德标准的行为一下子失去了存在的意义和价值，他反而不知道该怎么办了。所以，当杨老师让他把头发弄得符合学生的身份时，他竟然乖乖照做了。

“怎么样，”周晓娇悄悄地问张伟，“有意思吗?”

“挺冷，不过挺有意思。”张伟看着漫画说。

周晓娇腼腆却又很得意地笑了笑。随后，她从课桌里拿出语文书，将语文书中夹着的一张卡通信封拿了出来。她小心地打开那个信封，里面有一封简短的信。

“还看呐，我的大小姐，这封信你都看了两年了。”张伟看到了周晓娇在看信，无奈地摇着头，“你也太不现实了。你给人家写信，没送出去，这信还有什么意义啊，亏你整天拿它当宝贝似的。要我说，把它扔了算了，省得整天瞎想。”

“闭上你的臭嘴。”周晓娇白了张伟一眼，“扔不扔是我的事情，你嫉妒啊?”

“我嫉妒?”张伟冷笑道，“就凭我这样人高马大、长相帅气的小伙儿，想找什么样的找不到啊。要说嫉妒，那也只能是那位仁兄。”

张伟说完露出非常诡秘的笑容，好像对自己的话很满意。周晓娇清楚地知道，张伟所说的“那位仁兄”指的是谁。周晓娇一想到那个坐在教室后排的男生，就觉得浑身仿佛泡在脏水里那样难受。

张伟所提到的那个人叫王骁琦，是张伟的好哥们儿。虽然周晓娇并不讨厌张伟，但是对王骁琦却十分厌恶，主要原因就是王骁琦从高一开始就用一双贼眉鼠眼盯着她。追求不成，就在背后散布谣言诋毁周晓娇。王骁琦知道周晓娇那封没有送出去的信，造谣说周晓娇跟那个转走的学生发生了性关系。周晓娇得知了事情之后，当着全班同学的面给了王骁琦一记耳光，让王骁琦下不来台，至此之后，两人没跟对方说过一句话。

这天周晓娇回到家，一进家门便听到电视里播放着民生节目。她放下书包看了一会儿，发现节目正在说禁止"同城借读"的话题，记者还随机采访了几名学生家长，家长们也都表达了自己的不同看法，其中大多数都是持否定的态度。周晓娇只看了几眼，也没太看明白，反正她平时也不怎么喜欢看电视。

周晓娇的母亲李萍正在厨房忙活。在这套不是十分宽敞的两居室里，周晓娇和她的母亲简单而平静地生活着。不一会儿，李萍就将两个炒菜端了上来。

"妈，不是跟你说了，晚上吃一个菜就可以了嘛。"

"别把咱家想得跟困难户似的，妈就是暂时下岗了而已，还有你爸给的钱呢。"李萍有些不耐烦地说。

"下岗难道还有暂时的，下岗跟被单位开除没什么区别?"周晓娇看着桌子上的两盘色香味俱全的菜，小声嘀咕着，"再说，爸给你寄过来的钱，你应该攒起来，没准儿以后能用得着呢。"

"放心吧，妈心里有数，快吃饭吧。"

周晓娇到洗手间洗了手，坐到李萍旁边。

"刚才电视上说，以后都不准同城借读了，幸亏当初没让你到其他学校借读。"

李萍说话的时候，表现出明显的得意神态，这让周晓娇觉得有些别扭。她觉得母亲有点逃避责任的意思。她倒是不责怪母亲，她只是不喜欢母亲逃避责任。

"现在就指望你爸那边了。他在美国，不知道能不能把你也办到那边去。"

"能成就去呗，成不了也没办法。"周晓娇无所谓地说。

"对，想多了没用，船到桥头自然直。"

周晓娇的饭量小得可怜，以前每次她都是在李萍之前吃完，后来她觉得总是提前离开饭桌，可能会无意中伤母亲的心，所以她后来总是刻意控制吃饭的速度，认真地咀嚼。刚开始有些别扭，可时间久了，就养成了细嚼慢咽的习惯。她吃完了饭，帮李萍收拾了碗筷，回到屋里去做自己的事情。

周晓娇每天晚上都很忙。在东方红私立高中，能像她这样认真对待老师留下的作业的人大概不多，周晓娇是其中一个。她尤其重视英语作业，为了将来有可能去美国做准备。除了作业，周晓娇还要写点东西，构思一下《小娇的糊涂生活》。四格漫画构思起来可没有想象的那么容易，在仅有的四个方格中，一定要将故事浓缩成精华才行，因为能让作画者表现的空间实在是很有限。当然，这也是画四格漫画的乐趣所在。她很快就想好了一个故事：第一格是一个男孩站在讲台上；第二格是晓娇在写一封信，信上还画着一颗心；第三格是晓娇羞红着脸，将信交给那个男孩；第四格是一张空荡荡的课桌。她画完了漫画，皱着眉头看了看，有些不满意，不过她还是把那张漫画夹在了日记本里，放进抽屉，之后便上床睡觉了。

# 17

姚大力从早上起床就觉得自己没有任何精神，他觉得这样可不行，毕竟这也算是他一个人的“入学仪式”。上初中的时候，班级里曾经出现过转校生，那在他看来是有些不可思议的。他从小学到初中，都是很刻板也很顺利地读下来的，有一直陪伴在他身边的同学们。如今，他自己也要品尝这种被遗弃或是遗弃大家的滋味了，真是太讽刺了。他该怎样跟新同学接触？该怎样面对他们？他们是否会用一种好奇的目光，就像盯着一只动物那样盯着他？这些无关紧要的问题，从头一天晚上就开始搅得他心绪不宁。

姚山河要开车送儿子去上学，但是姚大力十分坚定地拒绝了父亲的热情。他不愿享受任何优惠待遇，因为他不想把这件事看得很重，尽管他自己就把这件事看得十分重要。

来到东方红私立高中，姚大力先去了办公室，见到了校长和主任，也见到了当时没有课的杨秀梅老师。

因为之前姚山河已经来学校跟主任说明了情况，姚大力做了自我介绍，杨老师便认出了他。

“之前在二中借读。”杨老师笑容和蔼地看着姚大力，“学习成绩应该不错吧？”

“不怎么好。”姚大力实话实说。

“还挺谦虚。”杨老师说，“你是我班的，我姓杨，还记得吗？两年前我们见过面。”

“杨老师好。”

杨老师看了看手表说：“哎哟，还有不到五分钟就下课了，你先在走廊里等一会儿吧，下课我给你安排座位。”

姚大力走出了办公室，靠在教室门对面的墙上，耐心地等待着下课。他在等待的时候，好奇地透过门上的玻璃看了一眼教室。他看到同学们都在安静地听老师讲课，跟霖阳二中的上课情景没什么不同。一个女孩捕捉到了他的目光，很奇怪的是，他也立刻注意到那个女孩。女孩用一种百思不解的表情看着姚大力，姚大力很不喜欢被这种眼神盯着，赶紧缩回了身子。

周晓娇下课之后第一个跑出了教室，她跟姚大力正面相遇了。他们的目光交汇在一起，虽然只有短短的十几秒，周晓娇的心却怦怦直跳。同学们都纷纷走出教室，走廊里杂乱无章，他们并没有多少互相盯着对方的时间。

“晓娇，去洗手间吧。”一名走出教室的女生看到周晓娇站在走廊里，走过来对她说。

“我不想去，我有点不舒服。”

那个女生随着人流走下楼梯，周晓娇则马上回到教室，坐在座位上，内心十分惶恐不安。张伟刚刚调侃完其他女生，此刻也回到座位上，看到周晓娇目光呆滞地坐在那里，觉得很奇怪。

“想什么呢。”张伟问道。

“张伟，你够不够朋友。”周晓娇问。

“那当然，不够朋友还怎么混。”

“那好，一会儿我告诉你该怎么做。”

张伟还没有明白周晓娇葫芦里卖的是什么药，杨老师就带着姚大力走进了教室。张伟抬头一看，又看了看周晓娇，愣了。

“赵丽现在没有同桌，我看看啊。”杨老师一边自言自语地说着，一边用眼睛扫视着教室的后排。

周晓娇用胳膊捅了张伟，张伟马上心领神会地说：“杨老师，让这新来的坐我这里吧，我想换同桌，让我去赵丽那个位置吧。”

“你想换同桌？”杨老师展现出老人特有的天真，“你为什么要换同桌啊。”

“我早就想换了，正想找个时间跟您说呢。”张伟说。

“你得告诉我理由才行。”

“周晓娇总影响我学习，没事还让我看她画的那些破漫画，一点意思都没有。”

周晓娇瞪了张伟一眼，她总感觉张伟的话七分是假，三分是真。

“那好吧，既然你自己愿意，那你去跟赵丽做同桌。”杨老师转身看着愣在那里的姚大力，指着周晓娇的旁边，“你就坐张伟的位置吧。”

姚大力点了点头，将书包放在座位上，人也坐了下来。

“下节是什么课。”姚大力转脸问周晓娇。

“语文课。”周晓娇向上扬了一下头，示意黑板上有课表，“你不用拿书了，下节课老师要讲练习册，你就先看我的吧。”

“谢谢。”姚大力有些紧张。

语文课上，姚大力看着周晓娇的练习册，那上面空空如也，根本就没做几道题。他也没什么心思认真看，只是在那里做做样子，不想辜负人家对他的一番好意罢了。

姚大力的第一天过得非常乏味。一个新来的同学，无论谁也不会轻易跟他走得太亲近，毕竟大家对他这个人都还不够了解。尽管两年前有过一个星期的交往，那实在算不了什么值得记住的回忆。那一天，姚大力中午一个人去校外吃午饭，晚上一个人骑车回家。

姚大力的生活很无聊，好在回到东方红私立高中的第三天，他收到了关燕寄过来的一封信。

大力：

收到我的这封信时，你一定备感意外吧？做了两年的同桌，真的非常舍不得你走。虽然可以给你打电话，可还是觉得写信更有感觉。再说我爸妈管我管得太严，平时不准我打太长时间的电话，给男生打就更不行了。

还是很替你惋惜啊，眼看不到一年就高考了，你却偏偏不能在这里读书了，我也很想念你。新学期我们调座位了，我现在和高耀祖同桌，这你应该早知道了吧。李芳休学了，我猜她休学的原因一定是学习压力过大造成的。她平时身子就弱，再加上高考的大山压迫着她，于是积劳成疾，好可怜。我和闫庆前些天还去她家看望她了呢，希望她能尽快好起来。顺便也提醒你，即使不能在二中读书，也不要给自己太大的压力，要保持身体健康啊。不过，估计你这个没心没肺的人是没有任何问题的。

我也有两个初中同学在你那里读书，所以我对那里也知道一些。你一定不要受其他人影响，别管班级怎么样，只管学自己的就好，千万别让别人影响你。

作为老同桌，我对你的关心也仅限于此了。接下来我要告诉你的事，你不要和任何人说。我觉得我们算得上是推心置腹的好朋友，所以，有些话我只想对你说。

就在刚开学不久，大概也就是一个星期左右吧，高耀祖向我表白了。这事你知道吗？我想凭你们的关系，他应该告诉你了吧。我真没想到，他竟然有那份勇气。我虽然没同意，可也没有严词拒绝，主要是不想让彼此的关系变得太尴尬，所以我只好用父母来搪塞了。

我现在真的很苦恼，你说我该怎么办？我对高耀祖的感情仅仅停留在朋友关系上。我并不喜欢他，对他没有感觉，在一起更是不可能。但是我又没有办法拒绝他，我怕这会影响到他的复习。而且我们现在还是同桌，这就更不好办了。

最近几天，每晚都被这些事搅得心烦意乱，有时听课都会走神。我只有和你说说这些事，才能感到轻松一些。

期待你的回信。

祝：学习进步

关燕

姚大力看完了信，呆滞地看着课桌上的某一个点，出神了好半天，都没注意到周晓娇已经注视着他好长时间了。

“你的女朋友？”周晓娇问。

“啊？”姚大力回过神来，“不是，一个同学。”

“骗人，你看信的时候，嘴都咧到后脑勺啦，一般同学才不会这样呢。”

“真的是一般同学，最多也就算是个好朋友。”

“哦。”周晓娇半信半疑地答应了一声，“看你那么高兴，我还以为是你女朋友给你写信了。”

“你也真是的，难道只有收到女朋友的信才值得高兴吗？”

“那倒不至于。”周晓娇甜蜜地笑着，“你有女朋友吗？”

“没有。”姚大力不假思索地说。

“那有没有喜欢的人？”

“曾经有过。”

“怎么回事，给我讲讲，没准儿能给我提供一些画漫画的灵感呢。”

“我记得是初三的时候，我对外班的一个女孩一见钟情，每天晚上骑车送她回家。闲聊的时候，对方说上高中以前都不想交男朋友。我当时觉得，既然人家这样说了，我就算表白了也没用。那时候我们每天晚上都要上晚自习。有一次，我和我哥们儿一起出去买鸡蛋饼。我看到校门对面蹲坐着几个混混，那个女孩也在他们之中——她根本没有等到上高中，就成了混混的女朋友。我当时根本想不明白，明明说好了的，她怎么就反悔了呢，真虚伪。反正从那之后，我就整天郁闷，以为自己是世界上最不幸的人，还影响了我的成绩。”

“你太傻了。”周晓娇笑着说。

“初中生能明白什么呀，当时觉得能一起骑车回家就很幸福了。”姚大力委屈地说。

“这个故事挺好，一个傻傻的男孩喜欢了一个表里不一的女孩，自己痴情地想入非非，结果女孩跟别人牵手了。”

“我可没想入非非啊。”

“我又没说你。”

“随你怎么说好了，反正那时候我比较傻。”

经过了三天的熟悉，姚大力跟周晓娇之间已经可以轻松自如地相互调侃了。主要的功劳应该归功于周晓娇，因为她看得出来，姚大力对新环境有一点排斥心理，所以她这三天来一直都很主动——主动跟他说话，主动拿他取乐。对于姚大力来说，刚刚来到新环境，在离开高耀祖和关燕的环境下，若没有关燕那封及时雨般的信，他的生活可能会就此颓丧下去。

当天晚上，姚大力从周晓娇那里要了两张信纸，给关燕写了回信。

关燕：

谢谢你关心我，也谢谢你这封信，它对我来说犹如沙漠里的一眼甘泉。

不瞒你说，我的心情最近很糟，非常不稳定，有时甚至想发脾气。但是细想一下，生气也不能解决任何问题。不能在二中继续读书倒没什么，只是我有些接受不了离开你和高耀祖。

高耀祖和你之间的事，我除了从信中得知的内容，其余一概不知，这家伙什么也没对我说。我虽然知道他喜欢你，但也没想到他竟然这么快就跟你表白了。

关于这件事，我也不知道该怎么办，毕竟我的想法是次要的，关键是你心里到底是怎么想的。从我的角度考虑，我自然希望你能和他交往。从各个方面来说，高耀祖都算得上优秀，至少我认为是这样。但是，如果你并不喜欢他，感情的事也不能强求。无论你选择哪一条路，我都支持你。

最后，希望你别为这件事而烦恼，如果有需要帮忙的地方尽管说。

祝：开心

姚大力

写完以后，姚大力又读了两遍，确认内容没有任何问题，才把信装入信封。

信于当晚放学后由学校附近的邮筒寄出。从信寄出到收到关燕第二封信的这一个星期里，姚大力度日如年，思绪如麻，更没有心思学习。每到下午的自习课，他不是看小说，就是看周晓娇的漫画，同时姚大力也在观察着老师和同学。杨老师对姚大力很照顾，觉得他的成绩应该还可以。可惜的是，那时候姚大力的成绩已经显示出下滑的迹象，只是因为身边没有比较，不甚明显罢了。

过了一个星期，关燕的信如期而至。

大力：

收到你的信很开心，高耀祖在昨天晚上放学的时候对我说了一些话，我觉得还是应该告诉你。

高耀祖说，现在是关键时期，他不想耽误我的学习，否则他自己也会过意不去。不过他说他喜欢我的事实不会改变。他让我在高中剩下的这段时间好好学习，他说会陪着我，并且保证不会给我带来负担。他还说毕业后要和我考同一所大学。

说实话，我对高耀祖虽然没什么感觉，但他的一番话却着实让我受宠若惊。我想女孩子都是这样吧，明知道自己不喜欢对方，可是当被关心时，心里还是会有一种优越感。我没办法明确拒绝他，一切等毕业后再说吧。

关燕

读完信，姚大力默默地沉思了一会儿。有些事情他想不通，之前他在二

中的时候，高耀祖对关燕总是若即若离，他喜欢关燕，可是自己却从来不去跟关燕表白。姚大力一直觉得高耀祖是因为腼腆，尽管他对其他女孩不是这样，可能他的确发自内心地爱慕着关燕。可是为什么他离开高耀祖之后，高耀祖的胆子仿佛忽然大了起来呢？难道是他的存在成了高耀祖行动的阻力？这根本说不通。他忽然有一种有些自私的想法，那就是他不想再参与关燕和高耀祖之间的事情了。在二中的那两年，他把太多的精力用在了如何促成高耀祖和关燕的关系问题上。他现在有种抽身而退的想法，这也是通常一个人离开某个环境之后，为了在新环境下安身立命，被迫萌生出的想法。不把旧的东西赶出自己的大脑，新的东西就很难进来。他很想把这种想法跟关燕倾诉一番，但是这又是个不能说的话题。他怎么能跟关燕说他不想再干涉她跟高耀祖之间说不清道不明的关系了呢？所以，姚大力虽然给关燕回了信，可是但凡他认为很重要的话题，他一句也没有写在信里。

关燕：

最近可好？看了你的信，我便放心了，看来我的担心是多余的。从信的内容可以看出，你并没有因为这件事而烦恼，当然也不至于影响学习，我为你高兴，也相信你能做到。

收到你的来信，我也很高兴。我想对于你我来说，这种感觉都是一样的。你和高耀祖的事，既然你自己能够处理得很好，我也就不多说废话了，还是来向你汇报一下我最近的情况吧。

目前，我基本上适应了所处的环境，但是我不得不承认，在这里我很难拿出当年的学习劲头，也许我天生不适合学习。虽然老师很负责，但是很多时候都是台上、台下各自为政。

我们做了两年的同桌，说不想你是不可能的。我就祝你取得好成绩吧，希望你每一天都开心，烦恼永远不会骚扰你。

好了，不再写了。

姚大力

当姚大力将信投入信筒的那一刻，信顺着邮筒滑到底部，发出轻微的碰撞声。他隐约感觉到，他将很长一段时间不会与关燕联系了。

# 18

平静地度过了过渡期，姚大力已经基本与新班级融为一体了。与他当初料想的如出一辙，自从他给关燕写了第二封信之后，关燕便没有再给他回信，高耀祖也一直没有给他打电话。他对此充分理解，也许因为进入了高三关键时期，两人都忙于复习，没时间与他联系。姚大力觉得还有一种情况的可能性比较大，虽然高耀祖一直没有对他明说，不过他主观臆断地认为当时那两个人一定都没有抵制住情感的诱惑，进而开始交往。既然开始交往，也就变成了两个人之间的事情，更没有告诉他的必要；在高耀祖和关燕的世界中，自然也没有他姚大力的存在空间。此外，姚大力还有第三种想法，那就是关燕察觉了他对她的那种微妙的超出友谊范畴的好感，于是果断地与他划清界限。不管是出于哪种原因，姚大力都不愿去计较，因为他还有自己的生活。

熬过了冰天雪地的严冬，随之而来的是乍暖还寒的春天，而高三的学生们也迎来了紧张、压抑的下半学期。树枝上零星点缀着浅绿色的嫩芽，到全部葱绿还尚需时日。早上的空气还是会让人觉得冻手，可操场上打球的同学已然逐渐多了起来。每天早上，姚大力骑车来到这所离家三千米左右的东方红私立高中。一路上，他的思维仿佛僵死了一般，视野里只有不断向身后退去的景物和一个个繁忙而麻木的躯体。新学期开学之后，他遇到了点不愉快的事情。杨老师大概是老糊涂了，非要在这么关键的时期重新安排座位，竟然把他跟张伟安排在一起。他承认班级里僧多粥少，他的个子也比较高，但是他依然希望自己身边能有个女孩子做同桌。

张伟这个人长得高大威猛，也可以说是愣头愣脑。他喜欢运动，可是却不擅长运动。但是张伟有个优点，性格比较随和，不喜欢斤斤计较，所以很受女同学欢迎。姚大力则不同，他默默无闻地度过了高三上学期，如果没有周晓娇，他可能就那样悄无声息地毕业了。

姚大力的课余生活单调乏味，除了打打篮球之外，再没有别的。而且放学后还必须立刻骑车回家，不能和张伟他们打台球消磨时间。当时他虽然已经和班里的好多同学相处得不错，可心思却始终没有从高耀祖和关燕那里完全摆脱出来。

那时候姚大力选择打篮球来忘记烦恼，也因为打篮球，他认识了更多的人。他们通常在体育课上打球。当时操场上有两个班级在同时上体育课，自由活动的时候，不知是哪个同学提议两班来一场篮球赛。起初姚大力并没有上场，只是作为观众在场边悠然自得地观看着比赛。当时担任中锋的是张伟，他的身体僵硬无比，看起来如同一个还不习惯走路的木偶。看球的同学兴致勃勃，甚至站到了篮球场里。然而，据姚大力推测，观众虽然不少，却未必都是球迷，只因为操场太小而体育课又不准回教室罢了。总之，球员激情四射，因为有大把的观众；观者热情洋溢，因为能看到这些人像猴子一样在场上张牙舞爪。

姚大力站在自己队伍半场的底线附近，兴趣盎然地观看着。他发现，当对手投出的球砸到篮筐的时候，张伟往往第一个跳起来争抢篮板。他凭借硕壮的身体，总是能在禁区内挤出位置。因此，多数情况下，他都能碰到球。可遗憾的是，张伟没有球感，甚至不知道该何时起跳，抢篮板时也从不把球拿住。他总是憋足了劲连续跳起，像摸高那样去抢篮板；一旦摸到了球，便一巴掌将球打出三秒区，结果球经常再次回到对手那里，给对手创造了二次进攻的机会。

比赛进行了一段时间，当对手领先了若干球并且又投进了一个三分球之后，张伟朝姚大力走了过来，让姚大力替他打——张伟因为烟抽得过多，根本坚持不了整场比赛。

姚大力因为事先没有准备，第一个反应便是："我不行，我不会打。"

"别废话，上。"张伟气喘吁吁地说，"你不是说你以前是班队的吗？我真的不行了，跑都跑不动了。"

如果姚大力再推辞就显得有些不识好歹了，于是便以一副救世主般的派头走上球场。

这种业余比赛没有布置战术的时间，因此姚大力只和队友进行了简短的交流。

既然姚大力是替张伟出场的，所以他自然而然地应该打中锋。尽管他比张伟矮半头，不过身体还算结实，打中锋并不吃亏。

比赛继续进行，姚大力从后场跑到前场，途中用余光瞥了一眼场边的同学。发现围观的人依旧如故，有些人在交头接耳地说着什么，有几个女同学在莫名其妙地笑着。当时姚大力略微紧张，好在心理素质不差，迅速调整了状态，不断地告诉自己要多传球。

打了几个回合，比分却始终追不上去。落后的第一个原因就是作为中锋的张伟不会打篮球；不过，既然他已经下场了，这个问题也就解决了。剩下的原因就出在那个对自己的速度相当自信的小个子后卫身上。姚大力在场下就已经注意到，班级里还是具备几个很有实力的家伙的。脸长得白白胖胖、身材魁梧的大个子叫王平。光看外形的话，他和张伟不相上下，可球技却与张伟有云泥之别。王平投篮时的感觉和姿势都非常好，有限的几次接球跳投都全部命中。身材瘦削并有些驼背的家伙名叫王骁琦，也是个球感不错的家伙。王平和王骁琦纵有一身球技，却英雄无用武之地。归根结底，原因就出在后卫身上。后卫的名字叫葛亮。每次他将球运到前场，总是不注意队友的跑动，而是在胯下运几次球，然后强行突破到禁区，最后在几双大手的封盖下胡乱将球投出。因为他们的比赛规则里没有三秒，因此张伟会一直在对方禁区里摧枯拉朽，可是无奈他不会抢篮板，经常将球拨给对手，轻易给对手发动快攻的机会。

尽管周围怨声四起，然而当局者迷，张伟和葛亮都没有察觉到队友的不满，尤其是葛亮，俨然摆出一副球队老大的派头。

因为姚大力平时跟葛亮不熟，葛亮出于礼貌，传给他一个球。尽管姚大力果断出手，但球却遗憾偏出。姚大力没有投进这个球，也就等于给了葛亮一个不再传球给他的理由。果然，当他们防守住对手的一次进攻，王平抢到篮板，然后交给葛亮，葛亮拿到球后开始加速，眼睛一直看着地面将球运到前场，就是看不见自己的队友。葛亮在自己的防守队员面前左摇右摆，始终突不进去。王平和王骁琦向他要球，都被他视若空气。最后葛亮在对方大个子的严防死守下仓促出手。

谁也没有想到，姚大力冲上前去抢得了一个前场篮板，迅速分给外线的王平，王平将球投进。那是个干净利落的跳投，没有多余的动作。王平投进后紧握拳头，姚大力十分理解那种久旱逢甘霖的心情。接下来的几分钟里，姚大力都没有投篮，而是把仅有的几个篮板球传给了王平和王骁琦。

比分始终追不上。就在这个时候，改变形式的事情发生了。在姚大力准备发底线球的时候，张伟走向场内，示意自己已经歇够了，问有谁想换下来休息一下。不可思议的是，葛亮居然放弃了继续表演的机会，主动下场了。于是张伟继续打中锋，姚大力改打后卫。

“你打后卫行不行啊？”王骁琦问道。

“没问题，”姚大力说，“我以前就是打后卫的。”

“好了，上吧。”张伟说。

全体队员跟着张伟煞有介事地大吼一声，奔赴球场。

姚大力小时候参加过一个体院的退休教师办的篮球训练班，当时跟他一同训练的家伙有很多都活跃在本市的各所高中。尽管他的实力和那些真正想在篮球领域有所成就的人不能相提并论，但基本功还算扎实，尤其擅长三分球。

他们的得分方式很简单。由姚大力将球运到前场，再分给王平或王骁琦，偶尔也会传给张伟和其他队员。王平通常会选择跳投，王骁琦则用他灵活的动作以及神似乔丹般的后仰跳投打出流畅的个人进攻。张伟在篮下接到球后，唯一的进攻手段是将球扔向篮筐，通常不会进，然后再自己争抢篮板。张伟有自知之明，传给他的球大多数又再度传到其他队友手中。

一旦姚大力他们打出了自己的风格，对手根本就不堪一击。遗憾的是，没人记录比分，结果下课之后，两队都认为是自己赢了。这真是奇葩的比赛。

## 19

一天中午，姚大力吃过午饭回到教室，发现张伟在教室里。他看到姚大力走进教室，连忙招手。

“什么事啊?”

“你先坐下。”

姚大力坐下后，张伟从课桌里掏出一封信，递给了姚大力。起初姚大力以为是关燕寄来的信，可看了一眼信封，发现上面不仅没贴邮票，而且连一个字也没写，不由得一头雾水。

“给我的?”

“对。”张伟说，“晓娇给你的。”

姚大力和张伟一起将信封拆开，里面只有一张信纸，折叠得平平整整，打开来看，只有一行字：晚上放学后一起回家吧。

张伟看了那个纸条，发出一声叹息，仿佛收到周晓娇的纸条是一件莫大的荣幸似的。

“这是什么意思。”姚大力莫名其妙地看着张伟。

“我不知道。”张伟煞有介事地摇了摇头，好像姚大力会不相信他的话似的，“这事你可别问我。”

“算了，无所谓了。”姚大力说，“等晚上就知道怎么回事了。”

“嗯。”张伟若有所思，“那你打算和她一起走？”

“无所谓，要是顺路的话，就一起走呗。”

“周晓娇挺好，性格开朗。”张伟笑着说，“要是能做她的男朋友，倒还真不错。”

“我没想那么多。我只是觉得晓娇邀我一起回家是看得起我，我没有任何理由拒绝她。”

“我懂。你和我是一样的人，咱们老爷们儿就不应该拒绝女孩子的邀请。”张伟说，“不过话说回来，你也真有本事，当初王骁琦追了她半年多也没成功。”

“真的？”姚大力对这个话题很感兴趣，“那我这样做会不会对不起他？”

“不会，他那都是老早的事了。”

“那就好。”姚大力抬头看了一眼四周。他想看看周晓娇在不在教室里，结果没发现她。

整整一下午时间，姚大力都在酝酿究竟应该以何种姿态面对周晓娇。尽管他们做了一段时间的同桌，周晓娇也一直对他很照顾，但是他们之间还仅仅停留在好同桌的关系上。周晓娇忽然给了他这样一张纸条，究竟说明了什么呢？想来想去也找不到答案，姚大力索性不想了。他做了一些英语选择题，对错完全不在乎，做完之后又开始胡思乱想起来。

到了放学时间，空气很湿润，看起来似乎要下雨。姚大力取出自行车，站在校门口，一边抱怨着天气，一边怀着激动和兴奋的心情等待着周晓娇的出现。几乎等到所有人都走光了，姚大力才看到这个小眼睛的漂亮女孩双手放在双肩书包的背带上，踏着轻快的步伐款款走来。姚大力借着校门口仅有的一盏路灯，认出了她，便一边微笑着朝她招手，一边欣赏着她走路时的样子。

“不好意思，让你久等了。”周晓娇腼腆地笑着说。

“没等多长时间。”姚大力说着迅速地打量了她一番。

“走吧。”她说。

“你的车呢？”

“我不骑车呀。”

“那怎么办？我这车带不了人，除非你坐在横梁上，不过好像有点危险，也不舒服。”

“没事，不用你带我，咱们边走边聊吧，别被杨老师看到了。”

姚大力和周晓娇漫步在从学校正门出来后必经的那条小马路上。他的心情仿佛被一股气流包围着，很温暖的感觉。

“晓娇，你家也住在榆树街吗?”

“不是啊，我家住在沙杨路。”

“啊?”姚大力惊讶地瞪着她，“那你为什么还要跟我一起走，还说顺路。”

“不行吗?”她盯着他，“我们现在不正是顺路吗，我又没说顺路到家。”

周晓娇侧过脸来望着姚大力，好像是在威胁，又像是在撒娇。

“当然行。”姚大力连眼睛都没有眨一下就答应了。他心里很清楚，以后可能要天天如此了。

“你是想让我送你到车站吗?”

周晓娇抬头想了想说：“我今天打算走回家，如果你着急的话就先走吧，不用理我。”

“我不急着回家，还是陪你走走吧。”

“那就不客气了。”

周晓娇低头偷笑了一下。姚大力觉得陪着这样的女孩走路，即使晚一两个小时回家也是无所谓的事情。

第一天结伴回家，他们没有过多的交流，只是很自然地打听对方的情况。

“你家是不是很远?”姚大力问。

“还好啦，走路的话半个小时。”

“还不算远。经常走路回家?”

“也不是，偶尔心情不好的时候才走路。”

“那今天是心情不好?”

“今天格外好，因为有人陪我一起走。”

姚大力虽然对沙杨路一带不是很熟悉，但是在他的印象中，沙杨路离霖阳市图书馆不远。

“走路的话恐怕不止半个小时吧?”

“所以才想让你陪我一起走啊。”周晓娇调皮地说，又忽然严肃地看着姚大力，“别总是问距离了好吧，要是真后悔的话，我允许你调头。”

姚大力的心情倒也坦然了，反正已经答应送她回家，想多了也无用，索性放慢速度，沉醉在少女与路灯交相辉映的浪漫气氛中。空气中带着沁人心脾的潮湿，让他的浪漫情怀发挥到极致。有一段路，他们都保持沉默，沉默是无声的语言，那种语言更让姚大力觉得幸福。

“你今天看到那张纸条的时候，有没有吓一跳？”

周晓娇首先打破沉默。她看着姚大力，小巧的眸子微微放大，等待着他的回答。

“有点不可思议。”姚大力说，“不过也没什么，我觉得你能做出这种事来。”

周晓娇大概觉得姚大力是在夸奖他，竟得意地笑了。

“那天我看你上场打球了，你表现得很好。”

听到一个看起来冰雪聪明的女孩子夸奖自己，姚大力感到心情愉悦，同时他也表现出足够的谦虚。

“其实王平和王骁琦打得也不错。”

姚大力发现，提到王骁琦，周晓娇显得不屑一顾。也许是因为当年那件事，他心想。虽然没有从张伟那里得知太多细节，不过从周晓娇的表情来看，王骁琦的所作所为一定让她非常反感。

“王骁琦最二了，看他那愚蠢的发型，愚蠢的身材，愚蠢的大脑。”

“咱们现在不是说打篮球吗？他的球技还不错。”

“别提他了，不准提他。”周晓娇指着姚大力的鼻子说。

“好，好，不提了。”

姚大力和周晓娇走了半个小时，果然离到家还远着呢。这时阴郁的天空开始下起了绵绵细雨，身上的细胞好像焕然一新，仿佛整个世界都湿润了。

“咱们得快点走，一会儿该下大了。”姚大力看了看天。

“我喜欢雨，也喜欢在雨里走。”周晓娇说，“你喜欢什么？”

“我喜欢雪。”姚大力不假思索地说，同时他想起了那次在北国公园踏雪的情景。

就在他们谈笑风生的时候，细雨悄无声息地越下越大，最后大到已经不能顶着雨走了，于是姚大力和周晓娇站在一家已经打烊了的商店门口避雨。他们陶醉于雨水发出的噼里啪啦的悦耳声。姚大力当时还有些精神恍惚。他们就那样站着，彼此缄默不语。

“这雨下得真好啊。”姚大力抬头看看天，又看看周晓娇。

“为什么？”

“这样我们就有理由晚回家了。”

听了姚大力的话，周晓娇显得很满意，不过她还是关切地问了句：“说真的，你这么晚回家会不会挨骂啊？"

"不会，实话实说就可以了，送同学回家，中途又遇上下雨。"

"不行，"周晓娇焦虑地说，"你可不能那么说，你不能总是说送我回家啊。"

"怎么，以后也要送吗？"姚大力觉得自己简直是在明知故问。

"算了，要是不方便的话以后就不用送我了。"周晓娇的语气中透着惋惜，让姚大力魂不守舍。

"方便，非常方便。"姚大力赶紧补救，"以后我每天都送你回家，就像今天这样，我在校门口等你。"

周晓娇莞尔一笑，说："那倒不必，以后一起出来就好，否则反而会让人觉得奇怪。"

姚大力仰望夜空，想象着高耀祖和关燕此时此刻是否也伫立在这个城市的某个角落，就像他和周晓娇一样，用话语去试图打开彼此的心。他低头看了看手表，一切美好的想象均被残酷的现实击破——还没到二中的放学时间，此时的高耀祖和关燕只能在教室里焦头烂额地做着那些看上去永远也做不完的习题。

急雨来得快，去得也快。他们见雨滴落在水洼里泛起的涟漪渐渐稀疏，便决定加快回家的脚步。姚大力和周晓娇并排走在马路旁，如果当时姚大力身边没有那辆碍事的自行车，相信他会拉住周晓娇的手，他只记得当时他想扔了那辆车。

"我到了，谢谢你啊。"周晓娇说。

"楼道里真黑，送你上楼吧。"

"不必了，我家就在三楼。"

周晓娇微笑着挥手道别，留下了一张笑脸。幽暗的夜色中，周晓娇那一头被雨水浸润的乌黑亮丽的头发在漆黑的环境中显得庄重而神秘，让姚大力忍不住想轻轻地抚摸。周晓娇一双灵动的眸子仿佛能够穿透姚大力的心，当她直视他的眼睛时，那双眼睛简直能勾魂摄魄。

周晓娇依依不舍地一边挥手一边消失在漆黑的楼道里。为了证明她已安全到家，姚大力多此一举地在楼下足足站了五分钟。回家的路上，他一路狂飙。

# 20

“兄弟，那天晚上你就让她这么回去了？”高耀祖诧异地看着姚大力。

“是啊，就是这么简单。”

姚大力说完，喝了一口啤酒。今晚没有关燕，是属于他们两兄弟的私下聚会。

“要是我，肯定会抱住她，然后亲她。”高耀祖自信满满地说。

“你吹牛逼吧，那时候我们多单纯啊，我不信你敢那样做。”

“现在想起来，是不是有些后悔？”

“如果后悔，又怎么会走到今天。”

这天晚上，姚大力和高耀祖喝了整整一箱啤酒，畅谈到深夜。他给高耀祖讲周晓娇的故事，高耀祖听得很专注。只是，无论姚大力回忆得多么详细，却怎么也无法找回当年的青涩和懵懂。他和周晓娇的故事，还远远没有结束。

自从那天以后，每晚送周晓娇回家成了姚大力的首要工作。为此，姚大力还对母亲撒了谎，说因为路途太远，骑车很累，想每天乘公共汽车回家。这样做的目的当然是为了能够和周晓娇一同坐车。姚大力每天先送周晓娇到家，然后再从她家坐车回家，整个过程差不多耗时一个半小时。但是，他觉得这样做非常值得，到家晚了，他就以公交车晚点为借口。不过，若时间耽误太久，李凤还是会训斥他，所以他决定想一个能从根本上解决问题的办法。

“我们干脆申请不在学校上晚自习好了。”

“那得让家长亲自写申请书才行。”

姚大力一边走一边牵着周晓娇纤细滑腻的小手。与那些生活在都市里的寂寞的年轻人一样，他们也需要一个能够彼此依赖的人。

“我可以冒充家长写个申请，杨老师老眼昏花，一定不会仔细看的。”

“可是，要是被家长知道了怎么办？”

“放心，我模仿家长写字最拿手了，不会被老师看出来的。再说班级里不是已经有好几个人不在学校上晚自习了嘛，你就说在家里学习效率会更高，谁会怀疑？你难道看不出来，杨老师现在都懒得管大家了。”

“我怕到开家长会的时候露馅。”

“倒也是。”姚大力思忖片刻，“我倒是没什么，即使被家长知道也无所谓，关键是你这边恐怕不行。”

“这样吧。”周晓娇失落地望着姚大力，“以后你送我到车站就行了，不用送我到家。”

“不行。”姚大力断然拒绝，“我想送你。咱俩白天在学校说话的机会本来就不多，要是连这点时间都被剥夺的话，我受不了。”

“我很高兴你这样说，可是你有办法应付家里吗?”

“总会有办法的，放心吧。”姚大力握紧了她的手。他能看出，周晓娇的眼神中充满了信任，那信任使他有生以来第一次有了一种责任感，在那一瞬间，他仿佛长大了。

事情竟然出乎意料的顺利，以至于他们根本用不着写什么申请书。说起来的确有些可悲，在最关键的高三下半年，班级的秩序却越来越糟，后来混乱的程度已经严重超出了杨老师的控制范围，学校的制度也已经名存实亡。每天上午，一些同学就会在下课的时候光明正大地走出校门，去打“星际争霸”。到了晚上，半数同学都不会在学校安静地上晚自习、不想学习的提前离校，想学习的都回家了。有的人觉得在学校和同学聊天比较有趣，因此留了下来。就这样，晚自习成了交流会。

主任对此采取了默许的态度。他们觉得对临近毕业的班级只能有一种管理方法，那就是放弃那些该放弃的，保住有希望考大学的。姚大力和周晓娇都很珍惜这一“天赐良机”：每当快到晚自习前的休息时间，他们便提前收拾好书本，等到铃声响起，便以最快的速度离开学校。

每晚灯火阑珊的时候，姚大力和周晓娇都要带着愉悦的心情走上一段路，走累了再搭乘公共汽车。那时候他们都没有向对方表明心意，而是彼此心照不宣。这样做不是刻意保持新鲜感，只是觉得有些事情一旦挑明，就会变得俗不可耐。

每次陪伴周晓娇到家门口，姚大力都会依依不舍地目送她走进楼道。除此之外，没有多余的动作。因为他们都害怕事情会进一步发展下去，最后变得无法收拾。

周晓娇并不知道，姚大力在和她交往之前，对生活没有什么憧憬。甚至在几年的时间里，姚大力都觉得，跟周晓娇在一起的每一个精彩瞬间，都充满着他再也找不回来的珍贵感情。

随着日子一天天过去，姚大力对周晓娇的爱慕之情已经达到了如痴如狂的地步。她那细小但很有灵性的眼睛，垂到肩膀的头发，以及她对他细致入微的关怀，都令他为之倾倒，让他心甘情愿地在这个女孩身上投入全部的时间和感情，去探索她那深不可测的内心世界。尽管有时他的直觉告诉他，周晓娇仍然有许多心事深埋在思想的最底层，有些事她还不愿意对他说起，但他对此并不在意。他明白，纯真的感情世界中不容许猜忌的存在。

周晓娇是个善于自我总结的女孩，她经常问姚大力，她究竟是一个什么样的人。

“你觉得我这个人怪不怪?”

“为什么这么问，我觉得你一点都不奇怪啊。”

“我觉得自己有时太情绪化，喜欢乱发脾气。”

“可是我并没有发现你对谁发过脾气。”

“在你面前，我多少要伪装一下。”

“那样可不好，”姚大力摸了摸她乖巧的脑袋，“两个人在一起就应该坦诚相待，靠装模作样可维持不了多久啊。”

“你批评我，是不是?”周晓娇专注地盯着姚大力，一双灵动的眼睛可爱得无与伦比。

“没有，我没有批评你。”

“骗我。”周晓娇噘起嘴，露出十分不服气的表情，“刚才还说要坦诚相待呢，你现在就不坦诚。”

“我说真的，我可从来不批评别人。”

“我不信。”

“那好，我问你，我们相处的这几个月，我批评过你吗?”

“确实没有。”

姚大力和周晓娇之间交往也并不总是一帆风顺，一些小小的不满引起的小波折也是他们感情世界中的一部分。但对他们来说，这些波折就像一部好看的电视剧中插播的广告一样，不至于影响人们收看电视剧的兴趣。

## 21

转眼间高耀祖已经回来两个月了。这段时间他偶尔会找姚大力小聚，但大多数时间都在忙自己公司的事情。

在此期间，拜高耀祖所赐，姚大力又过了一阵子纸醉金迷的奢侈生活。

唯一与以前不同的是，他们不再肆无忌惮地花天酒地了，因为姚大力的身边有了关燕。

高耀祖说过，像姚大力这样的男人，只要身边有个女人，他就会被拴住，从而变成一个标准的居家男人。或许只有关燕才知道事情的真相——姚大力只是身心疲惫了。

高耀祖找姚大力出去的时候不想老是带着关燕，他觉得兄弟之间的有些话还是不要让她知道比较好。有关燕在，他们就不能畅所欲言了。

“兄弟，你和周晓娇还有来往吗?”高耀祖问。

“没有，我想不会再有机会见面了吧。”姚大力喝了一口加了冰块的芝华士，“人生就是如此，能陪你走完一生的，最后只能是同你共眠的女人。”

“总觉得你当初的做法好傻。”高耀祖轻蔑地说。

姚大力心里明白，当初他确实很傻，可是他没有办法，那时候他的能力有限。

有人说恋爱的时候人会变成白痴，这句话的确是至理名言。因为那个时候的姚大力完全像个白痴，觉得生活不过如此。两年废寝忘食的学习，偶尔与关燕的争吵，与高耀祖的兴风作浪，如同压在箱底的老照片，即使镶嵌着弥足珍贵的快乐，也让人丝毫没有心思去回味。因为身边有周晓娇陪伴，因为生活总是顺时针前行。

平时在学校，姚大力和周晓娇并不是每天都黏在一起，因为他们要防备那些专门扼杀纯真感情的德育老师。只有离开了学校，他和周晓娇才可以大胆地表达出内心的爱慕。然而，即便如此小心，他们交往的事情还是不胫而走，传到了主任的耳朵里。紧接着到来的是王骁琦的冷言冷语。王骁琦这个人最愚蠢的地方莫过于没有自知之明。他总是认为自己的死党颇多，因此信口雌黄的时候从不有所顾忌，结果好多女生都把他针对姚大力的那些流言蜚语告诉了周晓娇。如此一来，姚大力与王骁琦建立在篮球基础上的友谊坍塌了。

对王骁琦感到不满的不仅仅是周晓娇，还有张伟的好兄弟王平。一物降一物，王骁琦似乎对王平特别忌惮，这从平时他们在一起时的一举一动中都能表现出来。

张伟虽然是班级里的老大，但是张伟的性格还是趋于平和的。王平则不同，平时经常旷课的他在外面交往甚广，据说好多学生之间的斗殴都有他的参与。周晓娇经常告诉姚大力，不要和王平走得太近，那种没有大脑的家伙总是会给别人带来不必要的麻烦。可麻烦到底还是出现了，只不过摊到了张伟的头上。

张伟跟姚大力说起那件事的时候，正是在一节令人昏昏欲睡的下午自习课上。姚大力刚从睡梦中浑噩地醒过来，便看见张伟一个人在那里冥思苦想，时不时还小声咒骂两句。他以为张伟又被哪道数学题给卡住了，便好心地问："哥们儿，哪道题不会？"

"跟学习没关系。"张伟苦笑着说。

"不是吧，除了学习，还有什么事能使你烦恼。"

张伟看来是真的很烦恼，因为他不仅没有回应姚大力说出的话，而且还颇为失望地看了他一眼，让姚大力感到无地自容。

"王平想揍王骁琦。"张伟叹了口气。

"因为什么？"

"因为我女朋友。"

随后，张伟把事情的来龙去脉一五一十地说给姚大力听。

事情就发生在当天中午。张伟有个女朋友，叫陈玲。陈玲是外校的学生。由于家人对她严加看管，因此他们平时见面的机会很少。大多数时间，都是张伟中午去学校看望她。但是偶尔陈玲也会来找张伟。她每次到来，张伟都要花费至少三天的伙食费请陈玲吃一顿饭，捉襟见肘的时候还要向姚大力借钱。

当天中午，张伟带着陈玲来到学校附近的一家烤肉馆吃饭，看见了刚刚坐下来的王平和王骁琦。重情谊的张伟当即邀请两人过来一起坐。王平百般推辞，但王骁琦却表现出十分愿意的样子。在饭桌上，王骁琦好几次跟陈玲开起了龌龊、猥琐的玩笑，让张伟经常处在尴尬的境地上。虽然王骁琦一口一个"嫂子"地叫着，却好像根本没将张伟放在眼里。

这件事让平时"义"字当头的王平非常愤慨，火暴的脾气随时可能一触即发。事后，王平站在操场上对张伟说："张伟，我和你是兄弟，今天的事我实在是看不下去了，要不是看你的面子，当时我就揍他了。"

"我看出来了。说实在的，大家平时关系都不错，他确实不应该那样。"

"不是我说他，就他今天做的这些事，是他妈好朋友能做出来的吗?!"

"但是大家抬头不见低头见的，还是算了吧，真把他揍了以后可怎么相处。"

"我靠，你还护着他。你看看他今天的表现，不是在那里吹牛逼就是在那里挑逗陈玲。他今天有点装大了。"

"那你说怎么办？"

“今晚放学后揍他。”

“好，你要是真打算揍他，我肯定帮你。”张伟豪爽地拍了拍王平的胳膊。

事情就这样简单地敲定了。可是回到教室不久，张伟便有些后悔了。他虽然平时也打过架，但是从没有对同班同学动过手。王平这一次又是为他出头，不上又对不起好兄弟，他真有点进退两难。

王平在班级里乃至整个东方红私立高中都是赫赫有名的火暴脾气。据张伟说，高一的时候，东方红私立高中刚刚成立，有很多外校的混混来找麻烦。每次遇到这种事，王平总是第一个冲出去站在校门口，手里紧紧握着一根不知道平时被藏在哪里的棍子。张伟和王骁琦也会跟着跑出去。三人站在一起，那些混混们轻易都不敢靠近。但张伟说，王骁琦其实只是见机行事，真的打起来，他不一定能上。

王平对王骁琦也很了解，以前积累的那些不满终于要爆发了。

“大力，我现在不能打架。陈玲跟我说了，如果我再打架，她就要跟我分手。”张伟说出了他不想参与这次行动的真实原因。

“你就将你的想法跟王平说出来，如果他是你的兄弟，不会不理解你的。”姚大力说。

然而，张伟仍然犹豫不决，他觉得那样王平就会认为他是一个没有骨气的人。最后，姚大力不得不出面帮助张伟解决这个麻烦。他利用下课时间找到王平，语重心长地和他说起张伟的想法。王平对待姚大力非常客气，但也让姚大力白费苦心。因为他说不用张伟帮忙，他要自己揍王骁琦。

“你省省吧，你应该多为张伟想一想，他可是拿你当兄弟一样看待。”

“我都说了这件事不用他帮忙。”王平不耐烦地说。

“我明白，但是凭王骁琦的为人，如果你打了他，我猜他是一定要告到老师那里的。你别忘了这是私立学校，校长一句话就能开除你。而张伟不可能看着你被开除，他会找老师将责任承担下来。到头来还是他倒霉。你要是真想揍王骁琦，等毕业后也不迟。”

姚大力觉得如果再说下去，王平没准儿会先揍他也说不定，但王平没有那么做。

“行了，这事就到此为止，我保证不打他行了吧。”

事情解决了。晚上放学后，姚大力跟周晓娇说起这件事，周晓娇笑着说“张伟成熟了。”

“你有没有想过，这也许都是你的功劳啊。”周晓娇说。

“我没帮上他什么忙，举手之劳而已。”

“我觉得不是那样。张伟刚来学校的时候，整天和王平他们厮混，不是打架就是抽烟。可是自从你和他成为同桌以后，他明显比以前安稳多了。”

周晓娇认为，经常在一起的几个好朋友之间，经过长时间的相处，他们之间的性格都会潜移默化地影响到对方，不论男女。

“我觉得男女之间更能相互影响。”姚大力说。

“男孩让女孩懂得善良，女孩教会男孩如何去爱。”周晓娇说。

“你说反了吧。”

“就是这样。男孩的心胸宽广，他们的爱是一种博爱，是一种善良。女孩子的爱就狭隘许多，但是女孩子懂得怎样去爱一个男孩。”

姚大力摸了摸周晓娇的脑袋，尝试去体会一下她所说的爱。

他们手牵着手慢慢地走到车站，公车载着疲倦的人们一辆接着一辆地从他们身边匆匆而过。在车站伫立良久，姚大力将周晓娇送上了最末一班车。周晓娇带着羞答答的微笑上了车，车窗里的人们用鄙夷的目光扫视着姚大力。

公车飞驰而去，姚大力仍站在原地，脑子里回味着那些大人们的目光。他们那样看他，或许正是因为当年他们也曾幻想过这种情景发生在自己身上，但是却没有勇气付诸行动。所以，当看见别人这样做的时候，他们内心的嫉妒便肆意膨胀，最后表现在面部肌肉上，来求得一份心安理得的快感。

周晓娇就是这样教会姚大力如何去爱的。只是，这份爱的代价实在太大了，大到他根本没有勇气再去尝试。

## 22

“大力，最近高耀祖怎么没找你出去？”

“那家伙又跑到外地去了，说是过几天再回来。”

关燕听到后，似笑非笑地看着姚大力，笑得有点让他摸不着头脑。不等他猜测，关燕紧接着的问题让他彻底地释怀。

“亲爱的，知道下星期的今天是什么日子吗？”

“怎么会忘记，是咱俩确定关系的日子，都老夫老妻了还提这个。”

姚大力说着笑了。他的笑让关燕有些气恼，但是他知道她不会真正生气，从她的话语中就能知道。关燕努起嘴说出了那句常说的话："别总老夫老妻的，我还没老呢。"

虽然这句话姚大力早就听腻了，但是每次听都觉得很好笑。他看着对面的关燕，心想她说得何尝不对。他们已经不知不觉地度过了而立之年，但是关燕却依然不显老，风华正茂，妖艳多姿，像是二十五六岁的女人。

"我们去开车兜风吧，像以前那样。"

没跟关燕在一起的那段日子，当姚大力寂寞的时候，他便喜欢一个人驾车飞驰在深夜的马路上。后来有了关燕的陪伴，开夜车也就多了一分乐趣。那时候关燕总是将头靠在他的肩膀上，不一会儿就睡着了。姚大力不止一次提醒她系好安全带，但是关燕说那样他就会放松警惕，她要让他时刻考虑着她的安全，不至于出车祸。

不知道开了多长时间，如果折合成里程数的话，估计早已开到了外市。回到自家小区，轿车安静地在院子里休息，关燕靠着姚大力，始终不肯醒来。这时，姚大力的大脑里闪现出许多种情景来。他可以将关燕叫醒，也可以将车窗稍微打开一点，就这样睡到天亮。要不在车里亲热一番也未尝不可。他依旧害怕，一想到曾经孤独的日子，便会产生一种恐惧感。他很清楚，他想和关燕在一起，只要有关燕陪在他身边，全世界他都可以舍弃。

多年来姚大力一直在质问自己，女人究竟是什么，可他一直找不到答案。有时候他觉得女人都是天使，男人是天使的仆人，所以男人照顾女人是本职工作。但有时他又觉得也许就像尼古拉斯·凯奇主演的《天使之城》里演的那样，男人才是真正的天使。

在姚大力人生的前半段旅程中，不同的时间总是有不同的女人出现在他的生活里，让他原本平静的生活泛起一丝波澜。如果没有她们的出现，就不会造就现在的姚大力，他一直这样认为。

就在姚大力和周晓娇相处得如胶似漆的时候，一个暂时脱离了他的生活圈的女孩又出现在他的生活中。

某天下午，自习课的间歇，姚大力一如既往地做着几何题。突然面前的光线被一个纤细的身影挡住，周晓娇用手里拿着的一个东西轻轻地敲了一下他的脑袋。

张伟斜眼偷偷看了一眼周晓娇，又低下头去。周晓娇也看了张伟一眼，随后对姚大力说："有你的信。"

"我的?"

"对，好像是你以前的那个同学。"

周晓娇说完，将信放在课桌上，转身走掉了。

这时候张伟抬起头，看着姚大力，露出邪恶的坏笑，仿佛姚大力做了什么见不得人的事。姚大力看着信封，表面上故作镇定，内心却早已泛起波澜，因为那信封上赫然写着：霖阳二中关燕寄。

姚大力在看到那封信后乐不可支。这本来无可厚非，但是他还是觉得周晓娇在前面盯着他，他甚至都不敢抬头确认。从周晓娇给他信时的表现来看，她很可能对此介怀。然而，当时姚大力并没有过多在乎周晓娇的感受。他马上拆开信，看着信的内容，才发现自己依然对那熟悉的字迹怦然心动。

大力：

你好吗？希望你一切都好。自从上次给你写信到现在，似乎已经过去了很长时间，这段时间不知你过得怎么样。

对不起，最后一次收到你的信后，我一直没有回信。没再给你写信自然有许多原因，主要是考虑到高三这一年的学习可能会很累，既不想耽误你也不想耽误自己。高耀祖没跟你联系，原因也是如此。

在这几个月的时间里，我的身边发生了许多莫名其妙的事；但我觉得除了一件事以外，其余的都不重要。这件重要的事我真不知道该如何对你说，但我必须要告诉你，那就是，我在收到你的信之后不久便同意了与高耀祖的交往。

不敢告诉你就是怕你笑话我，笑我是个立场如此不坚定的人。不知为什么，我总是很在意你对我的看法，可能是两年的同桌关系让我下意识地对你产生了一种信任感吧。你有时就像一个体贴的大哥哥，有时又像一个淘气的小弟弟。总之，能和你做同桌真的很快乐。

不瞒你说，自打高三以来，我突然感觉压力特别大。虽然我在班级里的成绩还算凑合，但我清楚，自己并不是什么天才，能取得这些好成绩都是用枯燥的生活和日复一日的努力换来的。起初我以为这样的生活就是适合我的，这些就足够了，直到你离开二中后我才明白，事情根本不是那样。

以前，一天24小时的时间里，我们几乎有一半的时间都要待在一起：和你聊天，给你讲数学题，帮你听写英语单词，借你抄作业，这些对我来说都是一种快乐。还记得以前的那些事吗？好几次给你讲题的时候，还没讲完你就开始不耐烦地闲扯起别的事情来，到最后，本来是我给你讲题却反倒成了你给我讲笑话。和你吵架也是一种快乐。以前，我一直以为自己是个心胸宽广的女生，没想到和你一比，我竟成了小心眼的人。每次我俩吵完架，我还在那里生闷气，可没等多久，你就笑着和我开起玩笑，好像之前的争吵从没有发生过似的。

不知你是否还记得一年前的那次“约会”，虽然是我们三人的约会，可留给我最深印象的却是在公园单独见到你的那一刻。偌大的公园只有我们两个人，真像突然来到了另一个世界。

高耀祖并不像你那样能够逗我开心，他给我的感觉是细腻、安全。我这样说你可千万别生气，我知道你不会的。其实我也没有想到，就在收到你的第二封信后不久，高耀祖就对我说，他喜欢我喜欢得不能自拔；而那一次我没有拒绝他，我同意了。说真的，我甚至不知道自己为什么同意，可能是身边真的需要一个能够时刻关心自己的人吧，而高耀祖那时对我又是那么体贴。

你在学校的学习情况怎么样？没有放松吧？有没有交到女朋友？不管怎样，努力学习，别放松自己，老同桌祝你快乐。

关燕

读完信，姚大力长叹一口气，引起了张伟的好奇。他警觉地问道：“什么人的信?”

“一个女孩子。”姚大力有气无力地说道。

“以前的旧爱?”

“去你的，是我最好的朋友，如今是我兄弟的女朋友。”

“那你干吗唉声叹气的。”

“你不懂。”

“你小心点，周晓娇一直看着你呢。”

张伟的话让姚大力心头一惊，他抬起头，和周晓娇的视线交汇在一起。周晓娇瞬间就将头扭了过去，表情有那么一点点冷漠的愤怒。事情已经既成事实，姚大力暂时将周晓娇的反应抛在一边。他将脑袋搭在桌沿上，久久不想抬起。他的身体仿佛成了一个躯壳，用来操纵躯壳的灵魂已经穿越了时空，回到了一年前的那个冬天。

然而，一切都已经是不可挽回的过去。

他已经不是那个时候的姚大力了，他强迫自己这样想。纵然那个时候的他很幸福，纵然那个穿着浅灰色大衣站在雪地里凝视着他的关燕也曾令他心动，但那毕竟都结束了。如今有周晓娇陪着他，现在的生活对他来说才是真实的，触手可及的，而不是那缥缈的没有任何希望的三人约会。

自从和周晓娇在一起，姚大力一直过着精神上半封闭式的生活。他以为一切都在顺其自然地进行着，直到他这种虚假的孑然一身的生活态度被那封信无情地敲碎，他才发现自己是那么自私。

关燕和周晓娇是截然不同的女孩，姚大力无法控制地开始将两人比较起来。原本他觉得自己只喜欢周晓娇，可是关燕却将他拖入一个混乱的旋涡，他开始怀疑自己是否对关燕也保留着一些超越友谊的感情。因为当他得知关燕和高耀祖公开交往的消息以后，并没有马上为她感到高兴，他的内心有那么一点点妒忌，即使他已经有了周晓娇，也还是心怀芥蒂。

负罪感充斥着姚大力，他的内心世界一片混乱。

当天晚上放学的时候，周晓娇一反常态地走到姚大力面前，催促他快点收拾东西，而以往她总是站在教室门外的走廊里等他。

姚大力没敢多说话，将书桌上的东西往书包里匆匆一塞，便跟着周晓娇走出了教室。离开学校后，周晓娇执意要他送她回家，而不是像往常那样只送到车站。

尽管思想混杂不堪，但是当姚大力和周晓娇单独相处的时候，还是觉得幸福无时无刻伴随着他。这种幸福感让他把一切烦恼都抛到了九霄云外，包括对关燕的思念。

虽然已经到了春天，但寒冷的空气依然凝固了整个城市。在这样的天气里，人们仿佛都忘记了快乐，忘记了生活的意义。然而，周晓娇的心是火辣辣的，因为从下午开始，她就一直在乎着那封信，以及信封上清晰可见的“关燕”这两个字。

“是你曾经的那个同桌吧？”周晓娇问道。

“谁？”

“那封信。”

“是的，你观察得倒挺仔细的。”

姚大力的这种回答方式令周晓娇不满，她略带不屑地说：“名字写得那么漂亮，想不注意都难。”

周晓娇说完将头扭向一边，顺便向外迈开半步，与姚大力保持一定的距离。姚大力厚颜无耻地向她靠近半步，问道：“你很在意那封信？”

“少臭美，我才不稀罕。”

可是过了没多久，周晓娇又突然转向姚大力，威胁似的问：“好，我对那封信很在意，能让我看看信的内容吗？”

这一招让姚大力猝不及防，他不太敢相信周晓娇能向他提出这种要求。平时她对他的隐私不闻不问，总是毫不在意。姚大力当时并不介意周晓娇看那封信，如果她坚持要看的话。

“你真的想看？”姚大力试探性地问道。

“骗你呢，看把你紧张的。”

“我就知道你不会真的想看。”姚大力的心宽松下来，但还是装作不在乎的样子，“不过给你看也没关系，她只是在信里告诉我她和我的兄弟开始正式交往了。”

“这种事都告诉你，看来你们的关系真的很密切嘛。”

“算了，你还是亲自看看吧。”

姚大力终于决定不对周晓娇隐瞒信里的任何内容，说着便要从书包里取出那封信，只是还没拿出来，就被周晓娇的手按住了。

“我不看，”周晓娇笑着说，“有些事情不是你该知道的就不要试图去知道，否则只能带来烦恼。”

周晓娇这番自我开导般的话语倒让姚大力觉得欣慰：她就是这样的女孩子，懂得在纷繁复杂的生活里求得一份心灵上的平静。

但是这一次，她真的很在意。

公车上乘客稀少，姚大力和周晓娇默默无语地坐在后边。姚大力耐不住寂寞，偶尔问周晓娇一两个无关紧要的问题，她也是心不在焉的敷衍了事。大多数时间里，周晓娇始终缄默不语，直到下车。

“陪我散散步吧，我有点不想回家。”周晓娇站在车站说。

“你怎么了，心情不好吗?”

“没有，”周晓娇辩解道，“就是想和你多待一会儿。”

“只要你不怕冷就行。”

“跟你在一起就不会冷。”周晓娇扯了扯姚大力的衣角。

“行，我们去散散步吧。如果冷的话就告诉我，我的衣服借给你穿。”

周晓娇心满意足地点点头，将一只手揣进姚大力的外套口袋里，握住他的手。

## 23

沙杨路离商业街很远，周围也没有什么有趣的地方。他们来到另一个公共汽车站，由于晚间的公车间隔很长，姚大力已经感到了周晓娇的身体在发抖。他想劝她回家，可是又知道她绝不肯妥协，只好站在风来的方向，替她遮挡寒冷。

终于等来了一辆环城公交。上车以后，发现车里和外面一样瑟瑟冻人，于是他们决定站在车里，不去考虑那满车的空座。

随着环城公交一路向西，与先前在车上不同的是，这一次周晓娇显得很兴奋，连姚大力都受其影响，忽略了车内寒冷的空气。周晓娇时而冲他微笑，时而望向窗外。她兴致勃勃地向他介绍沿途的建筑。而姚大力真正关注的只有她那被路灯反射出的乌黑的充满光泽的头发和她无忧无虑的神态。和这些相比，那些建筑也都黯然失色了。

他们在一座不知名的公园附近下了车。

公园里虽然人烟稀少，但因为紧挨着车辆川流不息的主干道，旁边又有一座五星级酒店，所以安全性倒是挺高的。

来到公园，周晓娇拉着姚大力的手走了很远。公园里人迹罕至，是青年男女打情骂俏的好地方。

不知走到了哪里，周晓娇突然松开手，转过头来，温柔的目光注视着姚大力。

“你喜欢我吗?”

“喜欢。”

姚大力被周晓娇突如其来的问题弄得有些茫然，因此他都不清楚自己的回答是出于本能还是经过了深思熟虑。然而，当他匆匆忙忙地回答了她的问题之后，便没有机会再说其他的甜言蜜语了，因为周晓娇踮起脚尖，献给了他一个深情的吻。当她吻他脸的那一刻，他感到世界顿时停止了转动。

“我不准你喜欢那个女孩。”周晓娇一脸委屈地说。

姚大力诧异地看着她，一时无言以对。其实，当时他本可以矢口否认。可是在那一刻，他竟愚蠢地思考着自己究竟喜不喜欢关燕。

敏感的周晓娇没有放过这片刻的迟疑，逼问道：“你是不是喜欢她?”

“你怎么了?”姚大力试图让她恢复理智，“为什么突然想起她来了?”

周晓娇似乎觉得姚大力在敷衍她，变得更加激动。

“今天下午我回头看你的时候，你一直在那里耷拉着脑袋，难道你不是一直在看那封信吗?”

“看信能说明什么，她是我的老同桌，是我最好的朋友，仅此而已。”

“真的?”

周晓娇充满恳求地望着姚大力，似乎急切地想得到令她放心的答复。

“不骗你，她现在有男朋友。”

“那你为什么要一直看那封信，好朋友的信不至于让你爱不释手。”

“你不明白，自从我离开他们到现在，已经有好几个月没有联系了。她和我做了两年的同桌，而且现在还是我兄弟的女朋友，我当然很想念他们。不过，那也只是对朋友的想念罢了。可能是因为今天看见那封信，让我想起了以前的生活，所以就多看几眼，这有什么关系。”

姚大力虽然不知道处在情绪波动中的周晓娇是否听明白了，不过从她的反应来看，她已经平静了许多。

“对不起。”

周晓娇哭了。那是她第一次在姚大力面前流下柔弱的眼泪。

“别再多想了，什么事也不会发生，我是不会喜欢别人的。”

周晓娇扑在姚大力怀里，细声细语地对他说：“我今天看见那封信，也不知怎么的，突然觉得好害怕，怕你因为那封信而离开我，怕你不能陪我了。”

“怎么会呢，那封信又不是圣旨。我肯定会陪在你身边的。”

“你真的不会离开我吗?”

“真的不会，”姚大力十分肯定地说，“除非你把我抛弃。”

对于没有生活压力的姚大力来说，承诺是多么轻而易举，然而，又有多少爱情能够经受得住岁月无情的侵蚀呢。

周晓娇开心地笑了，好像爱情的主动权又回到了她手里。姚大力用手指轻轻拭去周晓娇眼眶下残余的泪水，又用袖口按了按她的脸。

姚大力强迫自己忘记之前一个小时内发生的所有不愉快的经历，只记住那些开心的畅谈，还有他脸上残留的梦幻般的感觉。

回去的路上一帆风顺。尽管末班车还没到，但经历了一场突如其来的风雨，他们已经没有力气再走回来时的车站，于是他们叫了一辆出租车。

回到周晓娇家楼下，姚大力跟她一同下了车。

周晓娇对姚大力说，她永远喜欢他，永远永远喜欢他。

永远是多远，姚大力当时并不理解。但是周晓娇理解了，也做到了。原来永远喜欢一个人，就是不能跟那个人走完一辈子。

姚大力目送着周晓娇走进楼道，便带着寂寥的情绪踏上回家的路。他走走歇歇，竟一路走了回去。姚大力满脑子想的都是周晓娇的样子：她生气，开心，哭泣，沉默。这些图像让他忘记了路途的遥远，忘记了时间的流逝，忘记了回到家之后等待他的也许是一场狂风暴雨般的训斥。

姚大力一共用了两小时二十八分，才终于回到了温暖的家。他觉得那是他至今为止走过的最长的一段路。他多么想将自己的命运操控在自己手里。可是，他做不到，如果他能做到，他就不会认识周晓娇。

# 24

生活就像一部精心编制的角色扮演游戏，总是在风平浪静的时候横空出现一道屏障，绝不会让主人公轻松惬意地过关。就在收到关燕那封信的第二天晚上，高耀祖的电话也不期而至。

“最近怎么样?”

高耀祖说话的风格依旧那样直截了当。但是姚大力从他的语气中却没有听到那种久违的惊喜。

“你问我最近怎么样。”姚大力哈哈大笑两声，“你可知道，你都已经多长时间没给我打电话了。”

“我们是兄弟，难道还要靠电话来维持关系不成，再说你不是也没给我打电话。”

这句话听起来很无赖，但是却让姚大力无从反驳。高耀祖说得对，他为什么就不能主动给他打个电话呢？姚大力把这种情况归咎于自己一贯性的懒惰。生活有时就是这样，当你集中全部精力在某件事或某个人身上时，你可能连给好朋友打个电话的时间也抽不出来。

“我是怕影响你学习才不打电话给你的。”姚大力狡辩着。

“咱俩想一块儿去了。”高耀祖说，“不过说实在的，你真想象不到我们每天有多累，几乎天天都是考试。”

姚大力听高耀祖说起学习方面的事，感觉好像在听别人的故事，与他再无关联。曾几何时，他也是他们中的一员；然而，只要你走出去了，就不能回头。所谓浪子回头金不换不过是软弱的人自欺欺人的口号。得到与失去永远不会是单方面的。

“我跟你们不一样，你们都是天之骄子。”

“你就尽情地讽刺我吧。”高耀祖得意扬扬地说，“不过我不在乎，我和关燕开始交往了，你已经知道了吧。”

“知道，昨天正好收到她的一封信。”

“才收到吗?”高耀祖十分惊讶，“我就是想让她通知你这件事，才让她给你写信的，她应该早点给你写才是。”

高耀祖说这句话的时候，语气中透着一股扬扬得意的劲头。姚大力不会容忍他在他面前继续嚣张下去，于是讥讽道："都发展到这种地步了，连写信都要经过你的批准。"

"当然不至于。"高耀祖满不在乎地说，"因为关燕本来不想告诉你，可是我觉得应该让你知道，你们也是最好的朋友嘛，而且你我还是兄弟。如果只是我单方面告诉你，实在是太别扭了。我是想让她给你打电话，是她自己决定给你写信的。"

"既然你给我打电话了，你就顺便告诉关燕，那封信我就不回了。反正又没有什么重要内容，你直接告诉她信我已经收到就好了。"

"你还是回一封吧，没准儿关燕还挺期待你的回信呢。"

"不，还是不回了。说实话最近复习很忙，没什么时间回信。"

"那好吧，随你。"

姚大力在电话里讲了那封信如何给他带来麻烦，以及他和周晓娇之间的关系。高耀祖听完，觉得像周晓娇那样的女孩不是姚大力能应付得了的。高耀祖说周晓娇城府太深。姚大力听了，也并没有责怪高耀祖。不过，他也不是那种听别人随口说几句便轻易做出改变的人，即使对方是他的兄弟。

姚大力在电话中稍微表达了一些对高耀祖的思念，好让高耀祖不至于以为他把他忘了。

"兄弟，再忍忍。等高考结束之后，我们就能像以前那样天天在一起挥霍青春了。"

高耀祖的这番话让姚大力飘摇不定的心有了寄托，给了他希望。这个看似平凡的希望支持着他继续走下去，直到高中毕业。

接着他们又聊了一些往事，才依依不舍地挂掉电话。也许是因为在短短两天内发生了太多事情的缘故，那一晚姚大力彻夜未眠。都说一个人成熟起来只在一朝一夕，或是经历一场惊心动魄的考验。姚大力不知道那两天所发生的一切是否惊心动魄，也不知道那是不是让他成熟的一朝一夕。那天晚上，他躺在床上，脑子里只有这三个人。他们分别代表着他的过去和现在。然而，他的未来呢？有谁能真正看清过去和当下究竟哪个更重要。今天到了，明天便成为过去，过去化作回忆，而珍贵的记忆便是由无数的过去组成的。记忆是支离破碎的，因此人们总是喜欢把记忆形容成碎片。这些碎片需要整理，最后组成完整的记忆，并最终进化为人生。倘若这些碎片无法整理，便会残留在大脑里，扎得你生不如死。

姚大力的记忆，至今拼不成完整的画面。

# 25

姚大力与高耀祖在一家装潢高雅的咖啡厅里见了面。高大的玻璃墙体将五光十色的城市渲染得绚丽多彩。生活在如此刺眼的环境下，姚大力有时候也会觉得很累。还好，对面有他最好的兄弟陪伴，让他疲惫不堪的身心恢复了一丝生机。他顺着玻璃向外看了一眼，店门外停着高耀祖那辆纯黑色的新款奔驰轿车。

“以后有什么打算?”姚大力问。

“没什么打算，把公司经营好就可以了。”高耀祖捻灭了烟头，心不在焉地回答。

“那感情方面呢。”

“走相亲路线，不指望自己再有什么纯真的爱情了。”

“也是一条不错的路。”

高耀祖满意地点点头。

“关燕为什么没来?”

“她今晚加班有点累，估计现在已经睡着了。”

“这就是你的不对了。”高耀祖摆出一副教训人的表情，“你不用骗我，其实我知道是你不想让她来。”

高耀祖的话直中要害，让姚大力无从反驳。

“怎么，我说得不对吗?”高耀祖追问道。

“你说得对，是我没让她来。”

好像非要把姚大力弄得很没面子，高耀祖才满意。这时服务员走了过来，端上两盘甜点。年轻貌美的服务员弯腰摆放蛋糕的时候，高耀祖仍不忘调侃人家几句，直到服务员小姐带着羞涩的微笑离开。

“你们结了婚之后打算马上要孩子吗?”高耀祖问。

“不知道，见机行事吧。”

“你是真心爱她的，是吧?”

“当然是。”

“那就要孩子吧，过正常的夫妻生活。”

“有道理。”

“祝你成功。”高耀祖举起咖啡杯，“我等着吃你的喜糖。”

咖啡早已完全冷却，但他们并不在乎。好兄弟在一起就是这么随意，即使清水也能喝出酒的香甜。

回首过去的岁月，最使姚大力痛彻心扉的也许正是临近高考的那段日子。即使他和周晓娇共同经历了那么多美妙的时光，又能改变什么呢？只能徒增伤感罢了。

六月的阴雨拍打在身上，让人感到透心的清凉。天空一片阴霾，学校的生活却丝毫没有改变。具体的时间已经恍惚不清，只记得那是一段阴雨连绵的日子。

早上八点，周晓娇依旧没有出现在教室。整整一天，姚大力都像只没头苍蝇般坐立不安。虽说有时能在课桌下面偷看课外书，可是满脑子想的还是周晓娇，想象她可能患了重感冒或发了高烧。

晚上放学的时候，室外依旧淅淅沥沥地落着雨水。姚大力没有带伞，又不愿在学校避雨，好在车站离学校不算远，即使浑身湿透，他也想尽快回家，然后给周晓娇打电话。中午的时候已经打过一个电话，接电话的人是周晓娇的母亲。那是姚大力第一次听到李萍的声音。往常他们通电话都是白天约好时间，到了晚上的那个时间，周晓娇便会守在电话机旁。从来都没有出现差错。面对姚大力的电话，李萍的回答不冷不热，只是告诉他周晓娇此刻不在家。

姚大力刚刚走出校门，就听见背后传来熟悉的声音。回头一看，周晓娇撑着一把黑色的雨伞，站在学校大门的一侧。因为没有穿校服，周晓娇看起来比实际年龄要成熟许多。

“晓娇。”姚大力跑过去，惊讶地看着她。“你担心死我了。”

“真是的，就是一天没来学校，我能出什么事。”周晓娇笑着说。

“怎么回事，我还以为你生病了。”

“好端端的生什么病呢。”周晓娇的情绪不太好，“本来想晚上给你打电话的，可是想了想，还是忍不住来找你了。”

听了周晓娇的话，姚大力也是一头雾水。不过既然了解她并没有生病，心里也就释然下来。

“我送你回家吧。”

“不回家。”周晓娇摇着头，“陪我去吃饭吧。”

姚大力欣然同意。一天没见到周晓娇，他什么条件都会答应她。

前往车站的路上，姚大力接过周晓娇手中的伞，好让她能够将手揣进外套口袋里。但是周晓娇想让他牵着她的手，他只好用外侧的手撑着伞，把伞绕到胸前，撑在他们中间。握住周晓娇的手，姚大力才发觉，她的手非常冰凉。姚大力用余光扫视她的脸庞，不知是不是受天气的影响，周晓娇的脸有些僵硬，表情也很冷漠，像是心里有事。她发现姚大力在观察她，便马上露出不自然的微笑，问他为什么一直盯着她。他也只是敷衍了几句。

雨天的商业街里也不乏懂得生活情趣的人。被雨水打湿的地面和商店的墙体反射出霓虹灯五彩斑斓的光芒，整个画面充满了诗意。那些零零星星漂浮在半空中的雨伞，宛若一朵朵盛开的花朵。花朵下面，有一两只“精灵”躲在下面。

“你也真是让人操心，连个雨伞都不带。”周晓娇的语气急促而充满关怀，“不知道今天会下雨吗？”

“不知道啊。”姚大力只是嘿嘿傻笑。

一路上，他们并没有过多交谈，只是默默地徜徉在湿润的街道上。主要是因为每一次姚大力想开口，都被周晓娇冷冷的目光给打了回去。他们来到牛扒店，因为不是休息日，店里冷清得仿佛还没正式营业。服务员拿着一张硕大的菜单来到他们面前。姚大力刚要开口问周晓娇想要吃点什么，她却改口说自己已经吃过了，让姚大力只给自己点餐就可以了。

那天，从姚大力见到周晓娇的那一刻开始，她就一直很忧郁，断然没有往日的活泼、乖戾。

“你今天怎么没来上课呢？”

“大力，有一件事不知该如何告诉你。”周晓娇并没有直接回答姚大力的问题。

“没关系，你说吧，我们之间还有什么事不能说。”

话虽如此，但他意识到，周晓娇将要脱口而出的绝非是对他有利的事，因此他屏气凝神地盯着她的脸。

“我要出国了，我的签证下来了。”

周晓娇死死地盯着姚大力，脸上几乎没有表情。得知这个消息，姚大力也着实蒙了，因为他从来就没想过有一天周晓娇会离开他。他不是那种深谋远虑和居安思危的人，当他幸福快乐的时候，不会去想某一天也可能失去这种幸福。

“什么签证，你从来没对我说过啊。”

“我爸爸一直在美国，我之所以没出去，是因为签证没有办下来。我妈认为凭我的现状，想在国内有所发展是不可能的。说实话，我也是这样想的。”

“可是，难道出国就是唯一解决问题的途径吗？”

“除此之外我还能做什么。”周晓娇充满失望地望着姚大力，“你能帮我吗？”

姚大力看出了周晓娇当时的无助，她竟然寄希望于他这个连生活都不能自理的笨蛋。她的话将姚大力问住了。他看着她，想说话却说不出来。他能说什么呢，说他会照顾她一辈子，那时他的觉悟还没有上升到那个层次；而且当时姚大力的众多情绪交杂在一起，根本不知该说什么。

“什么时候走？”

“顺利的话一个星期。”

“这样啊。”姚大力全身发软，无力地坐在椅子上。

“对不起，突然告诉你这件事。”

“不，没什么，出国是好事。我有好多同学如今都在国外呢。”姚大力看着周晓娇的眼睛，强颜欢笑。

“可是我们之间该怎么办呢？”

“我们之间。”此刻姚大力已经接受了事实，并重新振作了精神，“虽然不能天天见面，但电话还是可以打，也可以写信，而且你也会偶尔回来吧。”

“不会的，我家没有那个条件。机票那么贵，我这次去是一定要先拿到绿卡，然后再办移民，没有年限的积累是不行的。”

“那就只打电话。”姚大力依然不肯放弃。

“那样现实吗？”

“怎么会不现实，只要我们都喜欢对方就可以。”

“我们喜欢对方，却见不到对方，也不能给对方任何帮助。对方伤心的时候，不能及时出现在对方身边，只能偶尔靠电话来表示一下关心，那没有意义。”

周晓娇的语气越发激动起来。她的意图已经很明显，但是姚大力实在没有勇气说出那两个字。

“分手吧。”周晓娇哽咽着说出这句她本想让姚大力主动说出来的话，当她说出来的时候，已经哭了。

姚大力的心像是被重物狠狠地砸了一下。他呆滞地望着周晓娇，她那晶莹剔透的眼睛里充满了恐惧和不安。她是在畏惧他吗？姚大力心想。交往以来，他还从没有对她真正动怒过。多数情况下，都是她偶尔使点小性子，然后他便开始哄她，劝她，让她在生气之后重拾笑容。周晓娇当时一定比他还要难受，因为所有的欢声笑语，那些他们共同精心绘制的美丽画卷，在那一刻被她亲手摧毁。

“为什么要分手！”姚大力愤怒地咆哮着。

周晓娇早已控制不住涌出的泪水，起身跑出饭店，连雨伞也顾不上拿。姚大力匆忙提起书包和雨伞追了出去，没有顾及服务员诧异的眼神。

外面的雨比来时大了许多，只需要几秒钟就能让衣服完全湿透。街上的行人为了躲雨，都进了商店。也有一些等待公共汽车的人站在商店门口避雨，马路上只剩下川流不息的车辆。

“回来。”姚大力边跑边喊，十几步便追上了周晓娇，“你这是干什么，不怕生病啊？”

他的语气很强烈，因为他真的生气了，不是因为她跟他分手而生气，而是为她如此不爱惜自己的身体而生气。

雨水流进了姚大力的眼睛，打湿了他的衣服，看起来狼狈不堪。周晓娇的境遇比姚大力强不到哪去，暴雨打湿了她的头发，凌乱地粘在脸上，泪水和雨水混杂在一起，早已分辨不清。就在他抓住她的手的时候，她还在试图挣扎。

“你别管我。”周晓娇泣不成声。

“我不准你这样折磨自己！”

姚大力将雨伞撑开，当时他只能做到这些。

“你干吗非让我说分手，”周晓娇哭着冲姚大力狂喊，“刚才我一直在等你说分手，为什么你就是不说。”

“我做不到。”

“你连说分手的勇气都没有，你还是不是男人！”周晓娇继续喊道。

“我说了我做不到！”姚大力的情绪也激动起来，“我喜欢你，跟你在一起我觉得很幸福，我从来也没想过和你分手。你为什么非要让我提出分手，我说了分手，这样你就没有责任了对不对？”

姚大力当时气急败坏，否则绝不可能说出那种攻击性的话。这句话使原本悲恸欲绝的周晓娇更加痛苦。她蹲在地上开始号啕大哭。

“不是这样的，”周晓娇边哭边说，“我想让你提出分手，因为如果是你抛弃我，或许你就不会那么在乎我了，甚至恨我也可以。那样你就不会太难过了。”

“你想得太简单了，就算是我说出分手，我也照样难过，照样伤心。”

“要是我们当初不交往，就不会像现在这样了。”

“先别说这些了，你看你都哭成什么样子了。”姚大力恨不得杀了看热闹的路人，“伤心的时候很容易感冒的。”

渐渐地，周晓娇不再哭泣了，但是她浑身上下湿透了，眼睛也有些红肿，没办法回家。于是姚大力领着她来到肯德基，给她买了一杯热咖啡。他自己则没点任何东西，当时他恐怕连饥饿是什么感觉都忘记了。周晓娇接连打了几个喷嚏，恐怕感冒是避免不了了。而姚大力除了再帮她点一杯热咖啡之外，别无他法。

“对不起……”

周晓娇平静下来以后，又开始连连道歉。

“别道歉了，你又没有错，这都是没办法的事。”

“大力，”周晓娇顿了顿，整理了思绪，“从明天开始我就不来学校上学了。”

“我明白，出国之前都会很忙的。”

周晓娇双手握着咖啡杯，微微点头。

“到了那边要照顾好自己。”

“有我爸爸呢。”

“开心点吧，能有机会出国还是应该高兴才对。”姚大力笑着说，“可能刚开始会苦一点，一旦适应了环境会很舒服的。”

“那你呢，你将来有什么打算。”

“我的事你就不必操心了。我这种人无论在哪里都会生活得不错的，因为我是个没心没肺的人。”姚大力自嘲地笑着，“只是，答应我一件事，在你出国之前不许再说分手的事，等你上了飞机，我们就很自然地分手了。”

周晓娇看着姚大力，犹豫了片刻，最后还是艰难地点了点头。她看着姚大力在即将到来的事实面前做垂死的挣扎，内心如被刀割了一样。

那天过去后，周晓娇真的像她说的那样，不再来学校上课了。但是她每晚都会在学校门口等候姚大力放学。他们会一起吃晚饭，然后姚大力照例送周晓娇回家。周晓娇上楼以后，姚大力再独自往家赶。通常他都会在自家楼下附近漫无目的地走上一会儿，走到身体疲倦，或是不想再思考任何事情的时候才回家。也是从那时起，他养成了一个人边吸烟边在漆黑的街道散步的习惯。

他们在一起的最后一个星期，依旧开心，依旧幸福。关于分手的事，两人都闭口不谈。

眼看高考在即，姚大力遇到了来到东方红私立高中以来的第一件令他不知道该如何解决的事。在最后一次模拟考试中，他的成绩只名列班级第十三。按照杨老师的意愿，以他以前的成绩，至少应该是学校前五名。姚大力没有将这件事告诉周晓娇。

分别的日子一天天临近，周晓娇也被各种琐事缠得脱不开身，他们见面的机会也骤然缩减。而且她飞走的那一天，正好是高考第二天，因此姚大力将无法前往送行。

那封信最终是由张伟转交给姚大力的。那天是他们最后一天上学，之后就在家安心等待高考了。张伟知道这封信对姚大力来说意义重大，所以他特意把姚大力叫到了没人的地方。

姚大力打开信封，里面装着两张纸。他先看了一张，那上面写着：姚大力，你有女朋友吗？没有的话，不如我当你的女朋友吧。

姚大力无奈地摇了摇头，又看了第二张。那是一幅四格漫画，最后一格是一张空荡荡的书桌。那上面的人物都很可爱，是Q版的，充满了童趣和纯真。姚大力笑了起来，可是他的笑声逐渐变了腔调，他不知道自己是在笑，还是在哭。

张伟点了一支烟，对他说："知足吧兄弟，那封信是晓娇高一时给你写的。她暗恋了你整整两年，跟这份痛苦比起来，你那点事不算什么。"

姚大力一句话不说，只是在那里哭泣。张伟也没办法再说什么了，因为他的眼眶也湿润了。

## 26

"你哭了，没出息。"高耀祖眉飞色舞地说。

"当时的场面不是我能控制得了的。"姚大力意犹未尽地回忆着，"任何人都渴望炙热的爱情，即使可能被灼得体无完肤。"

"早知你当时那样痛苦，做兄弟的真应该好好安慰你一下。"

"你还有那份好心。你当时和关燕打得火热，哪里顾得上我的感受。"

"一切都因为女人啊，真是红颜祸水。"高耀祖说。

"别大言不惭，如果世界上没有女人，你早就自杀了。"

"此话有理。"高耀祖放肆地大笑起来。

回家的路上，姚大力一个人开车在沙杨路兜了一圈。几年过去了，那条小路几乎没有任何变化，仿佛被这座城市遗弃了一般。同时被遗弃的还有他们走过的岁月。

托教育制度的福，那个时代的很多学生都有一个伟大的理想——考大学。当这个理想实现之后，很多人也顿时失去了目标。

姚大力也曾思考过，考大学究竟算不算一个人的理想。如果让他给理想下一个定义，他觉得理想就是一个人即使穷尽一生也要不断追求、不断接近的目标。如果他的这个定义还算贴切的话，那高考就不能算是一个人的理想。因为一个人不能也不应该用尽毕生的精力去考大学。他很庆幸当时他有这个觉悟，因此当他高考失利的时候，没有为过去的三年而后悔，相反还觉得如果没有那时的生活，他的人生经历一定会无聊很多，到老的时候值得回味的东西也便少得多。

周晓娇带给姚大力的伤痛不会一招致他于死地，而是会成年累月地长期折磨着他。如狠心的大人在儿童幼小的心灵上留下一道难以磨灭的伤疤。

那一年真是一个多事之秋。

高耀祖是第一个知道这件事的。他知道的不多，只是得知他们分手的消息而已，因此也并未就此事对姚大力大加安慰。

“大力，你没有发挥好吗？”关燕关切地问道。

“说实话，除了语文还可以，其他的都好不到哪去。”

关燕和高耀祖面面相觑，似乎都猜到了他这一年来都是怎样荒废学业的，两人谁都没有说话。

“过去的事情就不要再提了吧，以后的路还长着呢，你以为谁都像你们一样，把考试看得那么重要。”姚大力说。

“可是，这可是高考啊，是决定你一生的考试。”关燕说。

那次见面，高耀祖将他和关燕之间的感情升华展现在姚大力面前。两人没少在他面前你一言她一语地打情骂俏。

结束了浑浑噩噩的高中生活，三个月的长假让姚大力无所事事。白天一个人的情况下，他会选择待在自己的房间里，埋头睡到中午才爬起来。下午悠然自得地玩一会儿游戏，顺便等候高耀祖的召唤。倘若高耀祖没有给他打电话，入夜以后，姚大力通常会在附近的公园里散步，过着一种老态龙钟的生活。时间久了，他开始醒悟，绝不能这样虚度人生，除了高耀祖和关燕以外，他还需要其他朋友。

“喂，您好，请问您找谁。”

“张伟，我是姚大力。”

“大力。”电话那头听起来很高兴，“你怎么不联系我，亏我当初还把你当兄弟。”

“我需要恢复，这不用跟你解释吧。”

“开个玩笑，我当然理解。”

“这才是兄弟。”姚大力觉得内心很温暖，“你什么时候有时间，我们出来聚一聚。”

“好啊，我也正想这样，咱哥俩好久没聚了。”张伟兴奋的声音几乎挤爆听筒，“咱们不是说了毕业之后要喝酒庆祝吗，一直也没实现。”

“现在可以实现了。”

姚大力和张伟决定第二天下午见面，地点选在了高中附近的一家回民饭店。到了约定的时间，姚大力晚到了一步。时间定的有点晚，正好赶上了晚饭时间，饭店里火暴异常。姚大力一步三望地往里走，终于在最里面的一个位置找到了张伟。他已经要了一瓶啤酒，在那里自斟自酌，看见了姚大力，便放下了酒杯。

“这么一会儿都等不及了。”姚大力在他对面坐了下来。

“酒逢知己千杯少。”张伟说。

饭店的嘈杂声丝毫不能影响他们聊天的兴致。张伟那天喝得很多，原来他心里也一直憋着一件事。

张伟的女朋友陈玲自从高考结束之后便放弃了进京的理想，而是把目标降低到霖阳的一所大学。据张伟说，陈玲在写作文的时候发挥失常，直接写跑题了。本来跑题并非不可挽回的失误，如果字迹工整的话，也能获得一定的分数。然而，陈玲却将这件事看得过于严重，直接影响了后面的发挥。陈玲的亲姐姐陈芳在安慰自己的妹妹之余，却将责任完全推到了张伟身上。在陈芳的鼓动下，她们的父母也觉得是张伟影响了女儿的学业，开始极力反对两人继续交往。

“陈玲她姐是个大龄剩女。”张伟说。

“那就不好办了，这种人可不好惹。”姚大力说。

“据说对象倒是见了不少，最后都没成。”

“我大概能想象到是怎么回事。像她那样的人，眼光高，一般人她看不上；可是受到年龄的限制，条件太好的又看不上她。于是就这样一直耗着没有结果，也够可怜的。”

没过多久，张伟眉宇间露出了惊喜的神色，脑袋微抬，视线越过姚大力，直视他的身后。姚大力跟着好奇地回过头去，发现一个染着黄色头发，看起来瘦小枯干的男生向他们走来。姚大力还没来得及思考，那男生已经走过他，直接站到张伟眼前。

“这不是伟哥吗，你怎么在这?”

“我怎么就不能在这，这是你家开的啊?”

“靠，我家开的还能管你要钱吗?”

“别扯淡了，我今天和哥们儿来这吃饭，你怎么在这?”

男生侧脸指了指自己先前坐着的位置说：“我女朋友过生日。”

姚大力也稍微回过头去看了一眼，那个位置上坐着两个人，一个打扮风格跟眼前这位如出一辙，另一位是个女孩，正和对面的男生聊着什么，她应该就是过生日的人。

“阿龙，给你介绍一下，我高中最好的哥们儿，姚大力。”张伟站了起来，“这是阿龙，小时候我们是邻居，经常在一起玩。”

阿龙用手拍了拍姚大力的后背，用他独有的方式打着招呼。姚大力也冲他微笑致意。

“伟哥，现在忙些什么呢?”阿龙坐了下来。

“刚参加完高考，你说我能干什么。”

“也对，”阿龙思忖片刻，“你们跟我不一样，还是学生呢。”

“还没怎么样就开始跟我装社会人了，你小子是不是欠揍啊?”

“没有，没有，我哪敢啊伟哥。”阿龙不怀好意地笑了笑。

没谈几句，阿龙便回到了原来的位置。阿龙走后，张伟轻蔑地一笑，说：“这小子以前偷鸡摸狗的事都干，没想到现在混得人模狗样的，还交了一个这么漂亮的女朋友。”

“或许人家现在有出息了。”姚大力随口说道。

“别开玩笑了，真正有出息的人才不会这样呢。跟你说实话，自从我和陈玲交往以后，就很少和阿龙有来往了。陈玲看不上这种人，我也没有办法。阿龙这家伙和王平关系不错，高一的时候，王平和外校的学生打架，阿龙来帮过他，当然了，是出于我的面子。”

从张伟的言语中，姚大力能觉察到，他向往那种能够一手遮天的大人物，一个手势或是一句话便能力挽狂澜，而对于阿龙这种小角色，他并不欣赏。

“毕业了，一切都结束了，再也不用学习了。”张伟说着酒话。

“结束了。”姚大力随声附和道，可是心里却不是这样想。他觉得一切都还是依然如旧——身边的朋友没变，牵挂的人没变，思念的人亦没变。

饭局结束之后，不管张伟如何胡说八道，姚大力还是坚持送他回家。他怕他在出租车上大吐特吐，更怕他和司机发生口角。好在张伟在上出租车之前将刚才吃进去的东西一泻而出，因此没有吐在车上。姚大力费尽周折，终于将张伟送到家门口，不省人事的他几乎连站都站不稳。姚大力看着他晃来晃去地扶着楼梯把手，艰难地消失在自己的视野里。

完成了这件事，姚大力的心思暂时踏实下来。他重新叫了一辆出租车，准备回家。酒精的作用此时逐渐显现出来，往事如电影一样从他脑海中快速闪过，不断划过视觉的路灯像是一场电影。就在出租车快行驶到姚大力家的时候，他让司机调转了车头。

不需多时，关燕家所在的小区出现在姚大力的眼前。他结账下了车，环顾四周，发现屹立在眼前的是一座优雅而清静的小区。

姚大力穿过一条两边矗立着高大杨树的幽暗小径，来到关燕家楼下。他在庭院的花坛边坐下，点燃一支香烟。他也不明白当时为什么要抽烟，也许只是为了壮壮胆气。

烟抽了一半便用脚踩灭，他掏出新买的手机，尝试着打给关燕。电话里传来“嘟嘟”的声音，与他略带紧张的心跳配合得天衣无缝。

“喂。”

关燕轻柔的声音穿透了姚大力的耳膜，让他的紧张感生了一级。

“关燕，是我。”姚大力尽量压低声音，不想让关燕察觉到他的醉意。

“我知道是你，大力。怎么这么晚了给我打电话。”

“没什么，只是有些想念你。”

“你怎么了，前一阵子我们才刚刚见面。”

“我知道，但是那感觉不同。”

电话那头沉默了一会儿，慢慢说道：“大力，我不想因为高耀祖的介入而影响我们的关系。”

关燕的话使姚大力一时不知道该如何接下去，醉酒的他说话很直，当时只是说出了他的感受，并没有往下想太多，所以当关燕提到“他们的关系”的时候，他有些迷茫，他和关燕之间究竟是什么关系。

“我喝了点酒，我在你家楼下呢。”

姚大力是真的醉了，竟把实话也说了出来。

“你跑到我家来了？”

“是啊。”

“你在哪呢，我看不见你啊。”

“我站的这个地方好像是你父母房间的方向。”

“哦，这样啊”，关燕若有所思，“你是不是心情不好，告诉我。”

“我想她。”

电话那边又是片刻的沉默。

“如果你心情不好，随时都可以打电话给我。”

“谢谢，我没什么事。”

“现在马上回家吧。”

“可是我还想再待一会儿。”

“还是回家吧，”关燕坚持着，“太晚了我不放心你。”

“那好，你早些休息。”

“到家后给我发个短信。”

“不用，我不会有事的。”

“不行，一定要给我发一个。”

姚大力嘴上不情愿，但心里还是备感温暖。回到家后，他在楼道里给关燕发了短信。第二天一早，刺眼的阳光斜照进卧室，冲散了昨夜的凄凉和哀伤，现实的世界重新主宰了生活，人们开始了忙碌的一天。

姚大力醒来时，家里空无一人，他试探性地喊了母亲一声，无人回应。他翻了个身，发现了枕头旁边的手机。姚大力拿起手机，翻看昨天的聊天记录。昨晚醉酒后和关燕简短的通话只在他的头脑中留下浅浅的印象，此刻就算绞尽脑汁，也找不到当时的心境了。

## 27

自从关燕接了那通姚大力在喝醉的情况下打给她的电话，她认定姚大力并没有从失恋的痛苦中走出来。从那之后，她会偶尔打电话询问姚大力的状况，并且适当地劝他忘记那个女孩。因为当时关燕已经是高耀祖的女朋友了，白天她要陪高耀祖，因此那些电话大多数来自晚上。关燕细心的关怀如同香烟，让姚大力不稳定的情绪暂时得以平静，使他能舒服地睡上一个好觉。然而，一旦好几天没有接到关燕的电话，姚大力便会再次陷入到思念的痛楚中。有时就连和朋友出去欢度假期，都并非他所愿意。他只想把自己封闭起来。

“最近心情怎么样?”一天晚上九点左右，关燕给姚大力打了电话。

“还好啊，怎么了?”姚大力故意逞强道。

“没什么，就是怕你心情不好，给你打个电话。”关燕停顿了片刻，“既然你心情很好，那就没什么事了。”

“关燕，谢谢你经常打电话给我，和你聊聊天，我的心情好多了。”

关燕不愧是姚大力认识的最聪明的女孩，她只凭这句话就猜出了姚大力此刻的状态。

“你果然还是在想她。”

“我该怎么办。”

“不知道，我想只能让时间来帮助你。”

“时间真的能抚平一切伤痛吗?我感觉自己会一直痛苦下去。”

“你不会的。”

“那么需要多长时间呢?”

“这就不好说了，有些人可能几个星期就会忘记，有些人可能需要几年，但绝不会是一辈子，放心吧。”

“几年我也受不了啊。”

“我会努力帮你渡过这段困难时期的，因为我想看到以前那个充满阳光充满朝气的姚大力。”

“也许我再也不会变回以前的那个姚大力了，我感觉以前的生活离我好远，好像那根本就不是我的生活。”

“不会很远，只要你不那么想就行，我始终都在你身边，因为那是我们共同的美好生活啊。”

“可是回忆有时候很痛苦。”

“正因为回忆既有快乐也有痛苦，所以它才美丽。”

“你说的这话我不懂。”

“没关系，既然不懂，就不要去想了。”关燕语气平静，“不如你、我还有高耀祖，我们去旅游吧。”

“去旅游?”姚大力被关燕的建议牵动着，“去哪里啊。”

“去四川怎么样，我姐姐在那里的一家旅行社当导游。”

“听起来倒是不错。”

“一起去好吗?”关燕期待着他的回答。

“我看我还是不要去了，麻烦你姐姐多不好。”

“不会麻烦的，反正她是导游嘛。”

“算了，你和高耀祖两个人去多开心啊，干吗让我去当电灯泡呢。”

“你不要再说这种话，你的快乐对我来说也同样重要。”

姚大力虽然不愿去当电灯泡，可也不想让关燕失望，只好暂时先答应了她。

最终，姚大力没有参加那次旅行。这其中有一段只有他和关燕两个人知道的插曲。他不知道关燕是否对高耀祖说起过这件事，总之他没有对高耀祖提起过，打算一直隐瞒下去，让它烂在心里。

事情发生在旅行前的某天晚上。八月的霖阳闷热、干燥，姚大力正在家里随便翻看一本小说。那几天家里只有他一个人，姚山河跟李凤去北京看望姚铁柱一家，目的是想让他们一家回霖阳来，帮助姚山河做生意。

姚大力家的座机响了起来。

“喂，大力吗，你的手机怎么停机了。”来电话的人是关燕。

“停机了吗，我都不知道。最近没什么电话，手机都快当手表用了。”

“你吃饭了吗?”关燕问道。

“还没吃呢。”

“那正好，你出来陪我吃饭吧。我爸妈去县城的姥姥家了，得半夜到家，晚饭我还没吃呢。自己去饭店吃饭太无聊了，孤零零的。”

“原来你也怕寂寞啊。”姚大力笑着逗她，“怎么没找高耀祖陪你吃饭啊?”

“今天我自己去书店了，最近几天都和他在一起，也该歇一歇了。怎么样，出来吧，我可是给你带礼物了。”

“哦，什么书啊?”姚大力毫不犹豫地问道。

“唉？你怎么知道是书?”关燕惊讶不已。

“你也送不出去什么别的东西。”

“那么你再猜一猜，我现在在哪?”

“你在二中。”

“这回可猜错了，我就在你家楼下呢。”

“什么，你已经在我家楼下了?”

“对呀，快下来吧。”

姚大力挂掉电话，迅速穿上外套，跑下楼去。一出楼道，就看见关燕，她双手揣在兜里，面带微笑地看着姚大力。最近一段时间，只要姚大力和关燕有机会见面，高耀祖总是会在场。这还是从他离开二中到现在唯一一次与关燕单独见面。

“真拿你没办法，如果我不在家，你岂不是白跑一趟。”

“我知道你不会不在家，而且据我推测，目前你也没什么心思出去玩。”

姚大力不服气地瞥了关燕一眼，他觉得让一个女孩子把他看透并不是一件很爽的事。

“我们去哪儿吃饭，今天你兄弟不在，你不必那么拘谨，可以像以前做我同桌时那样对我。”关燕笑着说。

“好像以前我对你做过什么不敢让高耀祖知道的事情似的。”

“不是啦，我的意思是说，你想干什么就干什么，想说什么就说什么。”关燕也觉得刚才的话有些让人摸不着头脑，可是她越解释就越不清楚。

“对了，你不是说给我买了一本书吗，拿来啊。”

关燕从挎包里取出书，那也是姚大力读到的第一本日本小说，名字叫做《且听风吟》。

“为什么要送我这本书?”姚大力不解地问道。

“没什么特别的原因，今天我去逛街，顺便去了书店。上学的时候你不是喜欢读小说吗，我看这本书的名字很好听，就买给你了。”

姚大力拿着书，用手在崭新的封皮上摸了摸，感受着关燕留在上面的温存。这不是什么贵重的礼物，然而对他来说却如同宝贝一样。

“其实你给我打电话之前，我刚从外面回来，我买了肯德基，干脆到我家去吃吧。”

关燕愣住了，她之前没有心理准备，突然被一个男生邀请去家里，换上谁都要三思而行。她吞吞吐吐地说：“不太好吧，天都这么晚了，让你爸妈看到了会以为我是个不三不四的女孩。”

“没关系，我爸妈出远门了，这几天我都是一个人在家，无聊死了。”

姚大力不知道当时是怎么了，仿佛有一股意识在左右他的思想，让他无法欺骗自己。那一刻，在他内心深处，十分渴望关燕能够陪他待在家里。

关燕犹豫了一会儿，最终如释重负地叹了口气，答应了姚大力。

餐厅的气氛温馨而宁静，只有他们两人的谈话声。姚大力一边吃一边悄悄注意着关燕吃东西时的样子。她咀嚼食物的时候不露出牙齿，专注的神情甚至没有发现姚大力一直在观察她。

姚大力和关燕在一起的时候就是这样，总有说不完的话，即使是废话，对他们来说也是有意义的，因为他们在一起的时候就是有意义的。那天晚上，姚大力暂时忘记了烦恼和忧伤，忘记了一切的痛楚和心痛。

吃完了饭，关燕提议参观一下姚大力的房间，她带着好奇的心情走进卧室，视线定格在姚大力那张从未好好整理过，表面凌乱不堪的书桌上。

“你这张桌子还真有特色，有点艺术家的味道。”

“你以后适合给领导当秘书，这么会拍马屁。”

关燕善意地瞪了姚大力一眼，随后又定眼瞧了瞧，发现了摆在桌子一角的那个精致的玻璃工艺品——那是关燕在高一时送给姚大力的生日礼物。工艺品很有特点，是很多各式各样的钟表错综复杂地纠结在一起的抽象物，给人一种时空错乱的感觉。

“这是我送给你的，没想到你还留着。”

“难道我还会扔了它不成。”

“说实话，我本来以为你会把它胡乱放到某个角落，就像那些长久不用的东西那样。”

正当关燕观察那个工艺品的时候，姚大力的意识开始有些模糊不清了。他的心跳开始加速，身体里仿佛有一股激流在翻腾，向上奔涌。眼看那股激流就要冲破他的身体，扑向眼前这个毫无防备的女孩，将她湮没。

姚大力很庆幸自己最终没做出什么出格的举动，否则，他的人生将彻底毁灭。

“咱们还是出去散步吧。”他的心怦怦乱跳。

“散步，好啊。”关燕丝毫没有察觉到什么。

走到外面，姚大力看了看表，不过才六点半左右，算起来，他们并没有在家停留太长时间。他和关燕边说边笑走到车站。

“天还没黑呢，去别的地方溜达溜达吧。”关燕说。

“行，你想去哪，吃点冰激凌怎么样?”

“别吃了，刚才吃得很饱了。”

“那我们去哪里呢?”

“我们去北国公园逛一逛。”

姚大力和关燕坐在公交车后面的双人座位上，仿佛坐上了一架时间机器，回到了一年前。他们好像仍在继续着那无忧无虑的生活。那一刻，他们仿佛又成了同桌。

北国公园的夜晚依旧那么幽静，如果走到深处，还会听到不知从哪传来的昆虫的鸣叫。

“好凉快啊。”关燕用手轻轻撩了一下鬓角的头发，感受着晚风拂面的惬意。

“怎么样，晚上的北国公园别有一番乐趣吧?”

关燕没有直接回答姚大力的问题，而是用一个不易察觉的微笑告诉了他。

他们边走边聊，欣赏着公园里数不清的苍劲古松。一旦天黑下来，这些松树也给人一种阴森恐怖的感觉。

“你和高耀祖经常单独来这里吧?”

“自从上次你找我来过一次之后，我就一直没有再来过。高耀祖和你不一样，他好像不太喜欢这种地方。”

“我那时还想带她来这里呢，可惜没有合适的机会。”姚大力无不惋惜地说。

“大力，”关燕充满温情地看着他，目光中带着一丝怜悯，“以前我在你身上根本看不到任何烦恼，但是现在，好像任何东西都能勾起你对她的思念。”

“我想任何人都是有烦恼的，只是有些人习惯将烦恼带给别人，有些人则宁愿将烦恼埋在心里，独自承受。”

“可是，这样会很痛苦，有烦恼就应该向好朋友倾诉才对，你应该告诉我。”

“告诉你有什么用，不但解决不了，还会把烦恼带给你。”

“你千万别这么想。”关燕突然站住脚，郑重其事地看着他，“有些事情虽然我也解决不了，可是你说出来痛苦就会减轻。我应该和你一起承受痛苦。只能分享快乐的朋友不是真正的朋友，除非你觉得我在你心里不够重要。”

“恰恰相反。”姚大力说，“正因为我在乎你，所以才不想让你知道我的烦恼。你知道吗?上次约你来这里，看见你活泼的样子，我有多高兴，那感觉至今都记忆犹新。其实只要看到你开心，就已经能帮我减轻痛苦了。”

就在那一刻，姚大力和关燕都觉得彼此的话语有些超友谊的意味，于是都沉默了起来。他们好像一不小心踏入了禁区的边缘，稍有不慎就会过界。当时关燕的脸庞离姚大力近在咫尺，他只需轻轻抬起胳膊就能牵起她纤细的双手。

然而，他停住了。

他强迫自己打消对关燕的种种向往，因为那是绝对不行的。他不可以对她有任何非分之想，否则在未来的许多年里，伴随他的将不仅仅是失恋的痛苦，还有出卖兄弟的罪孽。

“往里面走一走?”姚大力试探着问。

“行，但别走得太远，说实话这里有点吓人。”

他们漫无目的地走着，眼光尽量不停留在对方身上。

“大力，”关燕突然问道，“为什么有时候你最喜欢的人反而不能和你长相厮守，而许多在一起生活的人其实不是你最喜欢的？”

“不知道。”姚大力说，“我也不能理解。我觉得如果两个人相爱，就应该在一起。”

话刚说出，他便觉得别扭。难道他和周晓娇分手是因为彼此不爱对方？显然不是这样。

“开心起来吧。”关燕突然转向他，露出阳光般的灿烂微笑，那微笑仿佛点亮了整个黑夜，“把不快乐统统忘掉，想想那些曾经给我们带来快乐的事情。”

“你今天的情绪波动好大，到底怎么了？”姚大力皱着眉头看着关燕，“你不会是和高耀祖吵架了吧，要是那样的话，我可以帮你批评批评他。”

“我们没有吵架。”关燕若有所思，“我只是在一些事情上还有些糊涂。”

“什么事情让你糊涂？”

“有时候我总是不确定自己究竟喜不喜欢他。”

“不确定喜欢他？”姚大力诧异地望着她，“当初你给我写信的时候，确实说了你对他并没有感觉。但你们都交往这么长时间了，难道你还不能确定自己是否喜欢他吗？”

“是呀，我也很迷茫。”

“那你当初干吗同意他呢。”

“当我给你写信的时候，还想得很清楚，只拿他当好朋友对待。其实我也很为难呀，毕竟是同桌，我不能总是故意躲避他。说来也怪，自从我和高耀祖成了同桌以后，他就变得特别主动。”

姚大力对此并不感到意外。高耀祖一旦下定决心追求一个女孩子，速度是相当惊人的，成功率也异常高。他追关燕用了两年多的时间，对他来说已经慢得不可思议了。

“我想应该还是喜欢吧，相处久了才发现他这个人也挺不错的。”

“关燕，我有一个问题。假如你和高耀祖没有认识，我也没离开二中，你说……我们之间，有没有可能。”

姚大力只是随便说说，关燕却认真起来。那一瞬间，她的情绪仿佛低落下去，姚大力猜不出其中的含义，只能呆呆地站在一旁。

“也许吧，也许能成为情侣也说不定。”关燕忽然笑了，那是为了掩饰内心的不安，“我真的觉得你是个非常体贴的同桌，从没有跟我计较过什么。”

也许是因为我喜欢你，姚大力在心里默默念着，没有说出口。面对着关燕，他只能将这些话憋在心里。他嘲笑自己可笑的人生，关燕和周晓娇是他无法忘记的两个女孩：周晓娇可爱、奔放，性格乖张又很有主见，跟她在一起，姚大力感觉自己的原始野性能够得到彻底释放，他可以为她赴汤蹈火；关燕性格内向，感情上总是很被动，但是她笑语嫣然的样子总是能让他的内心变得平静，甚至连周围的环境都能因为她的存在而不再浮华。他喜欢跟她们任何一个人在一起，为她们付出都是一种幸福。只是，这幸福得不到回报，因为他无缘和她们其中任何一个人长相厮守。

姚大力感到身心疲惫，不想再受制于这些永远得不到答案的感情问题的束缚。他想让它结束。他终于认清了自己的路，不会再偏离轨道。

## 28

高考结束的那个暑假，姚大力没有留下任何遗憾。关燕和高耀祖考上了外地的同一所大学，所以姚大力在霖阳的生活也更加孤寂了。不过，好在有张伟，使他平淡的生活也增添了几分快乐。

其实在高考成绩刚出来的时候，姚山河便给了儿子两个选择：第一个选择是再读一年高三，学校就选在二中；第二则是上当地的霖阳大学，他的分数线只能够那个档。姚大力深思熟虑了五分钟，毅然决定上大学。起初，他的想法只是不想再承受寂寞和孤独。后来，又仔细分析了自己做出的决定，觉得还是正确无疑。当时他十分迫切地想忘掉高中生活带给他的辛酸和阴霾。

世事难料，尽管姚大力竭尽全力想摆脱过去，却还是在入学报到的那天见到了张伟——这家伙竟然也考上了。一想到自己的水平已经沦落到和张伟持平，姚大力心中不免泛起悲哀。不过，好朋友见面还是喜大于忧。四年的大学生活能有这家伙陪伴，姚大力还是相当兴奋的。

“张伟。”姚大力走过去拍了拍他的肩膀。

“大力。”张伟见到他，高兴大于惊讶，因为他早就知道他报了这所大学。

“原来你也考上了。”姚大力有点喜出望外。

“是啊，刚才我还想找你呢。”张伟说。

“我刚到，你报的哪个系?”

“还用说嘛，体育系呗。”

“挺适合你。”姚大力口是心非地说。

“我们先去报到吧，等完事之后，咱俩喝一杯，就在这里见面好了。”

暂时告别了张伟，姚大力带着兴奋的心情来到文学系报到的地方。这里人头攒动，好多家长在帮他们的孩子拿着行李。在高年级学生会成员的指导下，新生们有条不紊地做了登记，然后去查看宿舍。

由于霖阳大学的校区还不完善，宿舍很紧张，所以本地学生目前还只能走读。办理完相关手续，姚大力就回到原来的地方等待张伟。可是这家伙半天都没有出现，他实在等得无聊，就绕着学校参观起来。霖阳大学只有几座主体教学楼已经完工，体育场此时还只是一片杂草丛生的荒草地，图书馆倒是修缮得宽敞明亮，旁边还有篮球场和网球场。食堂和浴室就坐落在宿舍楼附近，旁边还有一家小型超市。总的来说，基本上能满足学生们的生活需要。

走了一圈，再次回到原地，姚大力看见了张伟。他们在霖阳大学附近的一家小饭店喝了点啤酒，喝完之后就一起回了家，准备后天再来学校参加军训。

那天张伟喝高了，姚大力喝得更高。晚上，他独自在北国公园里抽烟，一缕一缕的烟气飘向满天繁星的天空，宛若他看不到未来的人生。

第二天夜里，姚大力给高耀祖打了电话。

“大力，你现在需要一个女朋友。”高耀祖直截了当地对他说。

“现在才刚开学，还谁都不认识，哪有那么容易。”

“一回生两回熟嘛，那还不简单。”

“我可没有你那两下子。”

“你是我的好兄弟，我说你行，你就行。”

“我觉得暂时还是这样生活下去比较好。闹心的时候，给你打打电话解解闷就可以了。”

“你怎么这么固执，现在我和关燕都在外地，远水解不了近渴你懂不懂。你先试着找个女朋友，实在交往不来到时候再分手不就得了。”

姚大力觉得这个问题谈下去是没有什么意义的。高耀祖不能帮助他，而他给他出的主意又只会让他陷入到另一个烦恼中。于是姚大力假装答应了他，便岔开话题，询问了他那边的一些情况。

由于缺少寝室生活这一决定性因素，再加上姚大力本身又不喜欢主动亲近别人，因此一个星期下来，他竟然没有结交到一个朋友。张伟和姚大力同样是走读生，可生活却比他滋润得多。每天上完最后一节课，他都会去找陈玲。而姚大力除了上课以外，唯一的乐趣就是抽空和张伟在台球社里消磨时光，以此来丰富自己的大学生活。

还有更无奈的事情。建校初期，学校的图书馆只有一件“美丽的外衣”，馆内陈列着一排排崭新的书架，上面却空空如也。学校承诺一年之内要填充两百万套图书。目前文学系的学生还只能办一张霖阳市图书馆的借书卡，乘车去十千米以外的市图书馆借书。而霖阳市图书馆是姚大力发誓不再去的地方。

生活就这样在规律中变得麻木。

其实那个时候，姚大力是不太适合阅读的，因为阅读需要思考，他总是感慨小说中的情节与自己的经历是如此接近，如此一想，寂寞的情绪便袭上心头。寂寞有时候会让人上瘾，就像抽烟的感觉一样。第一次抽烟虽然会让人头晕、冒虚汗，但是那种堕落和沧桑的感觉却深深地植入了人的大脑。从此以后，当人深陷困境或感到绝望的时候，便会不知不觉地想起口袋里那盒包装精美的“慢性毒药”。

那段时间，姚大力不需要别人的帮助，他在享受寂寞。

“十一”国庆，高耀祖和关燕回了趟家。姚大力得知消息后激动万分，约二人出来一起吃饭。热闹的烧烤店里，两兄弟在美女的陪伴下谈笑风生。

“高耀祖，你发现了吗？大力的气色看起来比以前好多了。”关燕很兴奋地说。

“见到我们，大力当然高兴。”

“你呀，还是这么不要脸，大力是见到我才这么高兴的。”

高耀祖看了看姚大力，他们同时笑了。

“大力，上大学的感觉怎么样？”关燕问。

“没什么感觉，霖阳大学没有当时宣传得那么好，而且本地户口的学生还不能住校，这和高中有什么区别。”

“还是有一点区别的吧，起码现在没有升学的压力了。”关燕说。

“但是，你别忘了。大力高中时好像也没什么升学压力。”高耀祖得意地看着姚大力，好像他又在言语上占了上风。

“靠，你是说我以前不务正业吗？”姚大力哭笑不得。

“我说错了吗？”

“懒得跟你解释。”

吃完了饭，关燕一个人回家了。姚大力和高耀祖来到了一家酒吧，继续他们的聚会。

“大力，今天我看你的状态还不错，看来你还是能适应大学生活的。”

“怎么，难道以前你觉得我会不适应大学生活吗?”

“我太了解你了，你天生就不是那种逆来顺受的类型。”高耀祖轻蔑地笑了笑说。

“你可不要说得这么肯定，我在东方红还不是照样混得有滋有味。”

“那是你能力有限，不得不接受罢了，你改变不了当时的情况。”

“那你的意思是当时我妥协了?”

“你也没有妥协，你仍然在按照自己的意志生活着，这也说明了你不想妥协，所以你的成绩才直线下降。”

“我不需要妥协，因为我也没有反抗过。我在那里过得还是很开心的，我一直认为那是我最幸福的一年。”

“也许你反抗了，只是自己没有意识到。”

“我自己都没意识到，难道你会意识到?”

“这就叫旁观者清嘛。”高耀祖说，“你如果不是在反抗，一年的时间就不会荒废了。”

“我觉得那一年的时间我并没有荒废。你并不知道那一年来我都经历了什么。”

“或许是我说得不对，”高耀祖想了想，“或许你并没有想到要反抗，而只是按照自己认为正确的路在走罢了。”

“谁不是按照自己认为正确的路走呢?”

“谁不是?”高耀祖惊讶了，“不是的太多了，以后你就会明白的。只有等你亲身体会到的时候你才会发现，有时我们在社会上所扮演的角色是多么微小，有时就必须做一些与自己的价值观和道德观相冲突的事情，甚至吃了亏也要忍气吞声。”

“举个例子听听。”

“比如说一个自尊心极强的男人被领导无情地伤了自尊，一个洁身自好的女员工被品性低劣的上司占了便宜。他们可能都不会反抗。”

“为什么?”

“为了工作呗，”高耀祖轻松地说，“为了饭碗，为了生活，为了将来的好日子。”

“都这样了哪还能谈得上好日子!”

“当然有好日子。比如说那男的，也许领导过两年就能提拔他；那女的，可能因为忍气吞声而得到上司的青睐，或者把她当成二奶，运气好的话，也许上司还没结婚也说不定。但是不管哪种结果，他们都能得到实际的好处不是吗?”

“真可笑。你刚才举的例子，那个男的忍一忍倒还可以，但是那女的付出的代价就有点太大了。她完全可以辞掉工作，再找一份新的。”

“你说的那是能够改变身边环境的人，那种人当然好说。他们或许自己有实力，或许家人有实力，但我刚才所指的不是那种人。”

“似乎有点道理。”姚大力觉得自己有些跟不上高耀祖的思维了，“按照你的意思，有背景的那些人就能改变周围的环境吗?”

“也不一定，因人而异，斯大林能，李嘉诚不能。”

“家庭环境是可以通过自身的努力而改变的。”

“没错，但代价就是对社会大环境的妥协和忍让。像刚才我说的吃了亏还必须忍气吞声的人，你能做到吗?”

高耀祖一下子问了这么多姚大力以前从来没有考虑过的问题，弄得他一时间不知该如何回答。最后，还是高耀祖替他回答了。

“按照你目前的性格，肯定做不到。”

他们默默地注视着对方，谁都没有再说下去。

姚大力觉得高耀祖说的那些话似有某种目的，好像有意将他引向他的话题。和高耀祖谈话最大的好处就是每次谈话结束后，姚大力都会思考接下来的路应该怎样走。

高耀祖和关燕这次回来，仅仅待了三天时间。尽管短暂，却带给姚大力全新的感觉。高耀祖变得更加成熟了。一起吃饭的时候，他也偷偷关注着关燕的变化。她似乎已经接受了高耀祖，认可并喜欢上了他。从她脸上始终挂着的微笑便能看出，当时她一定觉得自己很幸福。其实这也是情理之中的事，关燕想必也在不断地适应高耀祖，去挖掘高耀祖的优点。两人同在外地读书，彼此都成为对方唯一的依靠，不管谁出了什么事，首先想到的都是对方，爱情就在这种彼此的需要和依赖下孕育而生的。

在他们回去的当天，姚大力目送着二人踏上火车，心情跌宕起伏。高耀祖的那番话依旧刺激着他，他们前后紧挨着走上火车的背影也同样刺激着他。走出火车站，姚大力顿时感觉失去了目标，迷失在了川流不息的人流中。

由于暂时还不想回家，可又不知道有什么地方可去，姚大力便抱怨起这座城市来。在这偌大的霖阳城内为什么就不能有一些为单身寂寞男人提供的专属场所呢？

在他驻足发呆的时候，一些面目可憎的黑出租车司机上来搭腔，问他去哪里，他说他哪也不去。接着又有三四个司机轮番问他同样的问题。那些黑出租车司机多以外地人为目标，先将他们骗上车，然后拉到一个就近的地方，开始索要高额乘车费。如果乘客拒绝的话，就会莫名其妙地出现好几个人，他们会将乘客围住。被迫给了钱的外地乘客多数不会再继续乘坐那辆车了，于是，那些缺德的家伙便将乘客撇在路边，扬长而去，再接着屡试不爽地做着这种生意。

姚大力已经走出站前广场，却又突然折回去，走进了火车站附近的一家麦当劳。那也是他曾经和周晓娇来过的地方，所以当时他并不是太想去那里吃东西，怕睹物思人。但在火车站附近，喜欢做敲诈生意的可不仅仅是出租车，还有假货堆满货架的超市，欺骗顾客的黑饭店。本来他的心情就很糟糕，更不想在这上面添堵，所以才决定去麦当劳。

已经过了火车发车的时间，麦当劳里的客人少了很多。姚大力要了一份套餐，找了个靠窗的位置坐了下来。姚大力看着窗外忙碌的人们的脸，想象关燕和高耀祖此时也正坐在火车上，一边欣赏沿途风景，一边畅所欲言。如果关燕觉得有些困倦，一定会温柔地靠在高耀祖的肩膀上打个小盹。姚大力看着餐盘里堆放的长短不一的薯条，想起曾经多少次在这种干净整洁的快餐店里，他将一根薯条拿到周晓娇的嘴边，假装要喂她，等她张口去咬的时候又突然把手抽回，周晓娇便会撒起娇来，装作要哭的样子。紧接着他再笑着将薯条放进她口中，她咬去一半，他吃掉剩下的一半。

周晓娇现在不知过得好不好，已经找到了新的男朋友了吧？姚大力这样想着。他又想了想高耀祖的话，似乎明白了其中的含义。也许高耀祖是希望他能够改变一下，或许是该做出一些改变了。不为别的，就是为了能够按照自己的意志生活下去，也必须要拿出一些行动。否则，即便能够再次见到那个令他心碎的女孩，也没有勇气面对。

姚大力回了一趟霖阳二中。他站在大门外，透过明亮的窗子，望着里面正在安静上自习的学生们，感叹时光飞逝。如今他们成了这里的主角，已经毕业的学生们成了历史，逐渐被人遗忘，甚至有一天，连他们自己都会遗忘这段青涩岁月。尽管这所学校闻名遐迩，但是和这个社会相比，它终归太小了。在这么狭小的范围里，无论一个人取得了多么了不起的成就，哪怕是高考状元，也只有一瞬间的光芒，到了第二年，人们又会企盼下一个高考状元的诞生。

既然那段日子已经过去，还有什么可值得留恋的。

# 29

学校的图书馆终于填充了一批新书，学生们都兴奋不已。然而，小小的文学书库想要满足全体师生的阅读需求还是显得力不从心。第一天书架上还满满当当，第二天书就被借去一半。不少学生怨声载道。

“文学书库嘛，就应该让文学系的学生借阅才对。”

“这就不对了，你们平时不也借别的书看吗?”

“老师让我们读作家的作品，连作品的影子都看不到，还读个屁啊。”

“不是告诉你到市图书馆去借吗?”

“去市图书馆得倒车，一个来回得四块钱，你给我报销啊？浪费钱不说，关键是耽误时间啊。”

“是啊，你说这破学校，学费贵得要死不说，学校里开个超市东西还死贵，连最起码的借书需求都满足不了。图书馆给学生提供图书，是我们应得的权利啊。”

“权利？算了，你还是别说了。”

“就是，人家给你借书的权利了，只是不给你提供书而已。”

一天下午，姚大力正在图书馆读一本自己买来的小说。不久，迎面走过来一个女生。她穿了一件浅黄色套头衫，长相并不算俏丽，但颇有气质。她在他对面坐了下来，从皮包里拿出一本笔记和一本书。书上的大字引起了姚大力的注意，那是现代文学史，正是上课学的教材。他本想偷偷地打量这个女孩一番，不想却被她的视线捕捉到。女孩向姚大力微微点头，他有点惊慌失措，也微笑着点了点头。

姚大力的注意力已经无法集中在小说上。他假装认真看书，脑子里却在不停地回忆。从那本教材可以推断出，女孩显然是文学系的。文学系一共有七个班，他自己是六班的人。其中五、六、七三个班在同一个阶梯教室上课，搜索起来也不是那么容易。

大概过了半个小时，女孩起身去了卫生间，而姚大力的搜索还是没有结果。他放下书，起来缓解了一下久坐带来的疲劳。不大一会儿，那女孩回来了，坐下来的时候目光在自己的书上停留了三秒钟，随即又拿起笔写了起来。姚大力靠墙站了一会儿，也回到座位，还没坐稳，女孩便主动与他交谈起来。

“你是文学系的吧?”

“是啊。”

“我也是。”

“真的？你是几班的。”

“七班。”

“什么，你是七班的？以前上课怎么没注意到你呀。”

“可能是因为我平时喜欢坐在后面吧。”

“那就怪了，我也坐在后面呀。”

“我都坐最后一排，所以你没有注意到我，但我可早就注意到你了。”女孩笑了笑。

姚大力环顾四周，还好今天上自习的人不多，左右都没人。但为了让谈话始终轻松地进行，他提议到走廊上聊聊。

“我们干脆走吧，反正也快到晚饭时间了，边走边聊。”

于是他们收拾了东西，准备离开图书馆。

“为什么不坐前排呢？像你这样爱学习的学生应该喜欢坐前排啊。”

“你怎么能看出我是爱学习的学生呢？其实我还是喜欢坐后面，不想听课的话，自己看点书也方便。”

“那倒是。”

他们走出图书馆时，姚大力突然想起高耀祖的话——他需要一个女朋友；但是当时他并没有对那个女孩抱有那种想法，只是想找个人说说话。

“对了，还不知道你叫什么名字呢。”

“我叫程菲菲，你是叫姚大力吧?”

“是啊，你已经知道啦。”姚大力有点不敢相信。

“五、六、七班的男生我差不多都认识，当然也知道你的名字。”程菲菲的表情相当得意。

“难道你是在做什么调查不成?”

“别误会啊，我只是记忆力太好了。平时坐在后面，老师点名的时候，我就注意观察来着。而且你就坐在我前面不远的地方。你不住校，每次上完课总是急着离开，当然容易被我记住了。”

“原来是这样，不住校看来还是给人怪怪的感觉。”

姚大力嘴上这么说，但心里还是对程菲菲知道他不住校而感到惊讶。

“没有的事，这样才显得特别嘛。没准儿你也有什么特殊的原因呢。”

“不住校的原因很简单，本地户口，想住也住不了。”

“原来如此。”

“对了，你有没有约了人一起吃晚饭，没有的话，不如我请你吃饭。”姚大力试着问道。

“好呀，平时晚上我都是一个人吃饭，寝室的那几位几乎都不来图书馆，所以没人陪我吃。”程菲菲答道。

姚大力和程菲菲一路上谈天说地、有说有笑，直到路灯透过茂密的杨树在地上留下浅浅的影子，车辆闪着黄色的灯光在川流不息的道路上奔驰，他们才返回学校。

“姚大力，你还要回家，就别往里面送了。”程菲菲说。

“没关系。”

他们一路走着，彼此都在搜肠刮肚地寻找下一个话题。

“姚大力，你有女朋友吗？”

“以前有一个，毕业后分手了。”

“是因为不在一个地方了吗？”

“嗯，是吧。”他看了看程菲菲，“对不起，如果你不介意，我不想再提以前的事情了。”

“好吧。”程菲菲顿了顿，“对了，最近你有没有时间？”

“时间倒是有的是。”

“我家是外地的，我对霖阳不熟悉，改天陪我逛街如何？”

“当然好。不过，你和你男朋友出去逛街岂不是更好。”

“好是好，可是我还没有男朋友。”

“哦。”

新建的校园还没有路灯，在学校漆黑的夜路衬托下，气氛突然变得怪怪的。姚大力和程菲菲并排走在回宿舍的路上，肩膀几乎靠在一起。姚大力几度想伸手去握她的手，却始终没有拿出勇气。

“我到了，你也快回家吧。”

“好，你快上楼吧。”

“说好了啊，改天陪我逛街。”

“一言为定。”

姚大力走出学校，一路上恍恍惚惚。他叫了一辆出租车，让司机直接把他拉到北国公园。

“这么晚了去北国公园干吗?”多事的司机问道。

“哦，去找一些东西。”

“丢在那里面的东西还能找回来?”司机觉得有些不可思议，“是什么，钱包吗?”

“不是钱包，比钱包重要得多，而且是只有我才能找到的东西。”姚大力自信满满地说。

入秋的北国公园再也没有了夏日的凉爽，充满诡异的气氛。公园里空无一人，漆黑一片，恐惧袭上心头，连姚大力也不敢往深处走。这是他第一次在北国公园体会到这种感觉。

姚大力掏出手机，机警地环顾四周，确认没有人之后，拨通了电话。

“喂，兄弟是你呀。”高耀祖轻描淡写地说。

“最近怎么样?”

“还好啊，你在哪呢?”

“我在大街上，现在正往家里走呢。”

“你该不是一个人去喝闷酒了吧?”高耀祖哈哈大笑。

“没有，你听我的声音像是醉酒吗?”

“听起来倒是挺正常的。”

“那当然，你兄弟我现在天天去图书馆呢。”

“那还真不错，你给我打电话不是就为了这点事吧。”

“那倒不是，我想跟你说的事可比这要重要得多。”姚大力想了想，“我在学校认识了一个女孩。”

高耀祖起初不太相信，但是确认了之后，又是一副满不在乎的口气。

“我还以为是什么大事呢，比如你得了奖学金之类的，原来是认识了一个女孩，还真是恭喜你了。”

“我跟你可不一样，你可知道，这机会对我来说来之不易。”

“别误会，说真的我真替你高兴，你可要把握住这个机会啊。”

“我试着努力一下吧，是时候该做出些改变了。”

和高耀祖谈了几分钟以后，北国公园似乎也不那么阴森恐怖了，姚大力的心情也随之明朗。

“对了，你现在在宿舍吗?”

“没有，我刚才和关燕在学校的咖啡厅里坐了一会儿，现在正往宿舍走呢，你要不要和她说两句?”

不知为何，一提到关燕，姚大力的心就紧张了起来，开始变得语无伦次。

“算了，还是不说了，我也没什么事。我这件事你愿意告诉她就说，不愿说也无所谓。”

“那好，我知道了。”

“行了，我没什么事了，要回家了。”

“祝你成功。”

姚大力满意地挂了电话，点燃一支香烟，开始吞云吐雾。

之后的日子，程菲菲开始让姚大力替她在图书馆占座位了。下课以后，她总是先回寝室，然后再慢慢悠悠地来图书馆。程菲菲经常在图书馆看英语，可别看她对英语达到了痴迷的程度，其实水平一点也不怎么样，只是那种坚忍不拔的精神很值得钦佩。她对姚大力说，自己每天早上六点钟都会到篮球场附近晨读，因为高考时就是英语这一科给她拖了后腿，害得她上东北师大的美梦破灭了。

姚大力有时在图书馆看起小说来会花费好几个小时，甚至一天时间，只在忍不住的时候才上趟厕所，全当活动筋骨。程菲菲却不行，英语单词记多了，免不了头昏脑涨，每到这时，她就会约姚大力到图书馆外面散心。

姚大力终于按捺不住内心的冲动了。回首过去，自己在恋爱方面还一次都没有主动过，实在是有些难堪。这样一想，勇气便冒了出来，于是他决定尝试一下主动追求爱情。

“如果你不介意的话，咱们……咱们可以交往看看，你觉得呢。”

“那样也行，我也想多了解你一些。”

“那我们从现在起就算是情侣了。”

“你说是就是了。”程菲菲说。

“那咱们就先从拉手开始吧，怎么样?”

“行啊。”

程菲菲将手很自然地递了过来，姚大力顺势牵起她的手。高耀祖说得完全正确，在他牵手的那一刻，他感到周围的世界焕然一新，心情也豁然明朗。姚大力当时觉得自己以前就是对什么事情都太执着了。一个人何必要和生活较劲呢，后退一步，迎接你的不正是海阔天空吗?

当晚，姚大力和程菲菲正在吃饭，忽然接到了家里的电话，原来是父亲的弟弟，也就是姚铁柱带着他的家眷回来了。姚山河叫儿子早点回家，他的堂妹急着见他。

“我现在不能马上回去，我和同学在一起呢。”

“那你尽快吧。”李凤说。

挂掉电话，姚大力长舒一口气。程菲菲看着他问：“是让你赶快回家吗？你家人还挺关心你的。”

“我妈就那样，而且最近几年，越发絮叨了。”

“当母亲的都那样。”

“以前她可不是那样，自从我的成绩下降了之后，她似乎不那么信任我了。”

“你就赶快回家吧，我自己一个人回学校就可以。”

“没关系的，送你回学校也很重要。”

程菲菲莞尔一笑，低头继续吃东西。姚大力静静地注视着她：程菲菲和周晓娇截然不同，齐肩的短发，宽宽的肩膀，给人一种妖娆的美感。然而和周晓娇相同的是，他依然看不透她的内心，也许是交往时间太短的缘故。

吃完饭，姚大力打车将程菲菲送回霖阳大学。出租车随即调头驶向榆树街的方向。在车上，他带着些许的兴奋，竭力想象着姚铁柱一家见到他时的情景。

## 30

姚大力刚一进家门，就被映入眼帘的热闹气氛给感染了，好像小时候过年一样，家里挤满了人。热闹的景象似乎消失多年了。

“大力，快来见见你叔叔，这一晃多少年没见了，这孩子都这么大了。”姚大力还没站稳，姚山河就迫不及待地说。

“叔叔好，婶婶好。”他假装自己是个乖宝宝，“多少年没见了。”

“这是你堂妹。”姚山河此刻的幸福感是姚大力这辈子都没见过的。

“姚瑶，长这么大了？”

姚瑶没有吱声，只回了一个腼腆的微笑。

“这大学生一天可真够忙的，不到太阳落山都不回家。要注意休息啊，身子累坏了可怎么办。”陈爱玲调侃道。

“年轻人，累一点应该的。”姚大力笑着说。

“我哥准是陪女朋友出去了。”姚瑶一语道破天机，令姚大力有些尴尬。她坐在沙发上，两手托腮，呵呵傻笑。姚大力不觉间多看了姚瑶几眼，心里暗想，上帝还算公平，叔叔和婶婶的长相都不敢恭维，却生出了一个漂亮女儿。

“你哥我每天都忙得很，哪有时间陪女朋友。”

姚大力信口胡诌。虽然已经上了大学，可说谎的功夫依旧不减当年。

“大力，上大学的感觉不错吧？”姚铁柱坐在沙发上问。说完，将手里的香烟深深地吸了一口。姚大力听父亲说过，叔叔是个老烟枪，一天能抽两盒烟，曾经是他佩服的偶像。

“还可以吧。”

姚大力轻描淡写地回答了姚铁柱，没有过多谈起大学生活。因为他觉得实在没这个必要。首先，毕竟他念的这所大学不让住校，严格说来，他过的并非真正意义上的大学生活；其次，因为刚上高一的姚瑶在场，为了让她对大学抱有一份美好的憧憬和向往，他也不宜过多地述说自己那混沌的大学生活。

“他上的这个大学，将来毕业后能不能找到一份好工作还不一定呢。”姚山河说着露出一副愁眉不展的苦闷相，无奈地晃了晃头。

“我觉得大力没问题。”姚铁柱说，“大力有点像我，学历这东西不用太当回事，将来自己做点买卖，要学历干吗。”

“你说的不对。”姚山河就喜欢跟别人对着来，“现在可不是当年了，以后的中国，没有那么多白手起家的神话了。”

“大哥说的对，你就说那几家物流公司，哪个不是抢地盘发的家？当时谁要是敢到一些小公司发货，那就是一顿打啊。”

“现在可不行了，谁要是还敢那么干，保证第二天就得停业。”

姚大力本想进屋，可姚山河执意要他坐下来陪陪大家。他无奈地又重新坐下，发现对面坐着的姚瑶在偷偷打量着他。

“还是大哥有远见。”陈爱玲说，“铁柱从来也不关心自己女儿的成绩。”

姚山河听了弟妹的话，皱着眉头说：“我这几年在外面打拼，也没时间管他，李凤也很少过问大力的学习情况，所以高三那一年给耽误了。”

“大力这孩子多懂事啊，一看就是老实孩子，心肠肯定也好。”陈爱玲赶紧把话头岔过去，“有大力这孩子，大哥、大嫂就等着晚年享清福吧。”

“享福可不敢想，等我们老的时候，这孩子能偶尔回来看看我们就行啊，咱们可不指望如今的儿女能孝敬老人。”

“爸，看你说的，以后我肯定孝敬你。”姚大力说。

姚瑶听到姚大力的话，突然忍不住笑了两声，让姚大力很不自在。

“其实大力这孩子挺懂事的，平时也没怎么让我们太操心，以后应该能孝顺。”李凤还是一如既往地站在儿子这边。

“大力，你带妹妹进屋吧，我和你叔叔还要谈点正事。”

姚瑶一听说能够离开这种座谈会式的场合，顿时喜上眉梢。

“正好我也想参观一下我哥的房间呢。”说着她站起身来朝屋里走去。

姚大力跟着堂妹进了卧室，将门关上，问道：“这次你和叔叔、婶婶还打算回去吗?”

“听他们说好像是不回去了，这几天正给我办转学的事呢，我现在学籍还没有转过来，暂时还是借读生。”

“在哪都一样，好好学习。”

姚大力本想在堂妹面前展现一下自己的威严，却不想姚瑶听到这话之后，竟哈哈大笑起来。

“你刚才说话的语气像我爸似的。”

姚大力被这句话给镇住了，一时无言以对，只好坐在床上，表情呆滞地望着她，等待她给他解释刚才那句话的意思。可是，姚瑶并没有为他指点迷津，而是换了一个话题。姚大力心想，大概她这个年龄的女孩说出的话本来就是依靠直觉，没有什么逻辑性可言吧。

“哥，”姚瑶凑到床边，笑眯眯地说，“把你女朋友的照片给我看看行吗?”

“我什么时候说我有女朋友。”

“我都有男朋友，难道你会没有女朋友?”

“好吧，我最近刚找了一个女朋友，是我的大学同学。”

“真的呀，长得漂亮吗?”

“一般，还算可以吧，但是我现在还没有她的照片。”

“一般和可以到底是什么标准啊?”姚瑶一脸不解地问，“和我比呢，有我漂亮吗?”

姚大力看着姚瑶，仔细打量了一遍，说：“没有你漂亮。”

“你这话等于白问，还是不知道她长什么样。”

“我没什么可说的，还是说说你的男朋友吧。”

“我们是初三的时候处的。”

“北京人吗?”

“北京人。”

“见不到面你不会想念他吗?”

“想，可是也没办法啊。”

“姚瑶，你觉得你和你男朋友会天长地久吗?”

“一定能，他是不会离开我的。”姚瑶自信满满地说。

过了三个小时，姚山河终于在外面唤起儿子。

“哥，不用你送了，我们打车回去就行。”姚铁柱站在门口说。

“走吧，走吧，自己有车何必还花钱打车，你现在手头不宽绰，还是省着点吧。再说都快半夜了，你一个人带着弟妹和孩子，我不放心。”

“盛情难却，你就别跟大哥争了。”陈爱玲在一旁劝道。

姚山河送完姚铁柱一家，还要一个人开车回家，李凤不放心他，于是陪送的工作就落到了姚大力的身上。

姚山河执意要送他们回家是有原因的，因为姚铁柱现在住的地方在沙杨路，离姚大力家确实很远。沙杨路附近是周晓娇的家，姚大力依稀记得那里的某些街道和马路。当汽车驶过当年他和周晓娇最后话别的那个路口时，他的眼眶又有些湿润了。他强忍着深吸一口气，将忧伤的情绪憋了回去，不愿让坐在旁边的姚瑶发现。

到了姚铁柱家楼下，大家都下了车。等姚铁柱一家走出十几步的时候，姚山河突然叫住他，走上前去拍了拍他的肩膀，对他说了些什么。姚大力没有听清具体的内容，但说的好像是关于姚瑶上学的事情。姚瑶看了看姚山河，也微笑着说了句什么，之后就一个劲儿地冲姚大力摆手，姚大力也摆手跟她们道别。

回去的路上，姚大力坐到了副驾驶的位置。姚山河像是松了一口气，表情看上去平静、坦然。

“儿子，在你叔叔面前可别提他管咱们借钱的事，知道吗?”

“我不会提的。”

“当初要不是因为把钱借给他们，咱们家其实能有更多的机会，你妈一直为这事埋怨我。”

“原来是这样啊。”姚大力叹了口气，“爸你放心，我不会因为这件事怪他们的。”

姚大力当然不会责怪叔叔，他知道一个男人拖家带口在外省打拼不容易。

姚山河点燃一支烟，烟雾使他的侧脸看起来很沧桑，路灯打在他的脸上，忽明忽暗。

“抽一根。”姚山河将烟递给姚大力。

“我不抽。”

“平时在外面没少抽吧。”

于是姚大力不再矜持，学着父亲的样子开始皱着眉头吸了起来。

“爸，我刚才好像听你在和叔叔说姚瑶上学的事，是吗?”

“是，你妹妹现在还在霖阳二中借读呢，但是借读不是长久的办法，得帮她把学籍转过来。”

“对，这样比较稳妥。”

“你妹妹是个女孩，长得又漂亮，要是让她随便上个一般高中，那还不得学坏了。”姚山河无奈地摇了摇头。

“已经学坏了，只是你们不知道而已。”姚大力心想。

“这回怕是又要花不少钱吧。”姚大力叹了口气。

“我就这么一个弟弟，花点钱算什么。你不也就这么一个妹妹吗？姚瑶对你来说，就跟亲妹妹没什么两样，知道吗?”

“我当然明白。”

姚山河的言谈举止时刻影响着姚大力，这其中有好的影响，也有坏的影响。那一晚，他从父亲的脸上看到一种责任感，那种责任感使父亲看起来异常高大。父亲在姚大力心目中是个能力十足的人。姚大力坐在车里，思考着他与父亲之间的差距。他究竟有什么能力？如果当时让他离开父母的庇护，他是否还能在夜幕下的繁华都市里活得有声有色？城市，如同羊水中的胎儿，充满了生机；但这胎儿却因为母亲在妊娠期不爱护自己的身体而变得畸形。它是那样的不完美，却又那样的让人不忍割舍。

姚山河又点燃一支烟，汽车载着他的希望，向家的方向驶去。

## 31

姚铁柱一家的回归，也给姚大力带来了一些好处。因为家里出现了比他年龄小的姚瑶，没有人再把姚大力当孩子看待了。而且后来发生了一件事，改变了姚大力在父母心中一贯顽劣的印象。他们终于不再认为姚大力是一个终日无所事事并且没有主意的人了。究其原因，还要感谢他那个不让人省心的叔叔和婶婶。

就在五月的一个周日中午，她一个人来到了姚大力家。当时姚大力因为头一天晚上熬夜看书，因此直到姚瑶来到，他方从睡梦中缓缓醒来。白天的觉会让人越睡越累，姚大力感到全身的骨头都变得跟海绵一样软，脑袋里仿佛放着一块铅，沉重得很。醒来后，他只隐隐听见姚瑶的声音从客厅传来。

“大伯，我哥在家吗？啊？还在睡？简直像小姑娘一样。”

大概是被妹妹的这番话刺激到了，姚大力顿时爆发出一股力量，倏地从床上弹了起来。他迅速穿好衣服，出去和大家见面。

姚大力打了个招呼便去洗脸、刷牙，出来后发现姚瑶已经进了他的卧室。

“哥，起来不叠被子吗？”姚瑶笑着说。

“叠，怎么不叠，我不得先收拾完自己再收拾屋子嘛。”说着，姚大力走到床边，三两下叠好了被子。姚瑶猜得没错，姚大力平时确实很少叠被子。

“今天怎么想起到我家来？”姚大力问。

“没事，在家待着没意思呗。”姚瑶拿起姚大力书桌上的一个相框，翻来覆去地看着。相框里面放的是姚大力的照片，是高三毕业的那个暑假跟高耀祖和关燕一起照的。

“快高考了吧，复习得怎么样了？”

“还不错，都跟得上。”姚瑶轻松地说。

“和你那远在北京的男朋友关系进展得如何？”

“还是老样子，偶尔写写信，打打电话。”姚瑶说着皱起了眉头，“但最近我发现老妈老是盯着我，电话也不让打了。”

“大概是怕你电话打得太多，影响学习吧。”

这时，姚瑶凑到姚大力身边，小声对他说：“哥，我发现白天我不在家的时候，我妈偷偷翻我的抽屉，我猜她一定是偷看我的信了。”

“别胡说了，婶婶不至于干出那种事。”

“怎么不至于，你不了解我妈那人。她以前就经常趁我爸不在家的时候翻他的东西。那时候我妈以为我小，所以一点都不避讳我。既然那时候她能翻我爸的东西，现在怎么就不能翻我的东西呢？”

“小时候的记忆靠不住。”

“不是，我是有证据的。有一次我打开抽屉，发现信的位置不一样了，摆的顺序也变了。”

“你倒挺有心的，干脆去当个侦探算了。”

“不管怎么样，反正她是翻了。”姚瑶悻悻地噘起了嘴，“气得我把所有的信都带到学校去了。”

“你这样做等于破釜沉舟了，要是你妈再翻你的抽屉，发现信不见了，你这岂不是等于公开向你妈宣战？”

“我才不怕呢，这是她不对啊。”姚瑶倔强地说，“我说前一阵子她怎么老问我是不是没事总写信呢。”

“你只给男朋友写吗？”

“对呀，也不是经常写。我把这两年写的信都放在抽屉里了。”

“要不你就暂时别给他写信了，反正也快高考了，考完试你们不就有机会见面了嘛。”

“那怎么行，现在学习压力这么大，平时唯一的乐趣就是和他通信了。而且我要是不给他写信，万一他因此成绩下降怎么办？我们写信根本就不耽误学习。你不知道，我几乎把所有时间都用来学习了。”

姚大力觉得姚瑶没有说谎，从她无辜的表情看得出来，再说她也没必要对他说谎。

“你觉得你们在一起的概率有多大？”

“不知道。”姚瑶迷茫地摇了摇头。

“不管结局怎样，只要你想跟他在一起，就相信他。如果你们最终没能在一起，你也不要遗憾。”

“要是不能在一起，也没办法，有时候我们根本没法选择。”

姚瑶没有在姚大力家吃晚饭，傍晚的时候走了。姚大力将她送到车站，回到家后，觉得百无聊赖，于是拿出影集翻看。上面都是高三毕业的那个暑假跟高耀祖和关燕一起照的照片。姚大力也只有这些照片，其中很多都是他为那两人拍的，他保留了底板，在洗照片的时候洗了三份，自己留了一份。他在看这些照片的时候，还是会觉得有些对不起高耀祖，因为他对关燕似乎始终有一种超越朋友的感情存在。吃晚饭的时候，姚山河竟主动说起姚瑶的事情来，原来陈爱玲早已将此事告知了他。

“你妹妹也真是的，都这个时候了，还有心思写信。”姚山河说。

姚大力心想，父亲毕竟是上个时代的人，性格也有着鲜明的时代烙印，有时他也会表现出一种只手遮天的态度。

“姚瑶跟我说了，她说婶婶翻她的抽屉。”姚大力说。

“这事她怎么会知道？”李凤诧异地看着姚大力。而姚山河只是低头吃饭，对此不予理睬。

“她说发现抽屉里的东西被人动过。”姚大力解释道。

“这个姚瑶，心可真够细的。”

“那可不，现在她把信都带到学校去了。”

“这事她妈还不知道呢，”沉默已久的姚山河开了口，“这要是知道了，母女俩还指不定要闹成什么样呢。”说完，姚山河又低头继续吃饭。

“婶婶干吗非要干这种事呢。”姚大力自言自语地说。

“她怕姚瑶把心思用在处对象上，耽误学习。”姚山河说，“一个高中生懂得什么是爱情吗？”说完，深深地叹了口气。

随着姚山河的一声叹息，一家人陷入了沉默。姚大力一边吃饭一边想，高中生难道真的不懂爱情吗？恐怕不是这样的。他们都从人生道路上匆匆走过，年少轻狂时，可以摆脱家庭背景、教育程度、物质诱惑等诸多外在因素对心灵的禁锢，去谈一场真正的恋爱。年轻恋人之间最多的话是“我们会在一起吗”、“我们一辈子都会在一起”。然而，随着年龄的增长，谈话的内容逐渐变成了“你得有房子和车，我们才能在一起”、“你说爱我，可你拿什么爱我，只拿那些甜言蜜语吗？你看看人家过的是什么生活，再看看我过的是什么生活”。

姚大力看着父亲，心想：并不是年轻人不懂得爱情，而是你们沾染了太多的社会习气，吸收了太多伤风败俗的思想。在你们心里，爱情之花早已枯萎凋零。你们在物欲横流的社会上闯荡，逐渐丧失了年少的冲动，那些冲动中或许也包含着一段纯真美好的爱情，只是被你们遗忘了，也忘记了那有着温婉的天籁之音的曾经令你们朝思暮想的梦中人。当人们沉醉于物质的世界，有了穷奢极侈的欲望，纯洁的爱情就会像心脏一样，每天都在离你最近的地方，让你时刻能够感受它在跳动，可是却一辈子也别想触碰得到。所以，不懂爱情的不是年轻人，而是像你一样的中年人。是你们不懂得爱情，却又执拗的不愿承认，于是自顾自地给爱情偷换了概念。因此，在中年人的世界里，不懂爱情的反而成了年轻人。

“爸，我觉得这件事是婶婶不对，她不应该限制姚瑶给她男朋友写信。”在总结了关于爱情的观点之后，姚大力脱口而出。

“那到时候耽误了考试怎么办？你妹妹能上二中还是咱们家帮她办的，她要是高考考不好，你叔叔也会觉得对不起咱们的。”

“你帮叔叔一家又不是图他们的回报。姚瑶和我说了，她写信一点儿都不会影响复习。我觉得姚瑶现在学习已经够刻苦了，高三的学生生活本来就枯燥，偶尔能用写信的方式说说心里话不是挺好吗？”

“就是不知道姚瑶那孩子的自制力怎么样。”李凤说。

“姚瑶肯定没问题，别看她活泼机灵，其实心智挺成熟的。她知道自己什么时间该干什么。”

“现在的孩子，自己都特别有主意。”姚山河笑着说。

“爸，你说得太对了。我们这一代人是接受新事物最快的一代。我们重视的是个体，也就是说，每个人都把自己当作独一无二的。而且我觉得姚瑶那个年龄的人更是如此，他们是最重视个人隐私的。她对那些不经过她本人同意就乱翻她东西的人肯定会很反感，就算是自己的妈妈也不例外。”

“儿子说得在理。”姚山河看了看李凤，点头说道。

“你儿子说得当然对，因为你儿子也是那样的人。”李凤也笑着说。

“是吗？”姚山河兴致勃勃地看着姚大力。

“我哪是那样的人。”姚大力低下了头。

“你忘了吗？高二的时候妈给你收拾屋子，晚上你跟妈又吵又闹。”

“我哪有啊？”

“怎么没有，回来后你就一脸愤怒地说以后不要再帮我收拾屋子了。”李凤言之凿凿地说。

“我想起来了，我不是就说过这一句话嘛，哪像你说得那样又吵又闹了。”

“那还不算又吵又闹啊，妈挺费劲地给你收拾屋子，就因为把你同学送你的一个包装盒给扔了，你就跟妈生气。”

“你把什么包装盒给扔了？”姚山河问道。

“他同学送他礼物的包装盒。他说那盒子好看，非要留着。”李凤说。

“本来就是嘛，那盒子也是同学送的，都是非常重要的东西。”姚大力说。

“咱儿子的想法有时候确实不是我们能理解的。”姚山河说完，放声大笑。

“爸，我觉得姚瑶的事，你应该告诉婶婶别操那份儿心了。就算她经常给男朋友写信也好，那都是她人生必经之事，她有那个权利。而且她自己也说了没事，我们就应该相信她。如果这事儿闹大了的话，反而会影响她高考。”

“有道理，我一会儿就给你婶婶打个电话。”

“你就跟婶婶说，为了姚瑶能顺利高考，以后别再动她的东西了；但你千万别让婶婶知道姚瑶已经开始怀疑她了。剩下的我来跟姚瑶解释。”

“行。”姚山河爽快地答应了。

当晚，姚大力给姚瑶打了电话。

“我现在要告诉你一件事，你听了之后可别激动。”

“好，我肯定不激动。”

“我从我爸那里得知，你妈确实翻你的抽屉了，但是看没看信我不知道。”

“你看，我就说吧。”姚瑶听后还是很生气。

“你小声一点，可别让你妈你爸听出什么。”

“哦，知道了。”

“我今天和我爸聊天，婶婶还不知道你已经知道她翻你抽屉的事，而且她确实是担心你的学习才这样做的。”

“她这简直是多此一举。”

随后，姚大力将他和父亲的对话一五一十地告诉了姚瑶。

“我倒是没什么，要是让我妈知道了，确实会尴尬。但是，大伯那边能搞定吗?”

“肯定能，你要相信我爸。”

“好吧，如果我妈以后不再那么做了，我就不计较了，就当没发生过。”

“太好了，真是我的好妹妹。”姚大力总算安心了，但是一想事情还没有完，就又说道：“对了，赶快把信从学校拿回来。”

“信都在书包里放着呢。”

“那就放回抽屉里，以防万一。”

“你不是说我妈不会再翻抽屉了吗?”

“要是她不经意翻了，发现信不在里面，不就都露馅了吗？所以还是把信放回去吧。我爸肯定能说服你妈，放心吧。”

“好吧。”姚瑶勉强答应了。

姚大力的任务总算完成了。刚才在下饭桌之前，李凤还不依不饶地说：“真不知道现在的孩子为什么这么不理解父母，把他们养这么大多不容易啊。”

姚大力给姚瑶打完电话，便一直躺在床上思索。他感觉两代人之间似乎永远也不可能做到完全相互理解。倘若完全相互理解，那将是一种进步，还是一种倒退呢？他这个人一直如此，总是在不停地想，却总有想不完的困惑。

# 32

姚大力和程菲菲的关系以闪电般的速度进展着。好多事情在没有预兆的情况下，就迅速展开了。他们从牵手、接吻，再到躺在宾馆的床上，相互抚摸对方的身体，前前后后只用了短短一个星期。

早上，程菲菲抱着厚厚的被子，让姚大力看床单上的点点血迹。姚大力当时的第一个想法是担心她会怀孕，然而经过了担惊受怕的一个多月，什么事情也没有发生，他也随之坦然下来。之后的日子，他们过着与千千万万大学情侣大同小异的大学生活，虽然循规蹈矩却也不缺少激情。尽管姚大力也结识了不少大学同学，但他仍然将大多数时间耗在这个女孩身上。

在姚大力的介绍下，程菲菲很快就与张伟和陈玲成了朋友，四个人经常聚会。陈玲这个人时好时坏，有时候对张伟百依百顺，有时候又凡事都想做主。让人摸不透这位陈家二小姐究竟是什么脾气。而那个时候，姚大力无暇顾及远在外地的高耀祖和关燕。他们似乎也很忙，很少给他打电话。就这样，高耀祖和关燕暂时脱离了姚大力的生活。

盲目的日子一直持续到大二，又一个冬天来到了。

那个冬天的圣诞节，姚大力和程菲菲是两个人一起过的。晚上，在拥挤的闹市里，他们平静地吃了一顿饭，晚上在一家宾馆过夜。时间不知不觉地过了午夜十二点，姚大力发现自己的香烟抽完了，于是想要一个人到外面买烟。

“我跟你一起去。”程菲菲坐在床上看着他。

“不用了，我一会儿就回来，外面冷。”

“没事，我不想一个人待在宾馆里。”

他们住的地方不是商业街，半夜的时候街上早已寂静无人。路灯投下的光影被厚厚的积雪反射到城市的各个角落，将寂寞的都市映成了金黄色。

“见鬼了，这附近连一家小卖店也没有，还是回去吧。”

“要不，我们走一走吧，反正刚出来也不觉得冷，看看前面有没有二十四小时营业的超市。”程菲菲说。

“也好，如果冷的话就告诉我。”

他们将双手揣在羽绒服的口袋里，走在马路上，欣赏着城市的夜景。

“大力，你以前有过女朋友吗？我还一直没有问过你。”

“当然有，你觉得像我这么优秀的小伙儿会没有女朋友？”

“看样子，恋爱经验还很丰富嘛。”

“那是一定的，想当年找我出去约会的女孩子都要预约才行。”

“还真没看出来。”

“不信就算了。那么你呢，我不会是你的初恋吧？”

“不是。我曾经有个男朋友。”程菲菲说这句话的时候，眼睛看着地面，似乎在追寻往事。

“哦，那他现在在什么地方？”

“他离我很近，又离我很远。”

姚大力还在揣摩程菲菲那句话的意思，就看见在不远处的十字路口，一个橘黄色的灯箱牌匾进入了他们的视线。老天没有亏待这两个在寒冷的夜晚奔波在外的青年男女，终于赐给他们一家还在营业的便利店。

买了香烟和一些零食，姚大力和程菲菲便快马加鞭地往回赶，来时的浪漫情愫顷刻间消失在刺骨的寒风里。马不停蹄地回到宾馆，程菲菲去洗澡了，姚大力则在房间里抽起了烟，还抽得格外来劲。

“快要考试了，你复习得怎么样了？”

程菲菲从浴室里走出，说了这句完全不合时宜的话。

“我还没开始复习呢，来得及。”

姚大力心不在焉地答复了她。在当时的氛围下，一切言语都显得那么多余。他们关了灯，在床上翻云覆雨。

放寒假的时候，高耀祖和关燕回来了，但他们并没有见到程菲菲，因为霖阳大学的放假时间比较早，程菲菲在他们回来以前就已经回老家了。那年春节，姚大力家比往年都热闹，毕竟由以前的三个人变成了六个人。尤其是他那机灵古怪的妹妹，由于正处在成长期，短短的时间里，身材和相貌都发生了很大的变化。

姚大力曾经和程菲菲去霖阳二中看望过姚瑶，还一同吃了顿饭。之后的某一天，姚铁柱一家来姚大力家吃饭。

“你觉得程菲菲好看吗？”姚大力私下问妹妹。

“还好啦，但是我怎么觉得你并不太喜欢她啊。”

“笑话，喜不喜欢你怎么可能知道。”

“我虽然不知道，但是我有感觉。那天你向我介绍她的时候，我感觉你并不是很自豪。”

“你懂什么叫自豪，我已经过了自豪的年龄了。”姚大力爱答不理地瞅了她一眼。

谈话间，陈爱玲走了进来。

“你们两个聊什么呢?”

“没聊什么，我和我哥在讨论他的女朋友呢。”

“不用说，指定差不了。凭咱们大力的条件，怎么也得找个比姚瑶漂亮的。”

“那还不容易?”姚大力故意气妹妹。

“比我可差远了。”姚瑶不服气地说。

对于之后的谈话，姚大力就无心恋战了。姚瑶和陈爱玲侃了几句，便乖乖地去客厅加入到大家的队伍里。姚大力一个人静静地躺在屋里，呆呆地望着天花板，视野逐渐被困倦的眼皮遮盖住了。

他究竟为什么要谈这场恋爱，那是他最初想要寻找的爱情吗?带着这些困惑，姚大力睡着了。

姚大力觉得他和程菲菲之间表面上看起来是在恋爱，而且还恋得很火热。然而在内心深处，他却从没渴望能够得到天长地久的幸福。他是这样，程菲菲亦如此。

寒假还没结束，关燕和高耀祖就急匆匆地回去了。自此以后，他们谁也没有主动给姚大力打过一个电话，全靠他这边偶尔打过去的电话保持着联系。当时姚大力这边有程菲菲陪伴，对高耀祖和关燕也稍微冷落了些，大家的联系比起以前少了很多。

大二下学期，发生了一些意想不到的事情。那是姚大力感到身心都十分劳累的一年，而这一切似乎都是有预兆的。

张伟的女朋友陈玲举办生日宴会，姚大力也碍于面子参加了。在生日会上，姚大力见到了久违的老同学。

“姚大力!”闫庆简直不敢相信自己的眼睛。

“你怎么来了?”姚大力问道。

“我和陈玲是大学同学。”

姚大力和闫庆谈了许多以前的事情，还谈到了关燕和高耀祖。闫庆说，她和关燕一直保持着电话和书信上的往来，让姚大力不禁有些嫉妒。

到了生日会的后半段，大家都各顾各地讨论起自己感兴趣的话题来。姚大力干脆把程菲菲撇在一边，单独跟闫庆攀谈起来。

“关燕最近的心情好像不太好。”

“怎么回事?”姚大力心急如焚地看着闫庆。

“因为高耀祖呗，他俩最近好像总是吵架。”

“不可能，他们两人好着呢。”

“好就不能吵架了吗?以前好不等于现在好，关燕跟我说高耀祖变了。”

“变了?”姚大力还以为自己听错了，“怎么会这样呢?他们才交往两年多而已啊。”

“当年我就觉得奇怪，以前我一直以为关燕喜欢你呢，没想到后来却跟高耀祖好上了，是不是和你离开学校有关啊?”

“我那时和关燕的关系确实不错，但她并不喜欢我，我们只是好朋友而已。”

“所以你就把她介绍给高耀祖了。”闫庆看姚大力的眼神，好像认为姚大力是个白痴，“关燕都告诉我了，要不是你从中斡旋，她和高耀祖不一定能成。”

“这事不能全怪我，你不了解高耀祖那人。他若真想追关燕，谁也拦不住他的;而且他真的非常喜欢关燕。”

姚大力本想再问闫庆一些问题，可程菲菲已经结束了那边的谈话，回到他身旁坐了下来。听了刚才闫庆的一席话，姚大力已经没什么心思再待下去了。

闫庆回家的路线与姚大力相同，所以他打车时捎了她一程。他先将程菲菲送到学校，随后又把闫庆送到家。到了闫庆家，自己家也就近在咫尺了，于是姚大力也下了车，在闫庆家楼下与她聊了一会儿。闫庆说关燕还被高耀祖气哭过，这更让他难以接受。至于那些“关燕还是跟你比较般配”“你怎么会把她介绍给高耀祖”之类的话，他不能也不敢多想，想多了只会让他的心情更加糟糕。

姚大力叮嘱闫庆，别把这天发生的事情告诉关燕，因为他要亲自弄明白他们两人之间究竟发生了什么，他要找高耀祖好好谈一谈。闫庆当时答应替他保密。可是，尽管姚大力千叮万嘱，还是在第二天的半夜接到了关燕的电话。

“大力。”电话中的声音依然是那么轻柔。

“关燕。”虽然姚大力潜意识中已经有一些心理准备，但还是又惊又喜，“怎么这么晚了还打电话?”

“睡不着，就给你打个电话。”关燕小声说。

“这么晚打电话，寝室的同学不会有意见吗?”姚大力关切地问。

“没事，我在走廊呢。”关燕说。

“可别着凉了。”姚大力有些担心，“那边晚上不是很冷吗。”

“放心吧，我穿外套了。”说完，电话那头传来悦耳的笑声。

“你最近过得好吧？”

“挺好的，你呢？”

“每天过得都差不多，没有什么惊心动魄的事情。”

“那样最好，平平淡淡的。”关燕笑了笑，继续说，“下次有机会一定要见一见你的女朋友。”

“她要是见了你一定会相形见绌的。”

“那我更要见一见了，好刺激刺激你。”

“你太邪恶了。”

“大力，”关燕的语气忽然转向平和，“昨天你是不是看见闫庆了？”

“她都跟你说什么了？”

“该说的都说了，说你想找高耀祖谈谈。”

“她也真是的，当时还答应我肯定不会告诉你呢。”姚大力无可奈何地说。

“是你自己不小心，还怪别人。你怎么能让我最好的姐妹出卖我呢。”关燕十分得意，“不过，你也别怪她。闫庆怕你找高耀祖谈了以后会对我有不好的影响，所以才告诉我的，她也是担心我。”

“我当然不会怪她。”

“闫庆还说她很欣赏你，听了可别不好意思啊。”

“我不是一直都很优秀吗？”

关燕在电话那头咯咯地笑着，可是又不敢笑得太大声，那笑声甜美得能融化姚大力的心。

“关燕，那些事到底是不是真的？”姚大力郑重其事地问，“高耀祖是不是经常欺负你，还把你气哭过。”

“没有那回事，闫庆不了解具体情况。”

“你骗我，她不是你最好的姐妹吗？她说的那些事都是你亲口告诉她的，她不可能跟我编造这种瞎话。”

关燕犹豫了一会儿，终于开口说道：“她没骗你，但也没有她说得那么夸张，我和高耀祖还不至于经常吵架。”

“他真的把你气哭过吗？”

“只有一次而已。”

“一次也不行，等这次你们回来后，我非得找他好好谈谈不可。”

“不行。”关燕的语气变得紧张起来，“你可千万不能找他谈，否则，本来没什么大不了的事情反倒显得严重了，而且他也不一定会听你的。搞不好你们的关系就破裂了。”

“但是，我担心他再把你弄哭。”

“不会的，我自己能处理好。你也别太小瞧我，我也不是那么好欺负的人，你就放心吧。”

这也正是姚大力所担心的，如果关燕真的好欺负，或许高耀祖终有一天会良心发现，不再欺负她。可是，姚大力和关燕谁都没有想到，高耀祖的性格中有着非常争强好胜的一面。你对他强硬，他便以更强硬的态度来回敬你。在两人在一起不久之后，他便开始当着姚大力的面肆无忌惮地责怪关燕了。

“你真的行吗？”

“没问题，其实他还是挺怕我的。”

“我相信你。”

“大力，”关燕温柔地说，“谢谢你这么关心我。”

“别这么说，这都是我应该的，谁让你长得可爱，学习又好呢。”

“谢谢你。”

“只要是你的忙，我一定帮。”

“谢谢。”关燕再一次感谢他，“大力，你不知道，今天中午闫庆给我打电话告诉我这件事的时候，我虽然担心，可心里还是觉得暖暖的，好像自己是个被别人保护的公主，真叫我受宠若惊。”

“你本来就是公主，不管谁说什么，你就是我心目中的公主，我就是你忠诚的骑士。”

“你可真会说好听的，文艺青年。”

“关燕，都十二点多了，你也该回去休息了。”

“好的，马上就回去。”她思忖片刻，却突然问道，“大力，这周六能来看我吗？”

听到这句话，姚大力刚才的那点睡意也顷刻消失，他不假思索地答应了她。

“太好了，你来看我真好。不过，这件事别告诉任何人，也别告诉高耀祖，可以吗？”

“可以，没问题。”

“那好，你就坐周六早上八点左右的快车，中午我在火车站等你，我们电话联系。”

“我知道了。”

姚大力和关燕互道了晚安，听筒里传来了“嘟嘟”的声音。

挂掉电话后，姚大力依然拿着手机，久久不愿放下，好像那不是手机，而是关燕的手，是需要他去保护的女孩的手。

这件事姚大力谁也没告诉，包括程菲菲。因为他不知道该如何对她讲。如果他说去看望高耀祖，怕日后大家见面的时候她会不小心说漏了嘴；他若说是去看望关燕，那他岂不是自寻烦恼。

他的生活已经乱成一锅粥了。

# 33

周六的清晨，由于既不是暑假前夕，也并非旅游高峰时段，车站的乘客并不是很多。天边刚刚露出一缕微弱的光，姚大力便苏醒了，他带着满心的期待赶往火车站。来到车站的时候刚好七点二十分，车票是头一天中午买的，早上八点整发车。姚大力来到麦当劳，买了两个汉堡当做早餐，本想到了火车上再吃，可半个小时的时间对于一个心急如焚的人来说还是显得过于漫长，于是没等上车，他就在候车大厅将它们一扫而光。

列车开动以后，城市风光很快被一望无际的田地所取代。姚大力望着单一的景色，耳闻火车发出的有节奏的声响，逐渐进入昏昏欲睡的状态。等醒来的时候，时间已经过去了两个小时。姚大力起身来到吸烟区，点燃一支烟，望着窗外一成不变的景色，恨不得火车能飞起来，直接把他送到关燕面前。

下了车，走出车站，姚大力见到了久违的关燕。她走近他，第一句话便是道歉。

“真不好意思大力，眼看就要放假了，还让你特意跑过来一趟。”

“你现在怎么越来越跟我见外了，我告诉你，以后像对不起、谢谢、不好意思之类的话不准再说。”

“好好好，不说了，”关燕顽皮地笑了，“但是今天必须要让我尽到地主之谊，饭还是一定要请的。”

“好啊，我正好饿了，就在这附近吃吧。”

“没问题，你想吃什么？”

“吃肯德基好了。”

“你呀，到哪里都忘不了肯德基。”关燕当时的心情很好，讲起话来眼笑眉舒的。

“哪还有心情挑三拣四啊，我早上只吃了两个汉堡而已。”

“那你干吗不吃饱再上火车啊，再说，你怎么没在火车上买点吃的呢？”

“你是不知道一个人坐火车有多无聊，根本没心情吃东西，还好我是一路睡过来的。”

“你真让人不放心，那咱们快走吧，想吃多少就吃多少。”

他们快步走到肯德基，姚大力果真点了不少，有土豆泥、圣代、薯条、可乐、外加一大堆鸡块。

“现在可以告诉我，为什么叫我来了吧？”两人坐下之后，姚大力开口问道。

“想见见我最好的朋友啊。”

“就这些吗？”

“这个理由难道还不够充分吗？”

“当然够充分。”关燕的话让姚大力感觉美滋滋的，“说真的，就算是你真的单纯想见我，我也会来，但你叫我来一定还有别的事吧？”

“大力，你能来，我真的太高兴了，我今天确确实实只是想见你，因为最近我感觉压力好大。”

“把你的压力说给我听听。”

“说了也无济于事，只能让你也跟着闹心。”关燕叹息道。

“上次在北国公园你是怎么说的，我们不是那种能够分担痛苦和压力的好朋友吗？”

关燕看着姚大力，眼里充满了感激，可能是没想到他还能记得住那些话。

“我真是的，何必这么虚伪呢，大老远把你叫来不就是想让你听我倾诉苦闷吗？”

关燕当时的压力真的很大，姚大力从她的举止谈吐上就能感受到，因为他从没见过关燕用这种自问自答的方式说过话，她的表现简直一点主见也没有，在她身上完全看不出当年那个聪慧绝顶的关燕了。当时，姚大力已经猜出她的压力一定来自高耀祖。

“大力，你跟高耀祖认识这么长时间了，你有没有发现他这个人的占有欲特别强?”

“那我倒是没发现，不过，他倒是有点自负。”

“没错，他这个人什么事都争强好胜。他刚和我在一起的时候还很体贴，因为他有钱，所以能以各种各样的方式关心我，而且他所付出的关怀都要靠大量的金钱做后盾。”

“这倒是事实。”姚大力点了点头，“有钱总不是坏事。”

“刚开始他对我倒还有一些精神上的关怀。可是时间一长，尤其在最近的一年时间里，我觉得他的变化好大。他对我的关心已经赤裸裸地体现在金钱上了，高中时的那种感情和言语上的关怀越来越少。我有好几次和他说，我并不是那种物质欲很强的女孩，从小到大，不管是买衣服还是买其他东西，我都不会以价钱来作为价值的衡量标准。”

“我知道，这也是我欣赏你的地方呀。”

“可是我跟他说了这些话后，他却怀疑我，说我自命清高。”

“他居然不相信你。”姚大力感觉高耀祖好像变得陌生了。

“当时我真的挺难过的。”关燕看起来十分沮丧，“但是一想，毕竟也交往两年多了，可能是他现在长大了，接触的人杂了，想得也比较多吧。也许现在正是他压力大的时候，熬过这段时间就好了。”

关燕说完，无助地望着姚大力，好像在期待他的赞同。

“应该是，”姚大力点点头，“我也相信高耀祖是真心喜欢你的。”

“我也觉得是这样。”

“对了，他那次是怎么把你弄哭的?”姚大力问道。

“那件事……还是别提了吧，怪丢人的。”

“说吧，那件事一定要说，不说我就不回霖阳了，到时候你负责。”

“你怎么可以这样。”关燕气得眉毛微微上挑。

“对，我就是这样，所以你快告诉我吧。”

“高耀祖，他打了我。”关燕说着低下了头。

姚大力的表情变得异乎寻常地愤怒。他双眉紧锁，胸腔闷热得如同着了火。他当时实在没办法控制住自己的情绪，声音大了起来，引来若干旁人的目光。

“他怎么能这样!”

“别激动嘛。”关燕急得不知所措。

“我没事。”姚大力强迫自己平静下来，“我非要找他好好谈一谈，他要是再对你这样，我宁可不和他做兄弟。”

“你可千万不能这样。”

“不行!”他坚持着。

“你就别跟着添乱了。”

关燕对他吼叫的那一瞬间，他突然发现这个平时看起来温文尔雅的女孩发起脾气来也挺可怕的。随即关燕好像察觉到刚才的话可能伤了他的心，于是又立刻软了下来。

“你想想，我们大家能走到今天多么不容易，若你和高耀祖因为我而关系破裂，那我们俩以后还怎么见面，我毕竟是他的女朋友，难道你还能指望我总像今天这样瞒着他偷偷出来见你吗?”

“对不起，我刚才太激动了。”

“我理解你。”

姚大力喝了一大口可乐，冰凉的可乐仿佛还没流到胃里，便被怒火蒸发掉了。

“大力，我告诉你这件事，真的不是为了让你替我出头。你不知道，今天见到你我有多高兴，咱们就暂时把高耀祖忘了吧。下午我带你好好逛逛，你坐晚上的长途汽车回去，一会儿吃完饭我们先去客运站把票买了。”

关燕陪姚大力买了车票，两人就在马路边没有目的地走了起来。

“我想问你一个问题，你觉得自己现在幸福吗?”姚大力问。

“在别人眼里我是再幸福不过了，但是对于我自己来说，我却并不觉得特别幸福。”

“你为什么不觉得自己幸福?”

“因为在我看来，这些幸福都是父母给的，是不劳而获的，算不上真正的幸福。可能有些女人觉得穿金戴银的生活是幸福，甚至觉得一定要找个有钱的男人结婚才是幸福。因为这样就能活得体面，才能满足自己的众多欲望；但是这些都不是我要的幸福。”

姚大力侧耳倾听着关燕的话语，她的声音是那么甜美，仿佛令街道上的一切声音都成了噪声。当时他除了关燕的话，什么也听不进去。

“自行车在这里并不常见，因为这里的人不经常骑自行车。在霖阳，你经常能看到一些家长在冰天雪地的严冬，骑着自行车接送他们的小孩儿上下学，或者替自己的孩子拿着书包，跟着他们一起挤公共汽车。而我自己呢，从小学开始就坐在温暖的轿车里上学，没吃过什么苦。”

“我记得那时候我爸爸骑摩托车送我上学，有时候他没时间，我妈妈就骑自行车送我。不过，到小学三年级的时候，我就开始自己骑车了。我早在六岁的时候就会骑自行车。我记得很清楚，当时还把我家附近的一个小孩儿给撞了，撞完我就跑了。”

“真厉害，我是小学六年级的时候才学会骑自行车的。”

关燕整理了思绪，接着说了下去。

“当你看到那些小脸冻得通红却还有说有笑的小孩子时，你便不能不受到触动。那些小孩为什么都那么开心，那是因为他们热爱这个世界，他们对什么都充满好奇。可是看看我们周围的一些人，还没怎么样呢，就已经开始羡慕起那种慵懒的纸醉金迷的奢靡生活了。你看看那些普通家庭的父母，他们虽然没有汽车开，但依然快乐，因为他们是有理想的人，他们的理想就是孩子的未来，他们把希望都寄托在孩子身上了。”

姚大力吃惊地看着这个家境富裕的女孩，感叹她还能有这种观念。但是他觉得关燕的想法还是有些偏激，这可能也是她不成熟的地方。在姚大力看来，越是有这种单纯想法的人，越是没受过挫折，因为他们的生活太优越，可以肆无忌惮地滥用怜悯和同情。

“关燕，如果上天给你一次机会，让你重新出生在一个普通老百姓的家庭，你什么都没有，你有勇气接受这一切吗?”

“我有勇气接受这一切。”

姚大力没有给出评价，只是不置可否地看着前方。

“但是，我没办法选择自己的出身，所以我就想实现自己的理想，人活一辈子能实现自己的理想也是幸福的。”

“但是，父母赚钱不就是为了给我们花吗，不花干什么呢?”姚大力试探着她，目的是想看看她对此有何见解。

“钱赚了不一定要花啊。父母拼命赚钱确实是想让我们生活幸福，但幸福的方式却是我们自己选择的。父母觉得赚钱让你花对你来说是幸福，于是你也觉得花父母赚来的钱是理所当然，那岂不是一个没有独立思想的人？有些人把太多的精力放在了那些时尚和奢侈的东西上，就是因为他们的想法和你刚才说的一样——父母给我们赚钱，不花干什么呢？我觉得过那种生活挺可怕的。当一个人老得只剩下回忆的时候，倘若他没有什么真正值得回忆的东西，那多么可怕啊。”

“但是，你这样想不会给自己太大压力吗?”姚大力问。

“虽然有压力，但是却不能不想，好像一旦不想，生活就失去了前进的动力似的。”

“如果以后感觉压力太大的话，就给我打电话，或者直接叫我来也可以。”

“那还不累死你呀。”

“不会，我乐意奉陪。”

姚大力和关燕沿着中山广场散步，一圈接一圈地走，仿佛时钟的秒针一样永不停歇。

关燕突然问道：“大力，虽然这么问可能会让你有些为难，但是，请你如实告诉我，如果有一天你只能选择我和高耀祖其中一人作为你的朋友，你会选择谁呢?”

“如果高耀祖欺负你，我会毫不犹豫地和他翻脸，你说我会选择谁?”

“你真的认为这样做值得吗？你仔细考虑过吗？我是个女生，迟早都要嫁人的，可是你和高耀祖却是好兄弟。”

“但是如果他欺负你，我是不会袖手旁观的，即使我和他因此成为敌人。”

“我也是绝不会让这种事情发生的。”关燕坚定地说，“我要用自己的努力来维持大家的友谊。”

“别担心，高耀祖和我的关系也不是一天两天了，他还从来没和我发过脾气呢。我相信高耀祖一定会尊重我的劝告的。”

“我喜欢你的这种自信，这种自信总是带给我安全感。”

“我没想那么多，我只是觉得，以前我总是逃避，我也想试着去承担责任。”

半天的时光伴随着落日的余晖而接近尾声，他们顺着原路返回车站。姚大力上车的时候，回头看了一眼。他不确定那是不是他的错觉，他看到关燕的眼圈红了。

“一路小心。”关燕语重心长地说。

“别担心，用不了多长时间就放假了，到时候又能见面了。”

关燕点了点头。

其实姚大力明白，即使假期能够相见，他也无法再体会到这样的温馨时刻了。因为到那时候，高耀祖就会出现在他和关燕之间，化身为一道无形的壁垒，将他和关燕隔在壁垒的两侧。

在车上，姚大力的心情很平静，也有些许失落。他感觉自己好像一个单独去执行任务的特工，任务是拯救一个生命垂危的少女，因为她受到了来自男友的威胁。特工冷酷无情，他狠狠地教训了少女的男友，拯救了少女的生命。然而，在执行任务的过程中，少女用她那伟大的胸怀和博爱的精神感化了冷酷的特工，使曾经杀人无数的特工在心灵上得到了救赎。特工完成了任务，踏上归途。即使他爱上了那个少女，也依然要走，因为少女仍然爱着她的男友，而特工却始终是一个特工。

那个时候，姚大力多么希望高耀祖能够好好照顾关燕，珍惜她，疼爱她，时常将她抱在怀里，就像他抱着周晓娇那样。

# 34

期末考试的到来，让每一个平时没有认真听课、认真记笔记的人面色凝重起来，图书馆的入座率更是达到了最高峰。从一大清早开始，大批的学生便拥堵在狭窄的入口，等管理员老师将门打开的时候鱼贯而入。

对于走读生来说，到图书馆占座没有丝毫的优势，所以这个重任自然落到了程菲菲的肩上。而姚大力总是上午九点多钟才来到学校。

“你下次早一点过来好不好，马上就要考试了，你连笔记都没有。”

“所以才需要你嘛，你以为找女朋友是为了什么。”

程菲菲瞥了他一眼，好像对他很失望似的，顺便将笔记扔到他的面前。

“出来一下，我有事跟你说。”

程菲菲说完，不等姚大力询问，起身向自习室外走去。他跟着她来到走廊，边走边问：“菲菲，你想说什么，就在这说吧。”

“大力，我想考研。”

“什么？考研，怎么突然决定要考研呢。”

“不为什么，就是想考研。你考吗？”

“我从来没想过，我们这个专业，考研有什么意思？”

“当然是继续深造啊。”

“有什么可深造的啊，又不是设计航天飞机。我只想毕业之后找个工作，业余时间可以读读书，不想再把时间浪费在研究那些作家作品身上了。”

“随你好了，反正我要考研。”

程菲菲不等姚大力说话，扭头走进了自习室，将他一个人扔在了走廊上。姚大力本想对她说，文学这种东西是一辈子都学不完的，与其在学校学习，不如找一份工作，然后利用业余时间来学习。但转而一想，这些话说了也是白说，打算考研的人通常都是一根筋，听不进劝。

程菲菲整整一天都对姚大力爱答不理。在她眼里，姚大力仿佛一下子变成了一个不知进取的人。

自打程菲菲决定考研之后，他们之间就不可避免地时常出现这种小规模的摩擦和冲突。以致姚大力开始怀疑，是否两个人的目标一旦不一致，感情就会变得不堪一击。

假期到来后，程菲菲又早早回老家了，说是要为考研做准备。姚大力那段时间经常跟程菲菲闹矛盾，于是他将自己困在房间里，除了看小说和到附近的中学打球之外，什么事也不干。当思维从小说中回到现实的时候，高耀祖和关燕便会立刻浮现在他的脑海里。孤独地度过了一个星期，期间程菲菲连一个电话也没给他打。姚大力给程菲菲打过两次电话，结果也都是关机。他实在是坚持不下去了，终于还是拨通了关燕的手机。

“喂。”电话中的声音依旧是令人心如止水，而且还略带忧郁。

“喂，是我。”姚大力的声音很小，毕竟已经是深夜了。

“大力啊，你最近好吗?”

“我还好，你呢?”

“我啊。”关燕停顿了一会儿，“你说呢?”

“关燕，你刚才是不是已经睡着了?”姚大力感觉很不好意思，“本来不应该这么晚给你打电话的。”

“我没睡，只是躺下了。”关燕的语气绵软无力，“能在睡觉之前和你通电话，感觉真温暖。”

“你怎么了，是不是心情不好啊?”

“没事，就是刚才喝了一点葡萄酒，现在有点迷糊。”

“你怎么喝上酒了，听你的声音，好像喝了不少。”

“嗯，喝了半瓶多，现在已经躺在床上起不来了。”

“我的天，半瓶多，就算是男的喝了也会头晕，何况你从来不喝酒。你喝的是干红吗?”

“我也不知道啊，反正是苦涩的味道。”

关燕以前是滴酒不沾的，这次竟然一口气喝了半瓶，肯定已经神志不清了。可是，姚大力不知道她这样做究竟为何。

“关燕，你快休息吧，我没什么事了。”

“别挂呀大力，我很清醒，我想和你说会儿话。这两天我一直等你给我打电话呢，可你就是不打。我以为我们之间能有心电感应呢，看来不行。”

“心电感应。”姚大力简直想用脑袋撞墙，“你还是别相信什么心电感应了。我跟你说了多少次了，有心事就给我打电话，我什么时候跟你说过要靠心电感应。”

“我就想试试嘛，没准儿这次就是因为心电感应呢。”

当时关燕已经神志不清，于是姚大力打算暂时把自己的烦恼放到一边。

“你为什么要喝酒。”

“就是想喝啊，想尝试一下喝醉的感觉。”

“你要是真想喝醉的话得整点儿白的才行，光喝葡萄酒喝不醉。”有时候姚大力就是不嫌事大，都这个时候了，他竟然还跟关燕开起了玩笑。

“她们说白酒太辣。”

“你妈妈知道你喝成这样得骂你吧。”

“没事，我偷偷买的，她根本不知道。”

“还是快休息吧，你这一觉肯定要睡到明天中午了。”

“就算是不喝醉也是要睡到中午的。”关燕顽皮地说。

“好好好，那就快睡吧。”

关燕已经进入了昏昏欲睡的状态，姚大力实在不忍心再聊下去了。

“大力，你等我睡着了再挂电话好吗?”

“好，你睡吧，我不挂电话。”

“我把电话放在枕头边儿上，你什么时候听到我打呼噜，就证明我睡着了。”

姚大力将电话调成免提，放到床边，自己傻乎乎地盯着电话守候了二十分钟，虽然还是没有听到关燕的呼噜声，但估计她确实已经睡着了。为了确定，他轻轻对着电话“喂”了两声，因醉酒睡着的人自然不会被这点声音吵醒。确定关燕已经熟睡，他才挂掉电话。

姚大力躺在床上，辗转难眠。关燕因醉酒而变得带有挑逗性的声音久久回荡在自己的耳畔，竟使他产生了一丝遐想。他幻想着关燕躺在自己的床上，圆润的脸蛋泛着红晕，长长的睫毛、勾魂摄魄的眼神，以及那已经神志不清的大脑和软弱无力的身体。如果他就躺在她的旁边，他一定会照顾她，会看着她入睡，会轻轻地将她拥入怀抱。

那一晚，姚大力度过了奇妙的一夜。过度的兴奋换来的是极度的疲乏，第二天，他竟然也睡到了日上三竿。

醒来之后，姚大力一个人上了街。他在商场里唯一的乐趣就是观察每个人的脸。他发现每一张脸都是喜气洋洋的，好像商场里的东西都可以随便拿似的。

走了一个下午，疲劳感使他晚上能够更加舒适地躺在床上看书和听CD。到了深夜，手机响了起来。

“关燕，今天又喝了多少酒。”姚大力想逗她一下。

“别再说昨天的事了。”关燕的声音里略带羞涩，他想这才是他所了解的那个关燕。

“这没什么，偶尔喝一点红酒对身体不错。而且在家里喝，也不会出什么意外。”

“大力，昨天晚上我真是喝醉了，我甚至都记不清为什么要给你打电话了。”关燕自嘲地说，“昨晚我是不是言语失态了？”

“关燕，昨天晚上是我给你打的电话。我就是想问一下你最近的情况，顺便再打听打听高耀祖。”

“高耀祖知道了那次你来看我的事。”关燕说完，深深地叹了口气。

“他怎么会知道呢，你告诉他的？”

“当然不是，你在怀疑我。”关燕略带抱怨地说。“高耀祖说他那天看到我们在中山广场了，当时他正坐在朋友的车里。”

“我说高耀祖为什么一直都没有给我打电话呢。”姚大力感觉心思很沉重，“他一定对我很不满。”

“没有这样的事，我跟他说了实话，他理解你的做法，他说换作他也会那么做的，他觉得是自己有点对不起你。”

“他真的这样？”姚大力吃惊地问。

“是啊，他那样子像是崩溃了似的，我还从来没见他那么情绪低落过。”

关燕的语气中充满了悲天悯人的情怀，使姚大力觉得自己如同犯了滔天大罪一般。

“他不给你打电话，可能是内心的纠结让他还不能释怀吧。毕竟他才是我的男朋友，在我最需要有人陪伴的时候能挺身而出的人本来应该是他。”

“不管怎么说，这事确实怪我，我应该给他打个电话，好好道个歉。”

“不用了，高耀祖那天说，如果你和我联系，就让我告诉你，他说你永远是他的兄弟。他还说千万别给他打电话，他怕接到你的电话后会尴尬。我想他一定觉得两个大男人打电话道歉什么的挺肉麻的吧。”

“确实挺尴尬的。”姚大力想了想说。

“其实这件事也怪我，”关燕叹了口气，“是我让你来看我的。”

“这不怪你，”姚大力马上反驳，“是我头脑发热做事太不理智了。”

“算了，忘了它吧，就当是双方的责任好了。”关燕说。

“我听你的。”

“大力，我说这话你别生气。”关燕吞吞吐吐地说，“以后我们可能没什么机会单独见面了，虽然高耀祖没说什么，可是我觉得如果我们再偷偷摸摸地见面，实在是有点对不起高耀祖。”

“我不会生气的，你这么做完全正确，我们再单独见面确实不太好。”

“大力，你真体贴。本来做出这种事，让我觉得自己里外不是人，如果你和高耀祖的关系因此而恶化，我就是罪魁祸首。”

“这件事没有对错，这都是生活的一部分，是成长过程中必须经历的。过去的就让它过去吧，不要再想了。你告诉高耀祖，就说你们俩的幸福对我来说比什么都重要。”

“你也是，你的幸福对我来说也很重要。”

“那我们互相祝福就是了。”

“嗯，互相祝福。”

挂掉电话，姚大力重重地倒在床上，像一块没有生命的石头。他感觉很累，无论是肉体还是精神。就因为他一时的冲动，给大家带来了多少麻烦；可是，处在当时的情况下，他又怎能坐视不管。

在那个暑假，姚大力注定要沉闷下去。季节的更替对他来说除了增减衣服之外，再没有其他的意义了。到了大三上学期，因为课程突然增加，他的英语过级考试没有通过。程菲菲忙着考研复习，无暇顾及姚大力。平时，程菲菲经常从早到晚泡在图书馆，不仅如此，她还经常外出，去看望她的一个同学。有时姚大力也感到好奇，想打听一下究竟是什么样的同学，可最终还是没有问出口，因为他发现程菲菲并不想对他说起她同学的任何事。姚大力坚持认为，如果两个人交往连最起码的信任都做不到，是不会有幸福、快乐可言的，而且他自己也没有对程菲菲敞开心怀。

大三上学期结束的那个寒假，姚大力过得很平静，甚至有些无聊：高耀祖和关燕都没有找他；程菲菲为了复习，也没有回老家，跑到外校跟她的同学住在一起。她怕姚大力影响她看书，特意叮嘱他不要去找她。对于程菲菲的要求，姚大力都照做不误，反正他也并非无事可做，再说学习驾驶也正好到了重要阶段。日复一日，他的生活暂时变得有了规律。

# 35

失去了两个最好的朋友的音信，姚大力每天的生活除了上课就是待在图书馆。待在图书馆并非他的本意，只是为了陪程菲菲完成她的考研历程罢了。严冬还没过去，草木依然凋敝，城市的风景单调乏味。人们在这个时候往往徒增寂寥，需要朋友，需要交流。

一天晚上，张伟和姚大力相约在学校附近的一家烧烤店。

“大力，咱俩有一段时间没在一起喝酒了。”张伟说。

姚大力举起酒杯，在酒杯发出叮叮当当的碰撞声之后，他们一饮而尽。

这次是张伟主动要求出来喝酒的。不久前，他便和姚大力说起过自己与陈玲在感情方面出了点问题。姚大力听后不免感叹他的迟钝，因为在姚大力看来，问题早就出现了，只是张伟一直没有察觉到罢了。

“我觉得有点累。”张伟说，“我怎么会有这种感觉呢?”

“你说的累指的是什么。”

“我和陈玲，我们最近总是吵架。”，张伟说。

面对张伟的唉声叹气，姚大力实在不知道该如何安慰他。他该说什么，难道说：“张伟，也许你们并不适合在一起。你们的家庭相差悬殊，你们根本就不门当户对。上学的时候还好说，可是随着年龄的增长，见识的增长，你会逐渐跟不上陈玲的脚步。或许毕业以后，陈玲的父母就会送她一辆BMW。而你，却还在为每月一千块钱的生活费而奔波在烈日下。”

如果姚大力那样说，事情可能就会变得简单许多，但张伟听了那些话以后依然会萌生出许多新的烦恼来。姚大力甚至怀疑他会因此而精神崩溃，因为他似乎还以为陈玲是那个当年在游泳馆里为他那颀长的身材和健壮的肌肉线条所倾倒的女孩呢。

“可能是因为她最近压力比较大吧，”姚大力口是心非地说，“到了大三，课程一下子多了起来。”

“还是高中的时候好啊。中午到她学校去看望她，一起吃顿中午饭，那种感觉真令人怀念。”张伟意犹未尽地摇摇头，又一杯啤酒下肚。

“你俩到底是从什么时候开始交往的?”

“高一下学期。”张伟说。

“能走到今天，也很不容易了，应该珍惜。”

“是啊，我这辈子就只想和她在一起了，有时甚至都能想到和陈玲结婚以后的生活。陈玲长得多漂亮啊，和她在一起的时候总让我有一种自豪感。”

姚大力心想，如果喜欢一个人，能因为跟她在一起而感到自豪，那说明这个人已经陷得很深了。

“陈玲长得确实好看，你俩在一起一定会很幸福的。所以你就努力吧，为你们的将来而奋斗。”

张伟推心置腹地感谢了姚大力一番，说当年若不是姚大力来到“东方红”，并且跟他成为同桌，还帮助他提高成绩，他绝不会考上霖阳大学。

“张伟，你目前最需要做的就是学好自己的专业。”姚大力说话的时候，觉得自己很虚伪，“虽然这所大学名声不好，但你为人耿直，一定能找到一份好工作。说实在的，学校是次要的，关键还看个人素质。尤其是你这样学体育的，以后去学校当个体育老师很合适。”

他们都沉默了一会儿，姚大力在想，张伟和陈玲究竟会有一个什么样的未来。未来不可预知，但他有时也会尝试着想一想，却从来不去设计未来。

“对了，你和你对象最近怎么样？”张伟问道。

“还不错，我和程菲菲是那种在学习上互相勉励的情侣，有点像模范夫妻。”姚大力没有把两人已经貌合神离的事实告诉张伟。

“你比我强多了，男女关系方面肯定处理得比我好。”

看着张伟异常信任的目光，姚大力有些惭愧。他觉得自己对男女之间的事情从来也没有弄明白过。

“大力，寒假你是怎么过的？”

“无所事事。”

“都差不多。”张伟苦恼着说，“我得补一补英语了，我的英语实在是太差了。只不过一到假期王平就总找我出去，不是打台球就是喝酒。我有时也想在家看看书，可是又不好意思拒绝他，大家毕竟是好兄弟。”

“你跟高中那帮家伙还有来往吗？”

“现在只和王平联系，其他人基本都杳无音信了。”

“王平现在怎么样？他们的消息我几乎一点儿都不知道了。”

“这也没办法，你和他们毕竟不太熟。”

“是啊，高三下学期的时候，这帮家伙几乎没在学校上过一天完整的课。”

姚大力和张伟举杯畅饮。他们回忆起高三的点点滴滴，往事历历在目，令人回味无穷。张伟怕姚大力伤心，尽量避免提到那个人的名字。自从周晓娇离开到现在，一次也没联系过姚大力。

“也不知道王骁琦如今怎么样了。”

“我和他早就没有任何联系了，”张伟说，“不过我倒是想起一件事，你可能还不知道。”

“说出来听听。”姚大力好奇地看着张伟。

“我想你应该还记得，上高中的时候，王平曾经想揍王骁琦。”

“当然记得。”

“前些日子，王平圆了这个心愿。”

“究竟是怎么回事？”姚大力迫不及待地问道。

“王骁琦找王平出来吃饭。王骁琦那个人吃饭从来不埋单，即使是他主动找大家，他也从不交钱。每次快到散席的时候，他就在那里一坐，自顾自地聊天。因为这家伙知道，肯定有人会坐不住或者有事要走，通常第一个说走的人就会把单埋了。去唱卡拉 OK 也是，去的时候他总是放豪言，说什么今天谁都不许和他争之类的话。可是一到大家要走的时候，他就借故去厕所，要不就是装醉，结果大家最后 AA 制，他只拿个十块二十块的，有时甚至都不拿，直接待在厕所里最后一个出来。”

“这家伙简直是个人才。”姚大力笑着说。

“可不是嘛。那次他还想故技重施。王平正愁找不到打他的理由，这下可好，王骁琦自己送上门来了。王骁琦本来也想找我，王平说他来找。他知道如果我去的话，一定会阻止这件事，整不好最后还得我拿钱，所以王平压根没叫我。他俩吃到最后，王骁琦又玩起那套把戏，不停地和王平聊天，就是不张罗走。王平起身要走，于是王骁琦去了厕所。等王骁琦从厕所里出来，以为王平已经交了钱，就大踏步地往外走。没想到王平一把拉住他，让他交钱。王骁琦一看没办法，便摸了摸兜，掏出一百块钱。他正准备交给服务员，又突然把钱抽了回来，说突然想起来这钱是他妈让他帮忙买药的，然后就让王平先帮他垫一下。”

“王骁琦的妈妈有什么病？”

“他妈早跟别人跑了，嫁给了一个有钱人。这事谁都知道，因为王骁琦他爸赌博成瘾。”张伟继续说，“他没想到王平这次是有备而来，不管怎样都要揍他。王平一把抓住王骁琦的肩膀，说：‘你不是说今天你请吗？’他这一变脸，旁边等着收钱的服务员都看傻了。王骁琦也愣住了，马上开始想办法圆场，说王平你喝多了，说话的时候，脸上还带着虚伪的假笑。王平上去就是一拳头，把王骁琦打倒在地，然后又上去补了一脚，边打边骂。连老板都跑过来劝架，最后两人被几个客人给拉开了。王平指着王骁琦对老板说，‘老板，多少钱你管他要’。说完就走了，那老板也没敢拦他。”

“我估计王骁琦最后一定得把钱交了。”

“那是肯定的，老板可不像咱们，哪能让他白吃白喝。”

听了如此快意之事，姚大力和张伟又各自要了两瓶啤酒，用一醉方休的方式来结束这段混沌的大三生活。

冬日悄无声息地来临了。

霖阳的冬天如果不下雪，便只有干冷的空气和寒冷刺骨的北风，更谈不上诗情画意了。

程菲菲最近一段时间时常往外校她的同学那里跑，说是去借一些考研的资料。但是，当姚大力说晚上要去接她的时候，她却总是委婉地回绝，说她会住在她同学的寝室。有时姚大力心里虽然不痛快，但也不想去耽误程菲菲的考研大事。

“菲菲，中午我去找你，我们一起吃饭。”

“你还是别过来了。”程菲菲顿了顿，“我这边有急事，没时间陪你。”

“但是中午总要吃饭啊。”

“我可能吃不了了，真的有事，先不说了。”

没等姚大力回话，程菲菲便匆匆挂了电话。被程菲菲冷冷地回绝后，姚大力心情郁闷，只好找张伟出来打台球。

“大力，你要是再不找我，我都快闷死了。”

“找你那个美若天仙的女朋友陪你啊。”

“陈玲只会逛街，我跟着也觉得无聊，男人还是应该玩些男人的游戏。菲菲呢，她怎么没来。”

“菲菲和她同学在一起。”

正当他们打完最后一局，准备去吃饭的时候，姚大力的手机响了，来电话的是一名陌生的男子。

“喂，请问你是姚大力吗?”男子说。

“你是哪位?”

“不好意思，我是程菲菲以前的男朋友，程菲菲现在和我在一起，你能过来一趟吗?我和程菲菲有点事想要和你谈谈。”

“什么!”

姚大力被这突如其来的邀请弄糊涂了，他定了定神说：“你能让程菲菲接电话吗?”

那边也沉默了一会儿，好像是在征求程菲菲的意见。过了一会儿，男子说：“菲菲说她不想接电话。还是麻烦你过来一下吧，方便吗?”

“方便倒是方便，但是……”姚大力还没有回过神来。

“没事的，大家就是在一起吃个饭，聊聊天。”男人好像有些害怕，说话的语气磕磕绊绊。

“好吧，我到哪去找你们?”

“就在霖阳大学门口见吧，行吗?”男人问道。

“行。”

姚大力刚说完，对方便立刻挂了。

张伟从姚大力的表情上看出了问题，问他出了什么事。姚大力把电话的内容对张伟讲了。张伟虽然为人谦和，但毕竟认识不少如王平之类的打架厉害的人，江湖阅历比较高。

“他这不是在向你摊牌嘛!”张伟激动地说。

“不会吧。”姚大力有些不知所措，“我可从来没碰到过这种事啊。”

“现在也只好过去了。”张伟放下球杆，“走吧，我陪你去。”

“这样不好。”姚大力犹豫着，“你跟着去，就好像我是去找人家打架似的。”

“我就是怕你自己去的话，你倒是不想打架，万一人家打你怎么办?”

“大白天的，不会的，而且还有程菲菲在场。”

“你怎么知道程菲菲在场，先别说得这么肯定，去了就知道。你要是嫌我碍事，大不了到时候我离你远点。”

“那倒不用，”姚大力想了想，“算了，我们一起去吧。”

姚大力和张伟打车来到霖阳大学校门口。姚大力一眼便看见了程菲菲和那个电话中的男人。应该没错，那男人戴着金色边框的眼镜，一看就是个斯文的家伙，怪不得刚才在电话里说话彬彬有礼的。如此看来，张伟这次是多此一举。

程菲菲看到张伟在姚大力身边，顿时一怔。那个瘦瘦的斯文男人更是有点面露惧色，但还是强装微笑来掩盖内心的恐惧。

“大力，是你叫张伟陪你一起来的吗?”程菲菲问。

“别紧张菲菲，你的这位朋友给我打电话的时候，我们正在打台球，一会儿我俩还要去吃饭呢。”

这时，号称是程菲菲前男友的斯文男人开口了。

“你就是姚大力吧，你好，我叫宫文清。”

“你好。”姚大力打了招呼，表情异常僵硬。

“大力，咱俩……”程菲菲刚想开口，被宫文清打断。

“菲菲，还是让我来说吧。”宫文清看了看程菲菲，又看了看姚大力，“姚大力，对不起，这对你可能不太公平，我也知道你和菲菲在交往。但是，对不起，请你和菲菲分手吧，因为菲菲一直都还爱我，我也爱她。”

听到宫文清的话后，姚大力一头雾水，不过他大概猜到了究竟是怎么回事。

“菲菲，你能解释一下这到底是怎么回事吗?”姚大力目光严肃地看着程菲菲，等待她的回答。

“文清他是我以前的男朋友。”程菲菲唯唯诺诺地说。

“那好，”姚大力看着宫文清，“你说菲菲还爱你，这是什么意思，她既然还爱你为什么还要和我交往。你说你爱菲菲，那这两年你都干什么去了?”

“对不起。”宫文清一副忏悔的表情，“我和菲菲从初三就开始交往了。上大学后，我和班上的一个女生好上了，当初也不知怎么就鬼迷心窍了，然后就和菲菲分手了。”

“你当初喜欢上别的女孩，然后和菲菲分手，现在后悔了，世上哪有那么好的事!”姚大力喊了出来。

“你别生气，”宫文清心平气和地说，“我知道，我这么做是不好，我是畜生，我也知道这么做太自私，但我真的离不开菲菲。”

姚大力本想狠狠地揍他一顿，但见他的样子，一副可怜相，让他实在不忍心动手。可是姚大力也无法妥协，就好像无论你在大街上遇到一个多么可怜的人，也绝不会将自己的女人让给他。

“菲菲，能和你单独说两句话吗?”姚大力将脸转向程菲菲。

程菲菲看了看宫文清，跟姚大力一起走了几步。

“菲菲，我知道感情这种东西没办法强求，我只想听你认真的回答我，你是想留在我身边，还是决定回到他那里?”

“对不起大力。”程菲菲的头微微斜着，眼睛看着地面，“我还是想回到文清身边，他不能没有我，而我也忘不了他。”

“我不明白，当初他那样对你。”

“他已经得到教训了，他喜欢的那个女孩根本就看不上他，他太可怜了。你不知道，放假的时候他找到我家，为了请求我的原谅，他下跪了。”

“什么!”姚大力愕然。“下跪了?”

程菲菲默默地点了点头。姚大力长长地叹了口气，不知该说些什么。

“其实，这段时间我们经常私下联系，平时我都是住在他那里，很抱歉一直瞒着你。”

“原来是这样。”

“大力，你就让我回到他身边吧。”程菲菲用恳求的语气说。

“看你这话说得，好像我不同意，你就会留在我身边似的。”

“你说得对，”程菲菲说，“如果你不同意，我会留在你身边，但那是错的，对我们两人来说都是错的。因为你根本不爱我。你不要否定，这一切我都能感受到。”

“你说得对，我从来都没喜欢过你。”姚大力无法反驳程菲菲，他彻底糊涂了，感情这东西到底是怎么回事。

程菲菲不敢相信地望着姚大力，眼里噙着泪。

“你说的是真的吗?”

“你哭什么，你不是也从没喜欢过我。”姚大力的面部已经开始扭曲了。

“大力，虽然今天的事是我不对，但我想让你知道，当我们在图书馆一起上自习的时候，当我们一起开心地逛街的时候，当我们拥抱在一起的时候，我心里想的是你。”

“菲菲，你现在跟我说这些有什么用，难道你能离开那小子?”

“我不能，既然你说了从来都没有喜欢过我，我怎么可能再回到你身边。我只是想让你明白，一个女孩离开了你，并不代表她不再爱你，你明白吗!”

程菲菲说完，调头上了一辆出租车，姚大力看着她在车里用袖子抹着眼泪，心里有说不出的痛楚。宫文清也上了那辆车，车子随即加入到川流不息的车流中。

姚大力看着远去的出租车，懊悔不已。他干吗非要说那些伤人的话，让程菲菲哭了。他胜利了，却一点儿也高兴不起来。

张伟并不能理解姚大力。在他看来，如果一个男人和他争夺陈玲，他一定会跟那男人打得头破血流。姚大力站在原地，内心的想法只有他自己清楚：这是上天在惩罚他，因为他在感情上欺骗了程菲菲。

# 36

姚大力过了一段与世无争的日子。这种生活足足持续了两个多月，无论是白天，还是黑夜，姚大力几乎不怎么外出，全心全意地窝在家里看书。那段日子，他读了好多小说，文学史课程上提到的小说，他读了二十几部，几乎是两三天就读完一本。终于，李凤受够了他这种过早衰老的生活方式。她之所以会不满，是因为姚大力把大多数读书时间都安排在下午和半夜，上午则在家里蒙头大睡。而且李凤也渐渐开始怀疑起儿子关于学校没有课的谎言来。

“大力，你与其上午在家里睡觉，还不如出去找个家教做做。”李凤说。

“妈，你老糊涂了，现在学生都开学了，怎么给人家做家教啊。”

“谁也没叫你平时做，不是有礼拜天吗。”

于是，在李凤的介绍下，姚大力开始给一个初中生补课。

这个初中生名叫郝佳，是那种典型的没受过挫折的孩子。姚大力给她补课的时间是上午九点到十点补英语，十点到十一点补语文。这个小姑娘的数学不错，就是语文和英语很差，英语从一开始就没用心学，语法更是一窍不通，语文干脆是不爱学。

补课第一天，姚大力没有急于讲课，而是先了解了一下她的情况。

“你们老师给你们讲了几种时态了？”姚大力装腔作势地看着郝佳。

“不知道。”她说。

“那你感觉英语你都差在哪些地方？”

“不知道。”她说。

“单词你都背了吗？”姚大力再问。

“没背。”她笑着说。

“郝佳，你这样学习可不行。”姚大力斜着眼睛看着她说。

“姚老师，你真幽默。”郝佳说完，用手摸了摸自己垂下来的头发。

“既然我问你的话，你都给我否定的回答，那我只好按照教科书给你讲了。”姚大力说。

“姚老师，我不爱学英语和语文，上课根本就听不进去。我还是比较喜欢数学。”郝佳说。

“你不爱学也不能怪你，现在的语文课和英语课确实教得没劲。但是不学也不行啊，中考还要考呢，应试教育就是这么回事。”

“可是英语我都不知道自己差在哪，有时候也想看看，但是不知道应该从哪里看起，怎么学呢。”郝佳皱着眉头抱怨道。

“这样吧，我倒是有个方法，这些都是我以前用过的方法，不一定好使，你要不要试一试？”

“好啊，好啊。”郝佳高兴地说。

“我先把几种基本时态写成一张表，你用不着去背，英语时态和语法不用一次都背会，那样效果不一定好，而且还浪费时间。你只要大概有个印象，以后随时忘记随时看看就行。咱们把主要精力都放在课文上，我带你读，然后再给你翻译。在这个过程中，有不懂的你一定要问，哪怕是一个单词或一个标点。因为你的英语底子差，只有这样一边跟着课堂的进度，一边附带着补一些以前的知识，你才能逐渐把成绩提高上来。”

郝佳认真地点点头，这方法就算是通过了她的批准。

英语还好办，可是语文则让姚大力有些苦恼。因为这小姑娘想让姚大力陪她做卷子和分析阅读。

姚大力觉得，对于阅读分析，通常老师都会给出统一答案，而且阅读这种东西，不同的人读来有不同的感受。有些学生不知道怎样写，主要是因为不能将心里所想的形诸文字。可能是语文功底不好，也可能已经养成了惰性，一看到阅读便等待老师给出所谓的标准答案。所以，姚大力坚持认为，阅读是不能够拿来让他做单方向分析的，而只能是两个人在一起共同讨论，这样才能逐渐锻炼郝佳的思维能力。于是，姚大力让她多读课外书，像培养英语语感那样，培养她的汉语语感和文学素养，遇到生词生字就查词典和字典。因为从读课外书做起，语文也会变得有趣许多。不过，在此之前最好能把语文书当成课外书通读一遍。

“行，就按你说的来，姚老师。”郝佳开心得眼笑眉舒。

“你笑什么啊？”姚大力自以为这张脸不至于让人一直盯着笑个不停。

“没什么，只不过觉得你刚才认真的样子挺酷的，真挺像个老师。”

姚大力听了不禁失笑，原来这小姑娘根本就没拿他当老师看待。可她却一口一个老师地叫着，让他有种上了当的感觉。

“郝佳，你有没有《现代汉语词典》之类的工具书？”姚大力问。

“有。”她说。

“拿来一下。”

郝佳起身从书架上取出一本能够拿到书店当新书卖的《现代汉语词典》，放在桌子上。姚大力拿起词典，从头到尾快速翻了一遍，发现纸页白得晃眼。

“你这样做不行。你看你的工具书，还是全新的，说明你平时根本就没怎么使用过。”姚大力故作老成地摇着头说。“工具书就像家里的锅碗瓢盆一样，如果是崭新的，说明主人从来不在家里做饭，或根本就不会做饭。”

“姚老师，你说得太对了。”郝佳的表情忽然严肃起来，“你可以去看看我们家的厨房，所有的锅碗瓢盆都是崭新的。我老爸在外面赚钱，我妈妈根本不用上班，但是我们家的锅碗瓢盆却依然是崭新的，你知道为什么吗？因为他们谁都不管这个家。”

郝佳站了起来，从口袋里掏出一沓崭新的一百元，那些钱足够姚大力两个月的生活费。

“这是我老爸给我的零花钱，他以为我有了这些东西，就什么也不需要了。我妈找你来给我补课，可是你见到她了吗？她只是给你打了个电话，之后就不闻不顾了。她不关心你是个什么样的老师，甚至不会考虑，万一来的是一个入室抢劫的该怎么办，万一要是个强奸犯呢。”

姚大力看着如此激动的郝佳，还把他比作了入室抢劫的坏蛋，情不自禁地笑了起来。郝佳觉得姚大力听到这些话，即使不会知难而退，至少也应该同情她才对，可是他竟然在笑。

“你为什么要笑，你觉得我的烦恼都是无关痛痒的是不是？”郝佳冷冰冰地看着姚大力。

“没有那回事，只不过你刚才提到了强奸犯，我就想了想，发现自己对你根本就不感兴趣。”姚大力顿了顿，“你别说，我有一个大学哥们儿，他倒是喜欢比自己年龄小很多的女孩。你要是愿意，哪天我让你俩认识认识，或者我干脆直接把他推荐过来给你补课算了。”

郝佳转怒为笑，虽然没有说话，但是姚大力觉得事情已经开始有了转机，不禁对自己曾经同关燕针锋相对培养出来的本领大加自赏了一番。

“你还是坐下吧，今天我免费给你补课，至于下次是否继续，你跟家人商量一下。不过我丑话说在前头，我这次来也是被迫的，说白了不想让我妈伤心难过而已。所以，就算你以后想让我给你补课，我还不一定能来了。”

郝佳依旧没有说话，但是却乖乖地坐了下来。

“我们这样吧，就从这本词典里挑些常用词吧，然后你来造句，我画上的词，你都造一个句子，然后私下你把这些词写几遍，写到能记住就行。下节课我来听写，怎么样？”

“就这么简单吗？”郝佳歪着脑袋问。

“就这么简单。”姚大力点点头，“不过，还没完呢，你可能还要用到成语词典，你有吗？”

“有。”郝佳毫不犹豫地说。

“那就好，再来就是课外书了。这我就不多说了，你喜欢读什么就读什么吧，读作文选也可以。但是别忘了，在读课外书之前，最好把教材的文章读一遍。我只有一点要求，遇到不会的字词，一定要查出来，记在本子上，绝对不能含糊过去，能做到吗？”

“能做到。”

“好，那就开始吧。”

姚大力随便从词典上找了三十个常用词，郝佳把每个词语都造了一个句子。通过造句，姚大力明白了，这个女孩平时一定是很少看书的。而且她造句的时候吞吞吐吐，好像很怕把句子说出来，她一定是在担心姚大力会嘲笑她的水平。

晚上回到家，姚大力感觉这一天实在是太累了，而且他忽然觉得自己当年很对不起他的初中班主任。

“儿子，今天顺利吗？那孩子怎么样。”李凤也不等姚大力坐下喝口水，就迫不及待地问道。

“别提了。”姚大力把手重重地往沙发上一拍，“妈，你认识的那都是什么家庭啊，那孩子简直是个问题学生。”

“我多少了解她家的情况，她母亲是我早先的一个同事，那天偶尔遇到的。我跟她说你现在没什么事情做，正好人家也想给孩子找一个家教，我这不就推荐你了嘛。”

“我看你应该给她自己推荐一个家教。”姚大力说着进屋了。

“那你还做不做了，不愿意做我就告诉人家你不做了。”李凤在屋外大声说。

“再说吧，看她自己愿不愿意了。”

五天之后，姚大力接到了一通电话。当时他正在跟张伟打台球。

“喂，哪位。”

“是我，姚老师，我是郝佳。”

“郝佳？”姚大力几乎都忘记了对方的名字，想起来后出了一身冷汗，“是郝佳呀。”

“姚老师，我还想继续补课，这周你能来吧？”

“这周。”姚大力听到这个消息很高兴，但还是不忘记拽一把，“这周我的课程安排得非常紧，不过我会抽出时间的，咱们还按照上次的时间吧。”

“好的，到时候我在家里等你。”

姚大力挂掉电话之后，张伟十分好奇地问道：“谁来的电话？”

“一个初中生，我上周给她做了半天家教。”

“是个什么样的学生。”张伟问道。

“一言难尽，想想都觉得累。”姚大力摇着头，“我现在可算是理解老师们的辛苦了。以前总以为自己学习是受了很大委屈似的，好像学习不是为了自己，而是为了家长。”

“谁说不是呢。以前不懂事的时候，以为不写作业，不学习，好像赚到了似的，跟傻子一样。”张伟一杆将球打进洞，好像对自己当年的愚蠢行为表示懊恼。

“你呢。”姚大力站在台球桌旁边，“你就不想找点事情做。”

“不瞒你说，得知你当家教之后，我也有了一个想法。”张伟又打进了一个球，“我想去学校当体育老师。”

“不错，那可是铁饭碗。”

“想哪去了，公立学校我可进不去，家里拿不起那些钱，我就想进一所私立学校，相对容易一些。”可能是话说得有点多，张伟的第三杆没有打进。“通过工作攒一些钱，到时候再自己运作，想办法往公立学校里办，一步一步来。”

听了张伟的话，姚大力忽然觉得自己应该重新审视一下张伟了。同时他也对郝佳这个问题学生恢复了一些信心，觉得人都是可以转变的。

姚大力回到家，认真总结了郝佳的行为特点。反正他无事可做，又喜欢研究人。都是这个专业让他学会的思考模式，既然书中的主人公都有研究价值，那么现实中的人也是一样。

郝佳的性格几乎跟初中时的姚大力如出一辙：叛逆，但是有自己的想法。这两者之间绝不能分开来看，这是一个因果关系，因为有自己的想法，而她身边所发生的事情，都跟她的想法相违背，于是导致她对生活失去了耐心，对学习失去了兴趣。她并不是不喜欢学习，只是为了跟父母对抗。

那些作品里的人物，此刻都出现在姚大力的脑海里。他想起了《围城》里的方鸿渐，想起了《百年孤独》中的奥雷里亚诺。

姚大力想到了对抗，这个话题高耀祖曾经跟他聊过。高耀祖说他在对抗，而当时他还不想承认。如今看来，倒也是真的。看来高耀祖早就把他看透了，真是个可怕的男人。

姚大力不敢继续想下去了。高耀祖那么聪明，如果他对关燕有任何非分之想，也一定逃不过高耀祖的眼睛。可是至今为止，他对关燕的关心如此明显，高耀祖却从没有对此说三道四。他觉得倘若不是他姚大力，而是其他男人，高耀祖都不会轻饶了对方。

虽然姚大力明知道自己配不上“老师”这个称号，然而由于经常被郝佳称作“姚老师”，时间长了也不免耳濡目染，觉得自己真的是老师了。因此，在生活上也更加严格要求起自己来。

郝佳这个小姑娘外表看起来很腼腆。尽管她表现出了十足的叛逆，喜欢问东问西，不喜欢安静地听姚大力讲课，但是姚大力始终相信，这个女孩的本性是老实的，而且也很聪明。起初她与姚大力不熟，不敢将那层叛逆的外衣脱去，露出自己的真实本性，对此，姚大力丝毫没有责怪她。这一次，姚大力想带着充分的耐心，认真地做一件至少在自己看来有一些意义的事情。只不过，这个过程并不像他想象的那般容易。

每次姚大力讲课超过二十分钟，郝佳便开始时不时地打断他的话，谈起一些八卦来。而且姚大力发现这个女孩有很强的表现欲，她总是想竭力向姚大力证明，她不是一个平凡的女孩子。因此，姚大力的讲课经常中途被她打断。

“姚老师，咱们休息一会儿吧。”郝佳说道。两个小时的课程才上了四十分钟，她就按捺不住了。

“抓紧时间吧，”姚大力说，“好好利用这两个小时，剩下的时间你就可以干别的了。否则，事后你还是要补习。”

“姚老师，我累了，昨天晚上还练了好几个小时的钢琴呢。”郝佳说。

“原来你会弹钢琴啊。”

“会呀，学了好几年了。”郝佳得意扬扬地说。

“你喜欢音乐?”

“不喜欢。”

“那你只是单纯地喜欢弹钢琴了?”

“刚开始还挺喜欢，后来就觉得没什么意思了。”

“没意思就别学了。”

“我妈想让我学，还给我请来音乐学院的老师教我。”

“请老师也不行啊，关键是你自己对钢琴一点兴趣也没有。”

“其实我也想学。”郝佳说。“弹一首好钢琴也很酷。”

“可是你并不喜欢弹钢琴，练起来会不会感觉很痛苦?”

“硬着头皮练呗，趁我妈不监督我的时候就偷点懒，就像现在你给我补课这样。反正她也经常不在家。”

“要不要我找你妈聊聊。”姚大力越来越进入角色了，他自己都没有意识到。

“不必了，反正我也快要毕业了。我已经想好了，我要读一所寄宿制高中，我不愿再住在家里了。”

“据我所知，寄宿制高中管得非常严，家长把孩子送进去之后，一切就全托付给学校了。你从小到大一直享受着这么好的生活条件，你能接受寄宿制学校的生活吗?”

“你觉得这种家庭生活条件算是享受吗?”郝佳无可奈何地笑着，“在我看来，我家就是一座监狱，无论装修多么豪华，也终归是个监狱。我觉得自己继续在家里待下去，不会有什么未来。”

姚大力看不透这个女孩，因为她太小了，她的未来有无限种可能。姚大力想起了这个女孩的数学才能，不禁替她感到惋惜，因为数学是姚大力最头疼的一门学科。他无法忘记当年自己在数学上付出的努力，可数学并没有给他带来应有的回报。在姚大力看来，郝佳在浪费这种上天赋予她的学习才能。不过姚大力也并不担心，既然凡·高也是后天成才，那么郝佳或许还真是个钢琴天才或数学天才也说不定。不管怎样，姚大力还是希望她能够找到自己的理想，自己的目标。

“总之，你想读寄宿制学校，我支持你，我觉得那对你来说是件好事。你就坚持自己的想法吧。还有学习钢琴也是，女孩子弹一手好钢琴总不是坏事。将来要是到某个同学家参加聚会，或是在有钢琴的场合，你就可以露一手了。到时候，众人的焦点都会集中在你身上，不知道有多少同学会佩服你呢。”

“姚老师，你说得太对了，我也是这样想的。”郝佳幻想到那些光彩夺目的画面，竟然控制不住地笑了起来。

姚大力随后威严十足，强制郝佳把精力重新放在课本上，不再讨论她的私人问题。这一次，郝佳没有表现出反抗情绪。姚大力发现，这个女孩的许多想法都非常新奇，姚大力在不受控制般地接收这些思想。他很想跟她继续聊下去，但是，他作为家庭教师的责任感却要求他必须对郝佳负责。姚大力认为郝佳正处在人生道路的分界点上，在这个时期，每跨出一步都将对她的人生产生重大的影响，而她能否跨出正确的一步有时候真的需要别人来引导。这本该是她父母的责任，可是姚大力实在不敢寄希望于他们。在他给郝佳补课的这段时间里，姚大力只见过郝佳母亲一面，而且她还并没有过问郝佳的学习情况。就连每周结算的补课费都是郝佳亲自交到姚大力手上的。

后来姚大力从郝佳嘴里了解到，郝佳的家庭条件很优越，父亲常年在外打拼，赚了不少钱。郝佳的母亲不用工作，只是在家照顾孩子就可以。可是人活着总要有点追求，尤其当自己不用付出劳动也能有充足的金钱的时候，若再没有点别的爱好，难免会让人瞧不起，于是郝佳的母亲报了很多社会上的培训班。可是她根本没有任何耐性，所以什么也没学成，只是给那些培训班送去了大把的学费而已。再后来，郝佳的母亲就彻底放弃了自我提升的决定，整天不是打麻将，就是外出交际。

姚大力在给郝佳补课的过程中，尽量将她往正确的道路上引导。首先，他让她建立起一个自己的目标。

“姚老师，如果我告诉你我有男朋友，你会觉得奇怪吗？”郝佳得意地看着姚大力问道。

“一点也不奇怪，”姚大力说，“你是女孩子，你有权利交男朋友，但是有一点我必须澄清，权利和义务是同时存在的，而学习就是你的义务。如果你没尽到自己的义务，那么理论上你就没有什么交男朋友的权利。”

“要是他们也像你这么认为就好了。”郝佳叹息着说。

“谁呀？”姚大力问。

“老师们呗。”郝佳说，“那些老师，他们总以为我们初中生谈恋爱就会影响学习，还说这是早恋，其实一点也不早。而且我们在一起并不是不学习呀，相反他还能经常督促我呢。”

“他们都知道你有男朋友吗？”姚大力问道。

“差不多。也不知道是哪个家伙打的小报告。”郝佳气愤地说。

“你能肯定是别人打的小报告吗？”姚大力问道，“会不会是你俩在一起的时候被老师看见了，但你们还不知道？”

“才不会，我和我男朋友在学校可谨慎了，平时很少往一块凑。”

“不用太在意，任何班级都会有那种人的，你不能怪他们。”

“难道他们举报我，我还不能怪她们？”

“那是人家的权利。”姚大力停了片刻，继续说：“人家交学费了，自然有跟老师沟通的权利。从你的角度说，你做了自己认为正确的事，可是你却没有勇气承担这件事，说明你不具备做这种事的条件。”

“你给我说糊涂了，姚老师。”

“人生难得糊涂，别再说这些乱七八糟的事情了，我都糊涂了。”

当给郝佳补课的生活成为一种例行公事，姚大力便再一次倒退回那个整天无所事事、找不到人生目标的人了。补了两个月，他就不再给郝佳补课了。主要是因为郝佳每天参加学校的补习就已经累得半死，实在没办法拿出更多的精力了。

其实姚大力也早就不想给她补课了，毕竟他们的年龄有一定的差距，阅历也不同。姚大力觉得学习是相互的，他很难从郝佳那里学到什么东西，事实证明他不具备当教师的素质，也没有教师的耐心，总之责任算是尽到了。后来，姚大力和郝佳没有再联系过，逐渐地，姚大力连她的长相都记不清了。姚大力觉得，一个学生可能一辈子都会记住他的老师，可一个老师一辈子却不会记得他所教过的每一名学生。

## 37

每一年的高考，各个考点都会被围堵得水泄不通. 与历年略显不同的是，考场旁边停着的私家车越来越多。由于时间充裕，陪妹妹参加考试便成为姚大力这两天的首要任务。

姚瑶被分到的考场是位于霖阳市沙杨路附近的一所高中。姚瑶进了考场后，姚大力不想跟其他家长凑在一起，于是自己在沙杨路附近闲逛。

他沿着一条路漫无目的地向南走着。六月的春风是最舒服的，柳枝在轻柔的微风中尽情地搔首弄姿。

姚大力走在路基上，左侧十米左右便是运河，偶尔能看到年过半百的老人在河岸边垂钓。以前他十分不理解这些在小河边钓鱼的老人。他们从这种河里顶多能钓到大约两指的小鱼，既不能吃，也毫无观赏性，可这些人依然乐在其中。然而，那一刻他似乎顿悟了，他们做这些事其实是没有目的和意义的。应该是这样，有时不是做每一件事都要强加上一个冠冕堂皇的目的和意义，就像他漫步在这条路上，不也只是在打发时间吗?

他从一名身穿黑色长风衣的女孩身后走过。女孩面朝河岸，不知道在看什么，在想什么。姚大力看了一眼女孩的背影，心想她也许在等人，也许像他一样只是漫无目的地游荡。他只能猜测，因为他看不见她的脸，也不能上去和她说话，于是他继续走着。

“大力，是你吗？”

一个充满疑惑又略带惊喜的声音从身后飘来。

姚大力猛地回过头。时过境迁，他依然能判断这声音究竟出自于谁。因为这声音在这四年来一直在与他的心灵对话，印象不但没有减弱，反而越加强烈。这声音成了他的神经，只要轻轻触碰便能引发无限思念。

“晓娇。”

姚大力知道这一切都是真的，但这一切又来得太突然，他几乎接受不了，整个人都呆住了。

“真是你呀，大力。”周晓娇惊喜地注视着姚大力，“我真不敢相信。”

姚大力本该义无反顾地上去抱住她，一直抱下去。这种场面他已经幻想过无数遍了，然而，当这一幕果真出现在眼前的时候，他却胆怯了，为什么？

他伫立在原地，看着这张既熟悉又陌生的俏脸，脑子里瞬间闪过一大堆想法。周晓娇会接受他的拥抱吗？也许她会在他还没碰到她时便向后退去。如今的她，带着浓郁的淑女气质，言谈举止都十分镇静。她不再像四年前那样任性地扑在他怀里哭泣，不再委屈地要求他不许喜欢其他女生，也应该不再关心他了吧。此刻的相遇，可能只是偶然的不期而遇，也许，她其实是在等待她现在的男朋友。

“真没想到能在这里见到你。”姚大力说。

“我也没想到，还能见到你，真像做梦一样。”

“这几年你过得怎么样？”

“还行，一直在那边念书，刚开始挺苦，后来适应了就好多了。”

“你一直没回来？”

“没有，本来我是想回来的，但是当时赶上9·11，签证不那么容易，不过我已经拿到绿卡了。”

“那真是太好了。”

“你应该也快毕业了吧，找工作了吗？”周晓娇问，她的语气是那么陌生。

“还没呢。”姚大力迟疑了片刻，“你真不够意思啊，回来了，怎么不给我打电话？我家又没搬家，电话也没换。”

“对不起大力，我是有意不联系你的。主要是因为当初我伤害了你，我可能想多了。”

“过去的事情还提它干什么。”姚大力笑着说，“你在这里干什么呢，等人吗?”

“在等一个朋友，我先到了，就在附近散散步。”周晓娇说，“倒是你呀，你家不是住在榆树街吗，怎么跑到这里来了?”

“我妹妹今天高考，考场被分到了这边。”

“对呀，今天是高考。”周晓娇恍然大悟。

他们彼此望着对方，气氛一时有些尴尬。

“晓娇，”姚大力首先打破沉默，“我差不多该回考场那边了，你一会儿有什么安排?”

“我就在这里等我的朋友，她一会儿就该来了，她家就在对面。”

“我们找个时间一起吃个饭好吗？今晚行吗?”

“实在抱歉，今晚我和朋友约好一起吃饭，明晚行吗?”

“行，就我们俩吗?”姚大力迫不及待地想要知道答案。

“怎么，你还想多叫几个人。”周晓娇笑着说。

“不，不，就我们俩最好。”姚大力十分开心。

“大力，看你高兴的样子，和四年前一个样。”

“你也是，那咱们明晚见。”

他们互相留下了手机号，姚大力便暂时告别了周晓娇，往考场赶去。

姚大力整整一天都在陪姚瑶考试。他这才明白，原来陪考也不是一件简单的事情。打车将妹妹送回家后，他的时间还有很多，于是改乘公共汽车回家。

他坐在公共汽车上，静下心来望着窗外。天色还没有暗下来，世界依旧在现实中轮转。姚大力的思绪再次回到周晓娇身上。明晚的这个时候，他就能和分别四年之久的晓娇共进晚餐了，这是真的，不是凭空遐想。他将头倚在车窗上，想象着即将到来的一幕，他会是多么幸福的男人。他在遐想中竟情不自禁地笑了起来，还好他的自控能力及时制止了他。他不敢把头抬得太高，只是用眼角的余光小心地向上瞥了一眼，想知道有没有人把自己当成傻瓜。

姚大力在北国公园下了车，朝公园里面走去。他独自来到这个曾带给他无限美好回忆的地方，想找回逝去的某些东西。因为他总觉得某些东西并没有逝去，只是如同那古老的遗迹，沉入了万丈海底。他站在一棵粗大的松树下，顺着记忆的锁链向下爬，去寻找那封存已久的他和晓娇在一起时的记忆。

第二天，姚瑶顺利地考完了综合和英语，姚大力的陪考工作也顺利结束。临分开时，他简单地对姚瑶交代了几句，让她自己打车回家，尽情享受三个月无忧无虑的假期。目送姚瑶上车后，姚大力便匆忙向饭店赶去。

姚大力早到了二十分钟。他站在饭店门口，耐心等待着周晓娇的出现，内心却忐忑不安。他和周晓娇见面是不应该紧张的，可是手臂却在情不自禁地发抖，左腿好像也有了自己的意识，想要摆脱他的控制。他不得不四下走动以缓解紧张的情绪，不知不觉已经在附近走了好几圈。他发现自己越走越快，而且心里一直在幻想同周晓娇见面时的种种情景。突然，在他心里闪出一个可怕的念头，也许周晓娇是在骗他，她不会来，在答应他的时候，她已经想好了，根本不打算来，都是他一厢情愿罢了。

“大力，我来晚了，真抱歉。”身后传来的声音打断了姚大力的胡思乱想。即使在这嘈杂的餐馆中，那声音依旧清晰。

“晓娇，你来了。”姚大力激动万分。

“等很久了吗?”

“没有，我也刚到。”

服务员走过来询问共有几位，随后将他们带到角落的一个位置。他们随便点了一些东西。

点了菜之后，姚大力就不知道该说些什么了。

“大力，你好像有心事。”周晓娇将脸微微向他凑近，弄得姚大力尴尬不已。

“没事，我只是在想，这次见到你，感觉你变化好大。”

“是这样吗?”周晓娇颇感兴趣地问道，“我都有什么变化呢?”

“你变得稳重了，更有女人味了。”

“谢谢你，大力。”周晓娇说，“我相信，你说的话一定是真的。”

“看到你现在的面貌和气色都这么光鲜，真替你高兴。”

“你果然没变。”周晓娇满意地露出笑脸，“还是那么体贴。”

“没变究竟是好事还是坏事?”

“有时候为了生活得更开心一些，做出一些改变也是好的。”

周晓娇笑着看着姚大力。姚大力也看着她，感觉眼前这个女人简直和当年那个任性的周晓娇判若两人。难道出国真的如此磨炼人，还是这几年自己愚蠢到没有一点进步?

“那你觉得我应该改变吗?”

“怎么说呢，又希望，又不希望。”周晓娇说。

“这怎么说?”姚大力不得其解。

“大力，改变虽然可能会让你更快乐一些，但也可能会让你失去一些很宝贵的东西。比如，可能会让你变得自私自利，变得不那么体贴，我……我不希望你变成那样。”

“我懂，如果我变得像王骁琦那样，你也就不会再理我了。”

“是啊。”周晓娇点头答道。

随后姚大力讲了王平如何在饭店把王骁琦揍了一顿的事。周晓娇听得热血沸腾，时而惊讶，时而开怀大笑。姚大力仿佛又看到了四年前的那个活泼的女孩。

“那种人，就应该给他一点教训。”周晓娇解气地说。

“教训一下倒是可以，不过我更倾向于跟那种人不相往来。”

“你和张伟仍然有来往吗?”周晓娇问。

“差点忘记告诉你，我和他在同一所大学。”姚大力给她讲了许多在学校发生的事。

“大力，你还是老样子。”周晓娇说，“我本以为这么多年过去了，你多少会有些变化。不过，现在我一点儿也不怀疑了，你确实和以前一模一样。”

听了这句话，姚大力不知是应该高兴，还是应该感到悲哀。

周晓娇吃东西时的样子也比以前斯文多了。姚大力默默地注视着她，忽然意识到自己一直在拿眼前的周晓娇和当年的她作比较，于是不断地在心里提醒自己，不要再想从前。但回忆就像脱了缰的野马，无论如何也拉不住。他竭力去想一些开心的事情，却发现自己这几年来并没有太多值得开心的回忆。

“晓娇，你这次回国打算待到什么时候?”

“后天早上的飞机。”周晓娇说。

姚大力听到后，心情很受打击。时隔四年，他们的邂逅都已经令对方如此陌生，下一次若能再见面，不知会是一种怎样的心情。也许此次一别，便成为永别。

这顿饭姚大力和周晓娇足足吃了四个钟头，所谈的内容五花八门，节奏也是断断续续，时而激进，时而平缓，有时还会陷入彼此缄默不语的尴尬状态。但是，整个过程是温馨的。

走出饭店的时候，喧闹的街市早已夜阑人静，只有五光十色的霓虹灯还在那里毫无目的地闪烁。

“我送你回去吧。”姚大力说。

“不用了，你送完我再折回去太远了。”

“没关系，这四年我和张伟也经常在外面喝酒，半夜回家是常有的事情。”

“那好吧。”周晓娇说着拦下了一辆出租车。

因为有司机在场，他们在车里并没有过多地交谈。出租车很快便开到了周晓娇家楼下。

“司机，麻烦你继续开。”周晓娇突然说道。

“去哪呀？”司机问道。

周晓娇看着姚大力，姚大力本想说去宾馆，却随口说出了“北国公园”四个字。

出租车将他们送到了目的地。他们站在公园门口，周晓娇呆呆地看着大门里伸手不见五指的漆黑空间，怯生生地说：“这里面可真黑啊。”

“怎么，害怕了？”

“有一点，”周晓娇犹豫着，“我们还进去吗？”

姚大力惊讶地看着她，觉得眼前这个柔情蜜意又略带柔弱气质的周晓娇才是他熟悉的人，可爱且弱不禁风。

姚大力挽起周晓娇的手说：“没事，这个时间公园里应该还有人，别走得太深就行。”

“好吧，我要你一直拉着我。”周晓娇说。

“当然。”姚大力心跳加速，“这次我不会轻易放手了。”

走进公园里面才知道，情况并没有他们想象的那么严重。尽管黑压压一片，但零零散散的也有不少人，散步的老人比比皆是，还有一些年轻的情侣和带小孩的。

“看来也不只是我们想来这里。”周晓娇笑着说。

“谈情说爱的好地方。”

周晓娇看他一眼，呵呵笑了起来。笑了好一阵，她说：“大力，你是个受欢迎的人”

“为什么这么说。”

“因为你很幽默。”

“不是这样，”姚大力说，“其实我这个人并不善于交际，平时也只是和有限的几个好朋友在一起，我和大多数同学都没什么交集。”

“原来你是这样的人啊。幸亏当时我主动约你，否则我们就不会有那段共同的经历。”

周晓娇觉得若不是当初她主动写纸条给他，也许直到毕业，他们也只会像那些在某一段时间里出现在身边的人那样，彼此只是对方人生中的匆匆过客，随着时间的蜿蜒流逝逐渐淡出记忆，最后忘得一干二净。

周晓娇说完又黯然神伤起来。姚大力轻轻捏了一下她的脸蛋说："别老在那里为那些根本不存在的事情伤心了，总这样会精神失常的，我们现在多开心啊。"

周晓娇听了姚大力的劝告，频频点头，样子甚是可爱。

也许是触景生情，周晓娇兴致大起，想往公园深处走。姚大力怕出危险，最终没有随她心愿，于是他们便一直在正门附近无忧无虑地徘徊。姚大力和周晓娇面对面地站在一棵松树下。姚大力借着外面的路灯，在迷蒙的灯光中注视着周晓娇的脸，心情忐忑不安，两只手蠢蠢欲动地牵着她的手，身体更是不能自已的在向她靠近。

可是姚大力随即又僵在那里，不到半米的距离对他来说仿佛一道无法跨越的悬崖。

不可否认，在对待恋爱的态度上，无论是从前还是当下，周晓娇都远比姚大力主动。她看到他紧张得浑身颤抖，而他在与她对视的时候，甚至不敢直视她的双眸。

于是周晓娇在姚大力的嘴唇上轻轻地点了一下。

在那一刹那间，姚大力不再感到紧张了。他很自然地用双手抱住她，两颗躁动的心在那一刻融合在了一起。

在夜幕下的北国公园，其他声音仿佛都消失了，只剩下周晓娇轻盈的呼吸声。姚大力将头搭在她的肩膀上，对她说："晓娇，我喜欢你，别再离开我了。"

"不要这样，你知道我不能答应你。"

"我可以等你。"

"不要等我，我不能给你任何承诺。"

"难道，就这样结束了吗?"姚大力疲惫的声音飘荡在空气中。

# 38

姚大力订的是一间标准的二人间。米黄色的墙壁，乳白色的床单和枕头，墙角有一张弧形的写字台，上面有一盏与之配套的台灯。写字台上摆放着一本厚厚的宾馆实用手册。靠墙的一个柜子上规整地放着食品和红酒。

姚大力打量了整个房间之后，便坐到床边。和自己喜欢的女人待在一个房间里的感觉很奇妙，姚大力还是第一次体验到。以前虽然也曾和关燕在自己房间里聊过天，和程菲菲在宾馆里热情似火，但那都是完全不同的感觉。

他看看周晓娇，周晓娇也看看他，他们心有灵犀，无须言语的沟通，直接接起吻来。这一次，姚大力感到身体颤抖得更厉害了，与在外面接吻时的感觉完全不同。

周晓娇的呼吸也在加快，而且伴随着一种勾魂摄魄的短促的呻吟声。他们互相抚摸着对方的身体，动作的幅度越来越大。他将手从周晓娇的衣服下面伸了进去，感受着她那光滑的脊背。

房间一片漆黑，随着周晓娇的一声尖叫，姚大力的整个身体也随之颤动着。

周晓娇用双手按住姚大力的胸口。她的头发完全垂了下来，还带有洗发水的余香。此时姚大力的瞳孔已经适应了黑暗，能够隐约看到周晓娇的脸庞。她微微皱着眉头，时而半张着嘴，时而又合上，表现出很努力的样子。看到她那个样子，姚大力觉得人生再也不会有什么遗憾了。

“大力，我有点儿累。”

“换我在上面。”

不知过了多久，姚大力也已经一点力气没有了，整个身体都沉了下来。周晓娇腾出一只手，吃力地打开了床头灯。他们都清楚地看到了对方的容貌。周晓娇那红扑扑的脸，凌乱的头发，有几缕还粘在额头上。

“你一定要幸福地生活。”周晓娇躺在姚大力的怀里，羞涩地看着他。

“我会的，我以后一定幸福。”姚大力也一脸柔情蜜意地看着她，“就算为了让你放心，我也一定要幸福。”

他们相拥入眠。那一晚，姚大力做了一个梦。

一条清澈的河流，河的两旁是整齐划一的垂柳，垂柳下面是葱茏的绿草。姚大力踏着一只纸船，缓缓地顺流而下。他看到岸边有一位身穿雪白婚纱的少女在凝眸远眺，于是他向少女挥手，呼唤着少女。可是少女仿佛看不见他，也听不见他的声音。突然，少女向别的方向挥动手臂，在她挥手的方向，出现了另一艘船。一瞬间，少女便从河岸消失，出现在那艘船上。船上除了少女之外，还有一位同样穿着白色衣服的少年。姚大力向他们挥手致意，想交个朋友，却发现他们的船停在原地不动，而他的船则一直在向远方飘去。那两人变得越来越小，最后模糊得只剩轮廓。

到了周晓娇回美国的那天，姚大力一个人偷偷来到霖阳国际机场。他没有走进航站楼，而是站在外面，隔着高大的玻璃墙体，远远地注视着周晓娇和母亲告别。他也曾想冲进去，给她最后一个炙热的拥抱，然而，他在那一刻却无法迈开步伐。他不是没有勇气，只是觉得这样的结束也许是最愉快的。他们都许下了幸福的承诺，然后用未来的努力来兑现彼此的承诺。四年的时光过去了，姚大力第一次感觉周晓娇真正地离开了他。

## 39

姚山河帮儿子找到了一份报社的实习工作，为一个资深编辑打下手，往好了说就是编辑助理。姚瑶沉醉在大学无忧无虑的生活中，暂时忘记了姚大力的存在，也使姚大力少去了许多烦恼。更重要的是，高耀祖终于给他打电话了。他没再提起过去那件不愉快的事，姚大力也没提。高耀祖说他和关燕在实习，恐怕要过年的时候才能见面。姚大力对他说，真正的兄弟不管多长时间不见也不会影响彼此之间的感情，让他在那边保重，并且照顾好他的女人。高耀祖让他放心，他说自己已经改变了。张伟也开始实习了，而且还是本市的一所颇有名的私立学校，据说是系主任帮他推荐的。就这样，生活似乎一直在朝着美好的方向前进。

虽然高耀祖说过年会回来，可是直到即将毕业的季节，姚大力都没有见到高耀祖和关燕，对方连电话也很少打。但姚大力并没有觉得太遗憾，也许是经历得多了，思想也有些麻木了。

在实习单位，姚大力的直属上司是一位年轻的女编辑主管，名叫李月。李月已经在这家报社工作有五年之久，姚大力平时都叫她月姐。李月待他就像对待自己弟弟一样，主要也可能是因为实习的头一周，姚大力请她吃了顿饭的缘故。

“我还从来没有经历过这种事，被一个实习生请去吃饭。通常来这里实习的大学生一个个都蹑手蹑脚的，不告知下班的话，到点了都不敢走。话也不敢多说，可爱得很。哪像你这样，竟然敢请领导吃饭。”

“工作上你是领导，下了班你就是我姐，我为什么不能请你吃饭?”

谈话中，姚大力得知李月有一个两岁半的女儿，由她婆婆代为照顾，等稍大一点就接回来自己带。

“大力，以后在工作中还是不要经常这么干。社会上的人不比校园里的同学，或许你只是出于热情，但对方并不会把你想象得那样单纯，有些人会认为请他们吃饭一定是有什么目的的。”

“月姐，我不在乎。即便如此，对于我所欣赏的人，我依然会请她吃饭。”

李月听后无可奈何地笑了笑。

“月姐，虽然现在是实习，不过如果可以的话，我想长时间在这里工作。”

“为什么啊，喜欢做编辑？”李月问道。

“我挺喜欢做编辑的，不过我觉得这不是主要原因。可能还是因为我想在你手下工作吧，我不想为不喜欢的人工作。”姚大力说。

“你这么说真让我挺高兴的。”李月说，“不过，你毕竟还没有真正步入社会，好多事情其实并不像你想象得那么容易。就算你想在我手下工作，倘若有一天我调职了，或不干了，你该怎么办？”

“这……我还真没想过。”

“要是不能和我在一起工作，你会不会也一甩手不干了？”

“也许会。”姚大力不敢说得那么肯定。

“所以我说你不懂这个社会。”李月叹了口气，“你若那样做的话，没有人敢用你，我也不能帮你什么。你想呀，如果有一天我不在那里干了，可能是因为升职，也可能是辞职。我一走，你也跟着抬屁股走人，别人会怎么说我？他们会说，看你推荐的这是什么员工啊。或者说，‘好你个李月，自己走了不说，还带走公司员工，造反不成？’”

“是啊，我怎么就没想到。”姚大力恍然大悟。

“你这种人适合做朋友，但不适合做同事。”

“月姐，跟你一起工作真是受益匪浅。”

“你爸爸是怎么把你弄进来的？”李月的谈话跳跃性很强。

“好像是他朋友的朋友的同学在这里工作，反正关系远着呢。”

“哦，就是第一天把你送到我这里的那个男的吗？”李月问道。

“对，就是他。”姚大力说，“从那以后，他就再也没找过我。”

“这回你懂了吧。你们的关系太远了，他把你领来就已经不错了，平时谁有心思在乎你啊。”李月笑着说。

“真是冷酷啊。”

“等以后你就知道了。人的一生要接触的人实在太多，有些人甚至一辈子只能见一面。你们刚毕业的大学生总会感叹世态炎凉，可是当你将事业和家庭的双重压力全都一个人扛在肩上的时候，你就没有心思再想那些乱七八糟的事情了。而那些本来就不是很重要的人，你会渐渐连他们的名字都忘记的。”

“这么说，我现在之所以总能想起以前的事，也是因为我太清闲了？”

“差不多。”李月很认真地点头说道。

“是啊，”姚大力反思着，“这确实是我最大的弱点，我必须克服才行。”

“你真想长久做这份工作的话，我可以跟人事部说一说，里面有个主管是我大学时比我大两届的学长。我刚来的时候，他就挺照顾我的。我跟他说一说，就说我想用你，他应该能同意。”

“那样会不会给你带来麻烦？”姚大力关切地看着李月。

“不会，这是走正常程序。只不过，这样你就省去了面试这一关。否则，面试的人相当多，我们每年都能收到几千份简历呢，你的机会太渺茫了。”

“这么多！”姚大力目瞪口呆。

“你以为呢，现在竞争多激烈啊。”

“那还真得麻烦你了。”

“还有一种方法，那就要让你父亲走关系了。直接找人事部，应该能进来，但估计要花不少钱，没个几万块钱可不好弄。”

“月姐，我是绝对不会为了找工作而往里搭钱的。我不想平白无故地让那些人不劳而获，他们不配赚那个钱。那些收取不义之财的人不嫌丢人，我还嫌丢人呢。再说了，假如我找工作往里搭了钱，然后再一点一点地往回赚，假设五年赚回来，那这五年时间我岂不是相当于白干？也可以说是辛苦劳动了五年，结果赚回了本来就属于我的钱，这不是有病嘛！”

“是很傻，但你也不要说出来。你可知道，在单位里有多少人都是靠这种方法进来？你这样不仅得罪了身边的同事，还得罪了领导，因为他们可能就是你所说的收取不义之财的人。你以后工作的时候，一定要把你那种众人皆醉我独醒的清高姿态收敛一下。”

“我记住了，月姐。”姚大力不好意思地点了点头。

李月在吃饭期间给她丈夫打了个电话，说今天和一个新来的实习员工吃饭，主要是谈工作的事，所以没去婆婆家看宝宝，而且要稍晚一点回家。

“月姐，你的丈夫是干什么的？”

“他是外科医生。”李月说。

“真厉害。”

“还可以。”李月有些得意扬扬。

“你当初来这家报社是靠关系进来的吗？”

“当然不是。你姐姐我念大学的时候可是品学兼优啊，和那些没有真才实学光有一纸文凭的家伙可不一样。”李月毫不客气地说。从她自信的表情可以看出，她似乎没有说谎。后来姚大力了解到，李月是北大中文系的硕士生，毕业后一个人来到霖阳。

“过几天我就帮你跟人事部打个招呼，但最快也要等你顺利地拿到毕业证和学位证，所以我要提醒你，千万不要在大四这一年犯错误，以免毕不了业。”

姚大力满心欢喜地向李月保证，自己一定会顺利毕业。可是这个世界觉得对他的磨炼还不够，非要在他毕业的时候给他制造点麻烦。

霖阳大学出台了一项校规，凡有两科及以上不及格者，不予发学位证。姚大力得知这个消息，仿佛觉得自己上了绞刑架。

“这是什么破规定，非要在我们毕业之前出台，分明是找我们麻烦。”姚大力朝张伟咆哮着。

“大力，难道你有考试没过？”张伟诧异地望着姚大力。

“正好两科。”

“我听说一科六百块钱，交了钱就可以过。”张伟说。

“我不交，学费本来就比一般大学贵，还要变相卡我们油水，坚决不让他们得逞。”

“那就参加补考。”

“你还不明白吗？学校虽然允许你补考，可是监考会非常严格，他们不会让你轻易过的。因为你过了，他们就赚不到那六百块钱了。”

“那就没办法了。”

“你打算交吗？”姚大力想听听张伟的看法。

“我没挂科啊。”

张伟的神态明显有些得意，这更增加了姚大力的怒火。他真后悔，早知道当初他也报考体育系。

姚大力想不明白，为何学校要这样为难他们。他们已经够惨的了，在教育这条路上，没人告诉他们应该怎样来完成大学的学业。高中老师告诉他们，一旦上了大学，以后的路就万事无忧了。他们照着做了，可是结果呢？却因为在大学里过得过于轻松，不幸挂科。他们又该追究谁的责任呢？

好在事情最后得到了圆满的解决。大学里总是不乏奇人。这些人平时低调做人，高调做事，无论在学校遇到任何风风雨雨，总是能逢凶化吉。这些人具有某种专长，等需要他的人们出现的时候，便会一鸣惊人。幸运的是文学系也有这样的人。那个人不知道用什么方法，弄来了补考卷纸的答案。姚大力用了三天时间死记硬背，把那两科的答案背了下来，顺利地参加了补考。

因为这件事，姚大力对霖阳大学恨之入骨，他不理解学校为什么在学生临毕业的时候还要整治学生一把。如果真的拿不到学位证，也就是说四年的大学生活可能最终“一无所获”。某些人打着为学生负责和为社会负责的旗号，从事着这种不体面的勾当，他们怎么能够心安理得呢。

学校错了。他们以为能用证书来决定一个学生的未来，可是他们决定不了。因为每个学生的智商、家庭、思想以及后天努力都不一样，而他们需要的是真正的帮助。

随着毕业论文答辩的通过，姚大力意识到自己四年的大学生活即将结束。他徜徉在校园里，望着陪伴他度过了四个春秋的图书馆、花坛、教学楼，眼眶湿润了。他在想，自己对这所学校并没有什么特殊的感情，但毕竟四年来取得的进步多多少少也和学校有一些关系，最起码在图书馆里还是读了不少书，就最后为这学校流一次泪吧。把过去所有的压抑和苦闷全都留在这里，以一个初生牛犊的姿态去闯荡社会。

正式离开学校的前一天，文学系的同学们在学校附近的饭店包下整整一层，一起庆祝四年的糊涂人生。所有男生女生都喝多了，大家纷纷找人合影留念。

“大力，我们照张相吧。”程菲菲说。

“好啊。”

“大力，不怕人家对象揍你吗？”说话的人是赵子元，是姚大力的好哥们儿之一。这家伙其貌不扬，却总是能吸引至少比他小五岁的女孩，这让姚大力非常不能理解。最近听说那家伙又把目标锁定在某个高中女孩身上了。

姚大力和程菲菲的矛盾随着那张合影而化解。姚大力觉得那件事最后还是要怪他自己，如果没有爱作支撑，两个人不可能在一起那么长时间。既然程菲菲和他在一起的时候是爱他的，他又有什么资格去责怪她呢？而且程菲菲能给曾经背叛她的男人一次机会，这难道不是一种更伟大的爱吗？

饭桌上一片狼藉，大家随着蹩脚的伴奏一遍又一遍地唱着《祝福》《朋友》《祝你一路顺风》等离别歌曲，很多人都哭了。

泪水是心灵的止痛剂，人们有时候需要哭泣。如果想哭泣的话，就应该在合适的场合下尽情地哭。因为人一旦长大就会发现，有时当自己想哭的时候，却连能让自己哭的时间和空间都没有。

散伙饭结束之后，姚大力晃晃悠悠地走到饭店门口，便看见程菲菲的男朋友在十步开外的地方站着，准备接她回家。这时赵子元走了过来，程菲菲嘱咐赵子元送姚大力回家，随后就和男朋友走了。赵子元看着程菲菲远去的背影，无奈地摇了摇头——他知道姚大力和程菲菲的那点往事。

“你要不要先吐一吐？”赵子元对他说。

“我没事。”

话音刚出，姚大力便觉得有食物从胃里涌了上来，接着就如同瀑布一样从嘴里冲了出来。赵子元不停地拍打姚大力的后背，嘴里念念有词：“就你这酒量还敢喝这么多，我早就告诉过你，喝酒你就是一个字——面。”

姚大力边吐边笑，吐完了说：“谁能跟你们比啊，三天两头就出去喝。”

“那有什么办法，在这种破大学住校，除了喝酒还能干什么啊？”

姚大力又吐了一次，总算感觉舒服些了，不过仍然直不起腰来。

到家后，他倒头便睡，连衣服都没脱。他只隐约记得，在朦朦胧胧中，他希望自己能够一觉睡上五十年，醒来后，发现一切都已成过眼云烟。

## 40

姚大力成了报社的正式编辑，每天的工作都很忙碌。虽然常常早出晚归，但每月只有可怜的一千五百块钱的工资，有时候下班晚了还要打车。最要命的是，高耀祖和关燕就这样不声不响地消失了，给他们打电话，两人竟然全部换了手机号码。

一旦忙于工作，姚大力就没有心思去想感情上的事了。工作忙的时候常常要到后半夜才能睡。报社除了自己的主打报纸之外，还出版两种杂志，所以报社的编辑们任务繁重。姚大力有时会抱怨如此大的报社为什么不多招一些编辑，不过这些抱怨只是在心里对自己说，并没有讲出来。随着时间的推移，他发现这种永无止境的忙碌其实挺适合他，因为他总有用不完的精神头，而这种生活正好能够让他充分利用这些精神头，从而不去想其他事情。

只不过有时事情会主动找上门。张伟虽然被私立学校聘用了，可依然没有改变那迟早会到来的命运。

“我和陈玲黄了。”张伟苦笑着说，“已经一个月了，一直没告诉你。”

“怎么会这样，这实在太突然了。”姚大力瞪大了眼睛，“你现在的工作不错啊。”

虽然姚大力清楚，张伟在物质上可能永远也满足不了陈玲，但他一直相信，凭借张伟对她的那份忠诚和死心塌地的爱，是能够感化她、唤醒她内心深处被物质侵蚀的灵魂的。他总认为那是所有女人都应该具有的。

“没办法，陈玲想要的生活我真的给不了她。”张伟说，“我妈那时就经常对我说，陈玲是什么家庭，我们是什么家庭，简直是天上地下。她劝我现实点，可我就是不相信，还为这事跟她争吵过。”

张伟说这些话的时候，看起来是那样的可怜。

“陈玲现在是一个人吗？”

“已经有男朋友了，我见过。那天她跟我见面谈完之后，就是那男的来接的她。”

“是个什么样的人？”

“不知道，那天我离得比较远，不过看上去有三十多岁吧。”张伟表情凝重，“肯定是个有钱人，他开的是路虎。咱们怎么可能争得过那些事业有成的人呢。你说是吧，大力。”

对张伟的这句话，姚大力并没有赞同，这让姚大力觉得自己有点冷酷。

“你现在是怎么想的，我想听听你的想法。”

“我还能有什么想法？自己偷偷哭过，颓废过，可事实已经如此了，也只能接受了。现在每天工作都这么忙，不能因为感情问题耽误工作啊。”张伟说完，深深叹了一口气。

“你们两人交往的时间在同学中是最长的，都六七年了吧？”

“快七年了吧。”张伟回味起过去七年的岁月，脸上还微微透着光鲜，“不想她了，都过去了。咱们还是要向前看啊。”

张伟这句话说得一点底气也没有。姚大力太了解他了，他之所以能够取得今天这点微不足道的成就，靠的是一股信念，而支撑这股信念的正是他对陈玲无私的爱。

“张伟，你真能忘得了她？”姚大力问。

“忘不了也要忘，我已经想好了。”张伟说。

“那就好，那我就说实话了，其实她配不上你，我说真的。陈玲根本就不配跟你在一起，如果你们在一起，她会拖垮你的，你信吗？”

“拖垮我？”

“张伟，其实从很早开始，你们之间就已经拉开距离了，但这不能怪你。你知道吗？有些女人一旦被物质吸引了，根本收不住，从骨子里就已经完全改变了。”

“好像是这样。”张伟低下头，沉思着。

“算了，忘了吧，一切都会好的，只要给你一些时间。”

“我没事。”张伟抬起头说，“今天找你出来，就是想跟你好好喝一杯。”

“我不能喝酒，我是开车来的。”

张伟愣住了。

姚大力和张伟接着又谈了一些往事。不过，最近他身边发生的事他都没有对张伟讲。因为他答应了周晓娇，必须要向前看，不再计较过去了。那一刻姚大力好像感觉到，他和张伟之间似乎也有了一些隔膜，恐怕他们都摆脱不了社会强制给他们打上的烙印。最后，他们依依不舍地道别，姚大力坚持付了账。

张伟拒绝了姚大力开车送他回家的建议，姚大力也没有勉强他。他开车来到北国公园，一个人站在树下苦思冥想，设想着自己的未来。

## 41

姚大力住在父母为他准备的房子里，他的生活在一成不变中变得循规蹈矩起来，一般情况下绝不打破固定的作息时间。他不熬夜，怕晚上一个人的时候想起太多事情；他也不会像过去那样早上四点起床，怕工作的时候坚持不下来。除了工作，他几乎不思考其他事情。谁要是试图打破他的这种生活规律，没准儿他会跟对方翻脸。但是，社会就是这样，不会让他活得随心所欲，而是会不断地给他制造麻烦，同时也会给他许多机会。

有一天，高耀祖给姚大力打了电话，叫他马上下楼。姚大力上了一天班，虽然有些疲惫，可一想到他和高耀祖真的很久没有一起挥霍过青春了，便又来了精神。只是，那时他已经不知道自己的青春还在不在了。

姚大力来到楼下，看到一辆黑色的奔驰轿车停在那里，车窗降了下来，高耀祖从车窗里向他招手。

“我靠，S600。”姚大力坐在副驾驶的位置上，半天都不能从惊讶中缓过神来。

“大力，吃饭了吗?”高耀祖边开车边问。

“吃了，下午回我爸妈那边吃的。”

“咱俩去唱歌吧。”高耀祖说。

“就我们两个男人去唱歌?”姚大力不解地问，“关燕呢?”

“这次主要是给你介绍几个朋友，关燕跟着不太方便。”

高耀祖在等信号灯的时候打了一通电话。

“喂，乔伊娜吗? 我一会儿要去你那里唱歌，马上就到。你先帮我订个房间，就我和我兄弟两个人。把小爽、大芳、晶晶也叫出来。好，好，你看着办吧。”

“是你的朋友吗?”高耀祖挂掉电话后，姚大力好奇地问道。

“嗯，我的好朋友。”高耀祖无关痛痒地笑着说，“你也不能老是在家憋着，也该认识点新朋友了。”

“我觉得自己现在的生活挺好的，每天都忙忙碌碌，心里也很踏实。”

“那你更应该适当放松一下。你也不是老头子，要什么踏实的生活。”高耀祖说着白了姚大力一眼，“对了，还没有问你，你现在有女朋友了吗?”

“大学时处的那个已经黄了，目前还没有。”

“那正好，否则我还真怕你今晚给我丢脸呢。”高耀祖神秘地笑着。

奔驰车行驶在宽阔的马路上，车上的两个人此刻都在思索自己的事情，没有说话。

高耀祖把车停在姚大力单位附近的一座大厦下面，那是霖阳市最豪华的娱乐场所之一。他们刚下车，正好看到从大厦门口出来几个人，都是男性，位于中间那个大腹便便的人边走边用双手在那里比画着什么，脸上的肥肉都快要笑得掉下来了。

姚大力和高耀祖与那些人擦身而过，原来高耀祖的奔驰恰巧停在他们的车旁边，那是一辆老款的雷克萨斯。怪不得他们其中的几个人刚才一直在用异样的眼光打量着他和高耀祖，看得他毛骨悚然。姚大力心想：那些人可能是在心里合计着，一个年轻人开的车竟然比他们的还要好。世上有些人就是擅长关注这些东西。

姚大力和高耀祖来到大厦三楼。

“高哥，怎么才来啊?”乔伊娜说。

“我兄弟不让我开快车。”高耀祖随便编造了一个理由，“大力，这是乔伊娜。乔伊娜，这是我兄弟，姚大力。”

“姚哥好。”乔伊娜露出职业般的灿烂微笑。

“你好。”姚大力微笑着回应。

乔伊娜在前面领路，把姚大力和高耀祖带进了一间大包房里。姚大力在后面偷偷地问道："高耀祖，你这位朋友是不是比我们小？"

"十九岁。"高耀祖小声地告诉他。

乔伊娜个子很高，差不多有一米七，纤细的腿上没有一丝赘肉，腰身如水蛇一般，长得更是清纯无比。她穿着一件长到膝盖的黑色沙料裙子，裙子的后面稍稍向上凸起，就像古老的英国妇女穿的那种传统装束。她穿着黑色的高跟鞋，上身配一件白衬衫，头上扎着马尾，还戴着一束头花，很像汽车展上的模特。

来到包房，姚大力见到了高耀祖刚才在电话里提到的那三名女孩子。而他对那名叫小爽的女孩子印象最为深刻，因为她的打扮和乔伊娜如出一辙，只是没戴头花，还烫着一头金黄的鬈发，年龄看上去与乔伊娜相仿。大芳和晶晶也都很漂亮，让姚大力有些欣赏不过来了。

从四人的穿戴上看，姚大力已经对她们的身份略知一二。他觉得高耀祖很可笑，他又不是没见过世面的土包子，还骗他说是朋友，估计是怕他知道真相后不肯来吧。

"乔伊娜、小爽，你们俩陪我兄弟。"高耀祖说道。

"高耀祖，没关系的，我不用陪。"姚大力虽然见过世面，但并没有亲身体验过，所以还是很紧张，脑袋里一片混乱。

这时，一名男服务员推门走了进来，拿着一本精美的折叠菜单。高耀祖坐在沙发上，在菜单上面指指点点。男服务员出去后不久，两个小弟走了进来，其中一个端来一大盘色彩斑驳的果盘，另一个双手拿着一个托盘，上面摆着一瓶红酒，一小桶冰块，另外还有若干空杯。少顷，刚才负责点东西的男服务员又走了进来，送来了牛肉干、鱿鱼丝、开心果之类的零食。

男服务员依次出去后，包房里就剩下他们六个人，乔伊娜和小爽陪伴姚大力，另外两位陪伴高耀祖。

起初，乔伊娜坐在姚大力身边一直不说话，姚大力以为女孩子比较腼腆，殊不知做她们这种工作的都是这样，先察言观色，再随机应变。

"你们这里的环境不错。"姚大力找了一个话题，开口说道。

"姚哥，你以前没来过这里吗？"小爽问道。

"没有，我第一次来。"

"我们这里的果盘可好吃了。"乔伊娜抢过小爽的话头。

"是吗？"姚大力机械地回答着，仍然感到浑身紧张。

"姚哥，你以前肯定没让人陪过吧？"小爽说着，与姚大力靠得更近了些。

“你怎么知道？”

“一看就知道了。”小爽笑着说，“没事，你就像平时在KTV那样就行，喜欢唱歌就唱歌，喜欢喝酒就喝酒。要是不想跟我说话，我就在旁边陪着你，你不用搭理我。”

“那怎么行？”姚大力皱了皱眉头，“我不能当你不存在啊。”

“要不你点歌，我给你唱歌。”乔伊娜又抢了小爽的主动权，“你喜欢听什么歌？”

“你会唱范晓萱的《雪人》吗？”姚大力想了想问道。

“我会唱。”乔伊娜开心地笑起来，“小爽，麻烦你点范晓萱的《雪人》。”

小爽对乔伊娜的指挥显然有些不满，但无奈这是客人的要求，所以她也只好忍气吞声，点了一首《雪人》，并在心里暗暗下决心，一定要把姚大力的注意力抢过来。

乔伊娜开始唱歌，虽然她的声音略带沙哑，底气也有些不足，但调子把握得恰到好处，而且沙哑的声音更让她的性感发挥得淋漓尽致。

一曲唱罢，大家都对乔伊娜报以热烈的掌声，除了小爽。随后，高耀祖招呼姚大力和乔伊娜坐到他那边，决定四个人一起玩色子。

“乔伊娜，刚才你唱完歌，我兄弟给你鼓掌，你好像还没敬他酒吧？”高耀祖故意板着脸说。

“是呀，我忘了。”乔伊娜顽皮地笑了一下，先是给姚大力倒了半杯酒，自己又倒了半杯。这时姚大力才看清，原来这不是红酒，而是威士忌。

“姚哥，我敬你一杯。”

姚大力和乔伊娜碰了杯，一饮而尽，顿时觉得胸口一股热流向额头上涌。他低头皱眉，表情痛苦。

“姚哥真敞亮！”乔伊娜惊讶道，“那我也干了吧。”

“别，你不用干，这酒太冲了。”姚大力的话刚说完，乔伊娜已经干了。姚大力看着乔伊娜表情痛苦的样子，十分于心不忍。然而，乔伊娜究竟是如何将这种演技发挥得炉火纯青，恐怕只有她自己知道了。

“你没事吧？”姚大力问道。

乔伊娜低着头，冲姚大力摇了摇手。姚大力觉得，谁一口气喝那么多酒，都不可能没事。

“你叫乔伊娜，对吧？”姚大力确认了一下她的名字，想对她有更深一点的了解，也方便接下来的交谈。

“对，”乔伊娜点头微笑，“或者叫我东东也可以，那是我的小名。”

“还是叫你乔伊娜吧。”姚大力说，“你别叫我姚哥了，我听着不习惯。你就叫我大力，我的朋友都这么叫我。”

“行，你喜欢让我怎么叫，我就怎么叫。”乔伊娜说。

这时候又进来一个服务员，送上来一些寿司卷，还有一些糖果。高耀祖对他们迟迟不将东西上全表示不满，服务员听后一点脾气也没有，连声道歉。

玩色子姚大力总是输，不仅输给高耀祖，而且还输给了乔伊娜和晶晶。为此他付出了惨痛的代价，喝了不少酒。第一瓶威士忌早就喝光了，高耀祖又点了两瓶。被洋酒灌醉的感觉不错，姚大力忽然想到，醉酒的人之所以能把头枕在马桶上睡着，就是因为醉酒的人可以什么都不在乎。

大家继续玩，又是姚大力输。四个人已经喝了快两瓶威士忌了，而且大部分都是姚大力喝的。当姚大力最后输了一局，终于没有勇气再喝了。

“高耀祖，我有点醉了。”姚大力醉醺醺地倒在沙发上，“咱们能歇会儿再玩吗?”

“大力，我替你喝吧。”乔伊娜夺过酒杯，一饮而尽。

“你看人家乔伊娜多体贴。”高耀祖看着晶晶说。

“大力的酒量也太差了。”晶晶娇滴滴地说。

“我告诉你，不许这么跟我兄弟说话，听到没有!”高耀祖的表情严肃起来。

“我错了，高哥。”晶晶委屈地向高耀祖撒娇。

“来，接着玩吧。”姚大力从沙发上坐了起来，与其看着高耀祖那种盛气凌人的脸色，他倒宁愿多喝几杯。

不料风水轮流转，接下来的几局，掌握了游戏规则的姚大力竟然开始赢了，而输的人换成了高耀祖。姚大力不禁暗暗窃喜，可惜好景不长，接下来的几局，姚大力又输得一塌糊涂。原来，高耀祖是故意让他尝点甜头。

姚大力拿着酒杯，看着里面的黄色液体，万分痛苦。不料乔伊娜又开口说：“大力，我替你喝。”

“不用，我能喝。”姚大力倔强地对乔伊娜说。

乔伊娜没理会姚大力，直接夺过酒杯，把里面的酒都喝光了。

“乔伊娜，如果你喜欢喝的话我就单独给你买两瓶，你干吗把我兄弟的酒都给喝光了。”高耀祖不满地说道。

“大力都喝醉了，高哥你就别灌他酒了。”乔伊娜说。

后来，姚大力主动退出了色子游戏，因为实在不忍心再让乔伊娜替他喝酒了。姚大力把头靠在沙发上，乔伊娜坐在他旁边吃着牛肉干。

当时根本没有人唱歌，电视里放着节奏感强烈的舞曲。姚大力看了看坐在他斜对面的高耀祖，发现他正搂着晶晶，用手在晶晶身上摸来摸去。他吃惊地望着高耀祖，又看了看乔伊娜。乔伊娜一直在看着他，所以当他看她的时候，他们的视线交汇在一起。乔伊娜无可奈何地耸了耸肩膀。

姚大力实在受不了包房里压抑、暧昧的气氛，于是离开了房间，到大厅的长沙发上坐着休息。

再也不来这里了，姚大力心想。简直如同来到了另一个社会，一个他不能接受的社会。以往和几个好朋友去 KTV，无非就是唱唱歌而已，可从来没经历过这样的事情。正当他思考的时候，乔伊娜走了过来。

“你怎么也出来了?”姚大力问。

“高哥让我出来看看你。”乔伊娜说。

“高耀祖本来说今天要带我见他的几个朋友。”说完，姚大力笑了笑。乔伊娜没有说话，只是赔着笑。

“乔伊娜，你是外地人吗?”

“是。”乔伊娜说。

“刚才谢谢你替我喝酒。”姚大力笑着说。

“不用客气。你知道刚才喝的那些酒多少钱一瓶吗?”

“不知道，多少钱?”

“两千块一瓶，咱们点了三瓶，再加上果盘和小吃，至少要六千多块钱啊。”

“什么!”姚大力的头脑被这些数字吓得一瞬间清醒了。六千多，而且只是这短短的几个小时。姚大力虽然不缺钱，但是这也足以令他震惊了。

“你认识高耀祖多长时间了?”姚大力问。

“跟高哥是上个月认识的。”乔伊娜说。

“来这里的都是像高耀祖那样的人吗?”

“差不多，但是像高哥这么年轻的并不多，大多数都是三十岁以上的人，高哥家里一定很有钱吧。”

“他家的事业做得很大。”

这时高耀祖往姚大力手机里打电话，问他怎么还不回去。姚大力告诉他自己正在和乔伊娜聊天，让他别坏了自己的好事。

放下电话，姚大力问道："乔伊娜，你有男朋友吗?"

乔伊娜郑重其事地看着姚大力的眼睛说："干我们这行的没有男朋友。"说完，她想了想又补充道："以前有，干这行之后就黄了。"

"为什么不再找一个?"

乔伊娜似乎对姚大力的问题有些反感，但又不敢表现得太露骨，大概以为所有来这里的客人都不太好惹吧。

"你能容忍自己的女朋友干这个吗?"乔伊娜反问道。

"如果她是我女朋友，我自然不会让她干这个。"姚大力想了想，"但是，若她是出于生活所迫而干这个，我想我不会怪她，也不会因此而离开她。"

"那你会继续让她干这个吗?"

"当然不会，要是那样，我还算什么男人。"

"你们都是说得好听，真这样做的时候，就没有胆量了。"

乔伊娜的话激发了姚大力的雄性激素，他的心开始蠢蠢欲动了。

"你们住在这里吗?"姚大力问道。

"不，我在外面租房子住。"乔伊娜说。

"和别人一起?"

"自己。女人最好别合住，容易闹矛盾。"

姚大力和乔伊娜又坐了一会儿。当时他们并没有太多话题可供选择，但在那种环境下，姚大力因为紧紧地挨着乔伊娜而坐，感觉从这个女孩子身上散发出来的某种气质一直在吸引着他。

回到包房，姚大力发现高耀祖和晶晶不在里面，于是姚大力边唱歌边等了他们一会儿。他唱了一首比较拿手的 BEYOND 的《无悔这一生》。乔伊娜听完后，说她喜欢这首歌的高潮部分，于是他更加投入地又唱了一遍。

没有泪光，风里劲闯 \ 怀着心中新希望 \ 能冲一次，多一次，不息自强 \ 没有泪光，风里劲闯 \ 重植根于小岛岸 \ 如天可变，风可转，不息自强 \ 这方向 \ ……

在等待高耀祖的这段时间里，姚大力和乔伊娜互留了电话。高耀祖回来后，大家又唱了几首歌，姚大力和乔伊娜的第一次见面就这样接近尾声了。

"大力，你给没给小费?"临出包房，高耀祖小声问道。

姚大力怔住了，摸摸自己的口袋，他记得自己只带了一百多块钱的现金出门，剩下的钱都在卡里。虽然并不知道给多少合适，但根据这里的消费层次估计，一百块钱的小费显然不够。

“别摸了，我是怕你给，因为我已经给过她们了。”高耀祖拍了拍姚大力的肩膀，朝电梯走去。

事后，姚大力得知，高耀祖给了她们每个人六百块钱的小费，总消费达到了一万块。

他们离开大厦，上了奔驰车。黑色的奔驰行驶在人烟稀少的马路上，只有路灯与它为伴。

“高耀祖，你喝成这样，开车不要紧吗?”姚大力关切地问道。

“我没喝多少，全让你喝了。”高耀祖说完哈哈大笑。

“对了，刚才你和那个叫晶晶的女孩干吗去了?”

“你说能干吗去?”高耀祖反问道。

“你们不会是去……”

“我逗你呢，别瞎想，我们在另一间包房聊天来着。”高耀祖的谎话并不高明，但姚大力却信以为真了。

“别吓我啊，说实话，我觉得她们并不像那样的女孩。”

“傻瓜，她们是见什么人说什么话。她们看你跟个学生似的，当然要装得纯一些了。”

“我觉得乔伊娜并没有装，我这方面的直觉还是挺准的。我觉得她今天说的都是真实的。”姚大力思索着说道。

“我还想问你呢，你跟乔伊娜都说什么了，你给她催眠了不成?”

“我们就是随便聊聊天啊。”

“有一件事我必须要提醒你。”高耀祖的语气里丝毫没有开玩笑的意味，“这些女孩，你可以跟她们扯淡，但千万不能拿出真感情。”

“为什么呢?”

“你这个白痴，什么都要我教你。”高耀祖笑了起来，“这个世界有一样东西不能碰，那就是毒品，一旦碰了会将自己和家庭彻底摧毁。还有一样东西可以适当地接触，那就是这种地方，但你一定要把握尺度，否则会毁了自己。”

“你很瞧不起那些女孩吧。”姚大力说。

“我没瞧不起她们，但我明白一个道理。”高耀祖顿了一下，“一个女孩一旦进入这种行业，就等于踏上了自我毁灭之路。她会沉醉在纸醉金迷的世界里，会很轻易地赚钱，会看到很多社会的阴暗面。同时她也会对社会失望，对周围的人失去信任，但又沉迷在金钱的世界里不能自拔。”

“这只是表面的东西，你不说我也明白。我只是还不明白，你所说的自我毁灭的过程，有那么严重吗？”

“你要站在对方的角度想想，或者站在全局的角度来想。女人一辈子是要结婚的，一旦做了这种行业，不管这个女人以后能不能从良，她都要保留一个永远也不能说的秘密。尤其不能对自己最信任的人说，那个人就是自己的老公。面对一辈子生活在一起的人，却要永远守着一个秘密，那种痛苦是难以想象的。所以，千万不要对这样的女人动情。从你的角度来说，父母不可能同意你和这样的女孩子在一起。从对方的角度来说，既然你知道了她的身份，她永远都不会对你敞开心扉。”

高耀祖作为领路人，让姚大力体会到这个社会的不同面貌。他的那些话其实是说给姚大力听的，因为他感觉姚大力有点把持不住自己。他相信他的兄弟能够理解他的话，可是他把姚大力看得过于聪明了。

那一晚，“乔伊娜”三个字整晚都在姚大力脑中盘旋。他已经陷入了社会上的一个黑暗旋涡，这个旋涡对他这种感情受挫的男人有一种独特的吸引力。所以无论到什么年代，这种旋涡都不会从社会上消失。之后的一个星期，姚大力总会时不时地想起乔伊娜，他实在受不了这种煎熬了。此时的他已经无法再承受孤寂，他觉得这一切都拜高耀祖所赐。对于独处的男人来说，女人就像是毒品，一旦尝试便欲罢不能。

周末下班以后，姚大力立刻给乔伊娜发了一条短信，内容是：乔伊娜，还记得我吗？我是姚大力，高耀祖的朋友，今晚无论如何也想见你。

过了一会儿，乔伊娜回了短信：我要半夜下班，能等我吗？

姚大力回道：能。

发完短信，姚大力没有回家。他先去了一趟商业街，逛到所有商店都打了烊，之后又去麦当劳里坐了一个半小时，要了一份套餐。等到麦当劳也闭了店，他打车来到大厦门口。那里正好有一家咖啡厅，他就在里面挑了个靠窗的位置，要了一杯咖啡，边看夜景边等待着。等得无聊时，便从杂志架上随便拣一本杂志来读。那晚他足足等到凌晨两点钟，才等到乔伊娜的电话。

“喂，是大力吗？”

“是我，你下班了吗？”

“下班了，你在哪呢？”

“我就在大厦下面的咖啡厅里。”

“没想到你还真的等到这个时候啊。”乔伊娜似乎觉得很不可思议。

“反正明天休息。”姚大力说。

“好了，先挂了吧，我马上就到。”说完，乔伊娜挂了电话。

姚大力伸展了一下自己的身体，想以一个精神饱满的面貌与乔伊娜见面。不一会儿，身着便装的乔伊娜出现在姚大力面前。她看上去清纯可人，若不是因为脸上的妆还没卸去，大多数人都会以为她至少出自中产阶级家庭，是那种从小在父母的关爱中成长起来的女孩。即使对于了解她工作性质的姚大力来说，她也丝毫不比那些在温室中长大的有教养的女孩差。相反，因为欲望冲昏了他的头脑，他觉得乔伊娜在某些方面更胜于那样的女孩，因为不到二十岁的她在生活上已经完全独立，吃穿全部靠自己的劳动所得。单就这一点来讲，就足以让许多人相形见绌。乔伊娜在姚大力眼里已经没有了缺点。

“嘿，好久不见了。”乔伊娜大方地向姚大力打着招呼。

“也不算很久，不到两个星期。”姚大力口是心非地说，“来一杯咖啡吗?”

“不来了，喝完晚上该睡不着了。”她在姚大力对面坐了下来，“你找我有什么事吗?”

“你上次不是说你一个人住吗？我想让你陪我一天，今晚你别回家了，去我家。”姚大力鼓足了勇气说道。

“你不是开玩笑吧?”乔伊娜瞪大了眼睛，“我还以为你会稍微和他们不一样呢，没想到你比那个高耀祖还厉害，一点前奏也没有，直接就想和我睡觉啊。不好意思，我走了。”

乔伊娜说完立刻站了起来，转身就走。

“等一下。”姚大力追上她，“你先别激动，你误会我了，我想让你陪我，只是想和你聊聊天，没有别的意思。其实，我也并非只想让你陪我一晚。”

“那你还想让我陪你几晚啊?”

“其实，我想让你搬过来和我一起住。”姚大力说，“我也是一个人住。”

“你疯了。”乔伊娜无奈地看着他说。

“是啊，我也觉得我疯了。自从上次见到你之后，这几天心里想的都是你，尤其是晚上寂寞的时候，就会想起那天和你在这里聊天。不瞒你说，我已经失恋过两次，而且都是被别人甩了。本来我已经不打算奢望新的爱情出现了，有时候我甚至觉得自己这辈子就这么完了。但是，那天和你聊天的时候，我的确感到很平静，我能感觉到你在跟我讲心里话。虽然很多人都会认为那是你们的工作技巧，但……”

“你也是这么认为的吗?”乔伊娜打断了他的话。

“不是，我相信那天你是在真诚的和我交谈，所以今天我鼓起勇气来了。也许你还不了解我，我并不是你想的那种人，那天是我第一次去那种地方。我需要你陪我，但我向你保证，我绝不会对你动手动脚。”

姚大力天真地把自己完全暴露给对方，高耀祖那一晚说的一席话完全失去了意义。乔伊娜用疑惑和忧虑的眼神打量着姚大力，依然犹豫不决。

“你还是不相信我，是吧？”姚大力失望地问道。

“我相信你。”乔伊娜此时已经平静了下来，“只是，你怎么会想到让我去你家住呢？”

“因为我本来就是一个人住嘛，自然就想到让你和我一起住。我想反正你是一个人租房子，还不如搬到我家来，这样你每月的房租就能省下来，而且平时在家的伙食和各种费用都可以由我负责，我就是这么想的。还有你不是说你没有男朋友吗？如果可以的话，我可以做你的男朋友。”

乔伊娜低头寻思了片刻，终于同意跟姚大力回家，至于交往的事情，她没有给姚大力答复。

乔伊娜离开了咖啡厅，坐上了姚大力的车。一路上她抱怨姚大力家离市中心太远，要是真的住进来，平时上班至少要提前一个小时出家门。而且，下班回来也是个问题，她不想让姚大力每天晚上接她，所以半夜只能打车，那样花在车费上的开销就太大了。但乔伊娜在心里粗略地算了一下，这样做依然要比一个人租房子便宜。乔伊娜每月的房租高达一千八百块钱，她租的是一座高档小区里的两室一厅。姚大力不理解她一个十九岁的小姑娘为什么要租那么大的房子。乔伊娜说，因为自己经常半夜下班，高档小区安全性高一些。

到了姚大力家，乔伊娜走进客厅，显得很拘谨，站在客厅里像个指挥交通的交警。

“放松点，想干什么就干什么。”姚大力说。

听了姚大力的话，乔伊娜稍微轻松了些，但是她依然不能不想很多事情。遇到姚大力这么个人，对乔伊娜来说并不是什么新鲜的体验。这种男人她见得多了，无非是没有真正被欺骗过，或是陷入了某个感情问题无法解脱，最后自己欺骗自己。很多男人都曾经觉得自己真正喜欢乔伊娜，就像眼前的姚大力一样。等时间久了，那些男人逐渐摆脱了曾经困扰他们的感情折磨，才会理智地发现，他们根本就不可能接受一个风尘女子做自己的老婆。乔伊娜并不憎恨这样的人，但她打心底里觉得这种人很傻，也很窝囊。姚大力还在试图向乔伊娜证明什么，乔伊娜却早已在心里将他看扁了。

“你喝牛奶吗？有助于睡眠。”姚大力问道。

“来一杯吧。”她对他笑了笑。

姚大力独自一人到厨房去热牛奶，把乔伊娜一个人扔在了客厅。乔伊娜却不知什么时候突然出现在他的身后。

“这房子是你自己的？”乔伊娜问。

“我父母的。”姚大力说，“我只是借来住。”

“跟自己父母还能用借这个字吗？”她笑着问。

“不知道，反正我挺在乎这些事的。”

“哪些事？”

“就这些事啊，关于吃父母的和住父母的这些事。我想早点独立，就像你一样，可现在做不到。”

“你羡慕我的生活？”乔伊娜怀疑地问道。

“不是羡慕，是佩服，我佩服你能独立。”

“你真是怪人。”

“奶好了。”

姚大力倒了两杯，一人一杯。

“你放糖吗？”

“不放。”

姚大力将牛奶拿到客厅，放在茶几上，自己也坐了下来。室内的气氛因为牛奶的腾腾热气而变得温馨。

姚大力的牛奶很快就喝光了，乔伊娜的还剩下一半，她像是舍不得喝似的，半天才酌一小口。

那天，姚大力和乔伊娜聊了个通宵。姚大力的这个三居室只有一间卧室有张双人床，而且也没有多余的被子，他只好让乔伊娜睡那张床，自己穿着衣服在客厅的沙发上对付了一宿。

第二天上午九点钟左右，姚大力昏昏沉沉地睁开睡眼，往父母那边打了个电话，骗他们说有同学在这里，如果可以的话就不要过来了。李凤除了提醒姚大力按时吃饭和记得关煤气之外，没说别的。他放下电话，本想去敲乔伊娜睡觉的那间卧室的门，但想了想，决定还是不敲了。

乔伊娜一直睡到中午才从卧室里出来，姚大力认为，既然乔伊娜敢放心地睡在他的家里，说明乔伊娜和他之间已经建立了信任，她并不像高耀祖说的那样。姚大力丝毫没有想到，就在乔伊娜睡觉的时候，她就已经将屋门反锁了。

“睡得还习惯吗？”姚大力问。

“嗯。”乔伊娜点了点头。姚大力看着她，感觉睡梦中或半睡半醒的女孩子都像是小婴孩儿一般可爱。

“牙刷和毛巾在厕所的柜子里，有新的。”

“你怎么把家弄得像宾馆似的，好像专门为客人准备的似的。”乔伊娜笑着说。

“这地方连个大型超市也没有，每次买东西都要去很远的一家超市，所以每次都买很多东西回来。”

“真麻烦。”

“你什么时候上班？”姚大力问。

“我们的工作不那么正规，要是有事的话，提前打声招呼就行。”

“那你今天还去上班吗？”

“不想去了，一会儿给公司打个电话，就说昨天陪了客人一宿就行了。”

“那太好了，一会儿你想吃点什么？我请你。”

“不想去饭店吃，”乔伊娜摇了摇头，“你会做饭吗？”

“你想吃我做的菜？”

“想尝尝。”

“那好吧，这附近有一个农贸市场，等你收拾完了，跟我一起去买菜吧。”

“你自己去吧，我还有点困，想再睡一会儿。”

姚大力很同情她，所以答应了她的要求。他一个人来到农贸市场，买了茄子、黄瓜、香蕉、胡萝卜、丝瓜、苦瓜。因为母亲偶尔会来做饭，所以其他材料家里一应俱全，鸡蛋也多得很。李凤经常叮嘱儿子，要是上班来不及做饭就煮几个鸡蛋吃。

一路上，姚大力的心情格外激动，好像自己一下子就成了一个居家男人。回到家之后，姚大力把买来的东西放到厨房，便叫起乔伊娜的名字。叫了两声，没人回答，他以为乔伊娜已经睡着了。于是他走到卧室门口，打开了门，却发现卧室里只有一张表面凌乱的双人床，却不见乔伊娜的影子。姚大力莫名其妙地走了出来，走到另一间屋子。这时他发现书桌上有一张纸，他拿起来看了看，上面写着：干不干是你的事，但小费是一定要给的。我陪一晚一千五，抽屉里的钱我没有全拿，以后也别再联系我了。

姚大力打开抽屉，发现放在里面的钱果然少了一些。他看着那张纸条，笑了。他倒是没有伤心难过，只是在嘲笑自己愚蠢。高耀祖明明已经把话说得那么明白，他怎么就没有虚心接受呢。直到这时，姚大力终于能理智地看待这件事了。如果是关燕在他家里，他是不会害怕母亲忽然到来的。而他刚才对母亲说了谎，这充分说明了，他不想让母亲知道他跟一个风尘女子待在一起。他无法摆脱世俗的偏见，更不可能跟乔伊娜有什么结果。所以，他非但没有觉得自己吃了亏，相反还感谢乔伊娜没有继续帮助他欺骗自己，也没有给他带来任何伤害。

“你是怎么想的!”这是高耀祖在电话中得知这件事之后的第一个反应。

“我也不知道，我想自己当时是鬼迷心窍了。”姚大力解释说。

“我看你是饥渴难耐吧。”

“才不是，要真是那样，昨天晚上就不会什么事情也没发生了。”

“你是说你花了钱，却什么也没干成?”高耀祖讥讽地笑着，“那你岂不是更傻。”

“你说够了没有，照你这么说，不管我怎么做，都摆脱不了傻子的头衔了。”

“你觉得你做的事情还不够傻吗?”

“是挺傻，所以以后你别再带我去那种地方了，我现在不适合去那种地方。”

“就算你想去，我也不敢带你去了。”高耀祖叹了口气。

事情还没有结束，就在那之后不久，那家高档会所就把乔伊娜开除了。不仅如此，还有两家同样的会所拒绝了乔伊娜的加入。据高耀祖说，那三家会所的老板都跟他关系很好。乔伊娜事后给高耀祖打了电话，想把那一千五百块钱还给姚大力，之前的一切全部一笔勾销。高耀祖没有接受那一千五百块钱，因为高耀祖认为，姚大力拿他的话当耳旁风，那一千五是他应该付出的代价。而乔伊娜敢欺骗他的兄弟，那她就必须付出更惨痛的代价。

## 42

下过两场秋雨，气温下降得很快，又是一个沉闷无聊的周日。

电话响了起来，姚大力拿起来看，发现是个陌生的号码。不知怎么的，姚大力有些对陌生来电感到恐惧，因为最近的事情太多了，只要是陌生来电，准没好事。

“喂，你好。”

“喂，大力。”

“是关燕吗？”姚大力激动地喊道。

“是我。大力，你最近好吗？”关燕的声音有些不对劲。

“我很好啊。你怎么了，声音听起来怎么这么低沉呢？”

“大力，我想见你，我有太多的话想跟你说了。”

“关燕，你现在在哪呢？”

“我们就在老地方见面吧，二中对面的肯德基。”

姚大力挂掉电话，以最快的速度赶到那里。一路上他的心火烧火燎，一直在想关燕究竟怎么了，千万别是不好的事情。

到了那里，姚大力发现关燕没有在里面等他。她站在肯德基门口，穿着一件紫色的职业装，脚上是黑色的船口高跟鞋。微风将黑黝黝的长发吹得翩翩起舞，看起来成熟而庄重。

“关燕。”姚大力跑到她面前，“你怎么了，在电话里的声音那么悲伤，害得我担心死了。”

“大力。”关燕说着打量着他，“工作的人气色就是不一样。”

“你才是呢，”姚大力说，“你这身打扮也太成熟了吧？”

“工作了当然要穿得成熟一点喽。”关燕笑着说。

“不过，话说回来，你穿这衣服真好看。我早说过，这些漂亮衣服只有穿在你身上才能体现价值嘛。”

“你呀，就会哄我开心。”关燕那略带婴儿肥的脸庞立刻笑逐颜开，“还是把这些话留着哄你女朋友吧。”

“我现在可没那个福气。”

“彼此彼此。”

“你别逗了，你存心气我是不是。”

“我说的是真的，”关燕依旧保持着笑容，“我和你那好兄弟分手了。”

“为什么？”姚大力诧异地问。

他真不知这句为什么到底是在问关燕还是在问他自己。为什么他身边的人都分手了，连他最关心的两个人也逃脱不了这种宿命。

“这段时间你们之间到底发生了什么？你们一直不跟我联系，好不容易联系一次，竟然是这种事。”

“别生气，大力，你从来不对我生气的。”关燕心平气和地说，“我也是不知该如何面对你，你以为我不想见你吗？”

“我们进去吃点东西吧。”姚大力平静了心态，“边吃边说。”

“还是去喝咖啡吧，好好聊聊，让我仔细看看这张久违的脸。”

姚大力和关燕来到上岛咖啡。在昏暗灯光的映衬下，关燕的瞳仁变得黑亮而透明，像两颗黑珍珠；她那两片薄薄的嘴唇，如同清晨挂着露珠的叶子，带着一点点湿润的光泽；她的脸还是圆嘟嘟的，像小苹果，让人有一种忍不住想咬一口的冲动。这么可爱的关燕，高耀祖为什么不要了？若不是在来时的路上关燕亲口说自己被甩了，姚大力还真以为是她向高耀祖提出的分手呢。

“大力，我和高耀祖，我们大三的时候并没有在学校的寝室里住，你明白我的意思吗？”关燕问道。

“你是说你们那时候同居了。”

“是啊，同居了。”关燕点了点头，“而且住的还是非常不错的房子呢。你也知道，对于高耀祖来说，别说是租房子，就算是直接买下来，都不用贷款。”

“我知道。”姚大力叹息着说。

“那一年多，我们住在一起，就像恩爱的小夫妻一样。”

关燕说出这句话的时候，露出了幸福的表情，脸颊也变得绯红。但姚大力却高兴不起来，因为他已经提前知道这出戏的结局了。

“我也因此爱上了他，开始喜欢他。和他交往这么多年，我觉得直到和他住在一起的时候才算是真正喜欢上他。”

“我只是不理解，高耀祖当初那么喜欢你，怎么会和你分手。”

“因为家庭。大四那年的春节，我和高耀祖回了一趟霖阳，还去他家拜访了他的父母。矛盾也是从那时候埋下的。”关燕说。

“这到底是怎么回事？”

“那次我去高耀祖家，晚上和他们一家人出去吃饭。高耀祖的家人并不同意我们结婚。”

“高耀祖当时在干什么，没劝劝他家人吗？”

“最可气的就在这。”关燕苦笑着，“高耀祖自始至终也没敢说几句话，他妥协了。”

姚大力能看出这件事对关燕的影响有多大，因为关燕从来都是充满自信的，可是她当时说话的样子却很自卑。

“不可能，我接受不了这个理由。”姚大力右手紧紧地握住拳头。

“大力，当时我也受不了了，所以回去以后，我们便开始频繁吵架。现在想来，其实都是我们自己造成的。干吗要那么早就住在一起呢？我们根本就没有能力来经营一个家。两个人在一起生活需要的是相濡以沫，需要的是相互宽容和理解。可是，经过那件事，我发现我们并不能做到这些。在和他吵架的过程中，我也发现高耀祖永远也不可能为了我而去反抗他的家庭。他从小就依赖父母，花钱大手大脚，他若是跟父母闹翻，就什么都没有了。而且我也不希望高耀祖那样做，那毕竟是他的家人，养了他半辈子了。我更不想因为我而搅得他们家庭不和。”

关燕即使分手了也不愿去恨高耀祖和他的家人，这让姚大力对她产生由衷的敬佩。

“高耀祖什么时候向你提出的分手，你们什么消息都不告诉我，简直当我是陌生人了。”

“对不起嘛，大力。”关燕的语气变得委屈，“我和高耀祖分手都快半年了。其实也谈不上是他提出的，那时候我们都有些受不了压力了，就算他不提，我也会提的。”

“关燕，过去的就让它过去吧，用我们的努力去创造自己想要的人生。”

“对，一切都要重新开始。”关燕笑了起来。

他们坐在咖啡厅里，有时只是默默地看着对方。姚大力将注意力集中在了关燕那双纤细、白皙的手上，心想：如果这双手能够放在他这双粗糙的大手中，自己会是一种什么感觉呢？姚大力生气的原因还有一个，那就是高耀祖轻易放弃的这份爱，恰恰也是他想得到却又不敢奢望的。

从咖啡厅出来后，姚大力和关燕再一次来到北国公园。好像一切既然从这里开始，一切也必须从这里结束，像某种固定的仪式。

“你感觉冷吧？”姚大力问道。

“有点儿。”关燕说。

姚大力脱下自己的风衣，披在关燕身上。

“不行，这样你该感冒了。”关燕说着便要把衣服还给姚大力，但被他拒绝了。

他们继续走了一会儿，所说的也都是一些无关紧要的话题。

“大力，有个问题我一直想问，我想我要是不问这个问题，我会一直猜测下去的。”

“问吧，”姚大力说，“跟我还有什么问题不能问。”

“那我可问了。”

“问吧。”

"我真问了。"

"快问吧，什么时候变得这么婆婆妈妈的了。"

"你以前有没有喜欢过我?"关燕鼓足勇气问道，"哪怕只有一段时间也好，有没有喜欢过?"

姚大力一时说不出话来。他没想到关燕竟然问他这种问题，他一点准备也没有。不过，经历了这么多事，姚大力觉得没有什么话是不能对关燕讲的。

"跟你在一起的时候，我很开心，有时候也想抱你。我想我肯定是喜欢你的。"

"真的呀。"关燕一脸幸福的样子，"其实我也喜欢你，可能从上高中的时候就有点喜欢你了。"

"人生真是奇妙。"关燕看着远处的松树说，"我从高中时开始喜欢你，结果却成了你兄弟的女朋友，而我们之间又总是被某种关系牵绊着。我们暗自喜欢对方那么长时间，直到现在才让彼此知道。"

"是呀，人生很奇妙。"

"还是不说了，真不知道说这些还有什么用。"

"有用。"

这一刻，姚大力突然觉得整个世界都在坍塌，他的思想也定在了某个点上。他感觉自己正在坠落，但是就在这个时候，一个微弱的亮光在他眼前晃来晃去。那是希望，他对自己说，一定要抓住那点希望，否则他宁愿坠落。

"有用。"姚大力重复着这两个字，慢慢向关燕靠近。忽然，他一把抓住关燕的肩膀，将她搂在怀里，那力量之大，几乎把关燕弄疼了。

关燕的眼眶红了，眼里噙满了泪水。她颤抖地说："大力，我真的不敢再去恋爱了。"

有时候，一个人总是将他内心中最真诚的感情隐藏起来。在姚大力抱住关燕的那一刻，他彻底明白了，在这条由时间积累下来的感情路上，究竟哪里才是它的起点。他的脑海中出现一个女孩，那个女孩从黑色轿车里走出来，像一只养在笼子里的小鸟，即使放飞，也没有勇气飞向无限的天空。原来那就是姚大力感情的起点。当高耀祖第一眼便看中这个女孩，并且发誓要追求她的时候，姚大力的心其实就已经碎了。

# 43

“怎么，那件丢脸的事情，你到现在都没有告诉关燕?”

如今高耀祖问起姚大力那件事，依然止不住地嘲笑他。

“唉，别再提了。”姚大力的脸红了起来，“我那时候就是一个白痴。”

“不是我说你，你也就是摊上关燕这么一个好老婆，换上任何一个女人，都能玩死你。”

“我还真就喜欢被玩。”

两兄弟说着又开怀大笑起来，不一会儿，就开到了目的地。他们这次来是为了看一家门市房，准备将它作为耀祖烧烤店二部。这个门市的地址就在沙杨路附近，这是姚大力的决定，他想让耀祖烧烤店在他走过的每一个地方开花结果。

沙杨路是霖阳市为数不多的还没有重新修建的地区。姚大力开车带着高耀祖在附近兜了一圈之后，高耀祖看到附近稀疏的人流，表示出了自己的担忧。

“这里根本不行，你之前是怎么考察的呀，脑袋生锈了吧。”

“你就相信我吧，这条路我走过太多次了，虽然现在还不行，但是这么多年下来，这里的每一点变动，都被我看在眼里。难道你没看到，”姚大力指着不远处的那些高层建筑，“那边两年前还是砖瓦房，你看现在，有的楼都已经开始入住了。我挑的这个门市，虽然周边暂时还是空地，但辐射面积广，而且还是沙杨路的中心地带。我到那片住宅区看过，像样的饭店没有多少，大多都是一些从外面看上去死气沉沉的炒菜馆，就算到了吃饭的时间也门庭冷落。只要按照我设想的装修风格，整个烧烤店通体透明，从外表就能一眼将烧烤店里面看得一清二楚。老百姓选择饭店都是一种心态，只要里面有人吃饭，人们就愿意加入进来，想一想咱们小时候吃羊肉串的情景。”

高耀祖回忆着他和姚大力满街找烤羊肉串的初中时代。的确，当他们同时遇到几家烤羊肉串摊子的时候，他们会选择生意相对红火的一家，因为通常情况下，那肯定是经过顾客验证过的，绝对差不了。

“你做市场营销应该挺不错的。”高耀祖笑着说，“让你给我蛊惑的，我甚至希望烧烤店能够马上开始营业。”

“兄弟，你就放心吧。”姚大力语重心长地说，“我这次是真的真的不会让你失望了。”

“我从来都没对你失望过。”不知为何，高耀祖将脸转向了姚大力看不见的地方，“我为自己有你这样一个好兄弟而感到自豪。”

“我也是。”姚大力从高耀祖身后搂住了他的肩膀。

“我想吃羊肉串。”高耀祖忽然说。

“大白天的，哪里有烤羊肉串让你吃。”姚大力觉得高耀祖的要求有点不可思议。

“谁说在外面吃了，去你的烧烤店里吃。”

“又想白吃白喝。”

“怎么叫白吃白喝，我是股东好不好，我到自己店里吃东西难道还需要交钱?”

“你现在还不是，等你把钱汇过来再说。”

“你瞧你那个小气劲，还怪我对你失望。”

两人你一言我一语地回到车里，朝榆树街开去。

“大力，晚上咱们去接关燕下班，然后一起去酒吧喝酒，你看怎么样。”

姚大力很惊讶高耀祖能提出这个想法，觉得他这样说，说明他的内心已经发生了某种变化。姚大力对高耀祖的这个想法自然没有任何意见，相反他还为他感到高兴，他终于肯跨出那一步了。

晚上，他们三人来到一家环境清幽的酒吧。酒吧里，一位穿着牛仔夹克的歌手弹唱着老鹰乐队的经典歌曲《加州旅馆》。三个中年人没有喝什么烈性酒，而是每人点了一杯比利时啤酒。黑色的啤酒不断有泡沫从杯底向上冒出，为三人营造着温馨氛围。

“咱们三个好长时间没有一起来酒吧了。”工作了一天的关燕看起来有些疲惫，但依旧美丽。

“是啊，以前也经常去酒吧，可是不是少了你，就是少了他，总是凑不齐三个人。”高耀祖说。

“放心吧，这种日子以后会经常有的。”

姚大力之所以那样说，是不想让气氛太沉闷。可是他知道，这种三人在一起的场面，过一次就少一次。且不说高耀祖大部分的事业都在外地，就算是姚大力和关燕，也不可能经常来这种消遣的地方。他们马上要结婚了，结了婚就会要孩子，之后的十几年，可能都会在家庭和工作两方面之间来回奔波、忙碌。

“说说你们的婚礼吧，眼看就要到了，也没见你们为此忙碌啊。”高耀祖喝了一口啤酒。

“我们不打算大办。”姚大力说。

“谁问你了，婚礼对于男人来说，基本是多余的东西，我问的是关燕。”

“这就是我的主意。”关燕笑着说，“现在家里虽然收入还不错，但是钱都投在店里了，暂时还没有完全回本，所以还是应该一切从简。就是个仪式而已，犯不着铺张浪费，也证明不了什么。”

“就是。”姚大力随声附和着说，“我一个哥们儿，那婚礼现场办的，简直是催人泪下啊，连我都哭了。结果怎么样？半年后两人离了。”

“这种事如今很常见。”高耀祖说，“但是我相信你们不会，别忘了我是看着你们成长的。”

姚大力和关燕“咯咯”地笑着，也不管高耀祖说话的时候表情有多么真诚，这让高耀祖窘态百出。

“你们还能不能行。”高耀祖回味起自己的话，也觉得好笑，于是自己也笑了。

“兄弟，你可饶了我吧。”姚大力笑得前仰后合，甚至还用手抹了抹眼泪，“说得好像你是我们家长似的。”

“别笑了，大力，高耀祖也是为我们着想。”关燕止住了笑。

“得，你好好笑吧，我先出去抽根烟。”高耀祖起身，走了出去。

高耀祖来到酒吧门口，一个人注视着马路。时间还不是很晚，马路上的车辆依旧川流不息，八月的夜晚微风习习，吹在脸上非常舒服。就在不久前，姚大力给他打电话问他能不能回来的时候，他还在犹豫不定。那时他一个人住在外地，每天都忙于公司的琐事和业务，渐渐地连活着的意义都找不到了，每天只是看着公司不断进账，身边的财富越来越多。他感叹自己做了正确的决定——最终他选择了回来。

高耀祖为姚大力投资开分店，目的也并不是想分一杯羹。他根本不差那几个钱。姚大力还不知道，高耀祖一年的个人花销基本上就够开一家烧烤店了，所以他不在乎每年能从烧烤店的利润里得到多少分红。但是高耀祖依然给姚大力投资，而且没有拒绝分得一部分股份的建议。那是因为，他想通过这种方式把三个人联系在一起，至少他们三个人还有一个共同的目标。就像当年在霖阳二中读书时一样，三个年轻人努力学习，为的是将来能够更好地在一起。

不知什么时候，关燕不声不响地出现在高耀祖面前，他们相互看了一眼。

“你怎么不回去?”关燕问。

“我抽根烟，在里面怕熏到你。”高耀祖说。“你快回去陪大力吧。”

“是他让我出来看看你的，再说我和他以后在一起的时间多得是。”关燕将胳膊倚在人行道的围栏上，“大力要是有你那份心就好了，家里就不会乌烟瘴气的了。”

“理解他吧，一个男人不容易，有时候需要香烟的麻醉。”高耀祖笑了笑，“否则，难保他又做出什么傻事来。”

“真的是这样。”关燕也笑了，“有时候，感觉大力就像个不懂事的小孩，需要有人照顾，从我们上学的时候开始就是这样。你说他什么时候让人省心过?”

“其实，他只是在某些方面不让人省心，而我们都从他的这种某些方面的不省心中得到了好处。所以，我觉得我自己有些亏欠他。”

关燕并不理解高耀祖的话是什么意思，她也没有追根问底，因为一切都不再那么重要了。不久之后，她就要成为姚大力的妻子。

“关燕，你恨我吗?”高耀祖问。

“不。”关燕丝毫没有犹豫地回答了他。

“你先进去吧，跟大力好好商量一下婚礼的事，让我再一个人待一会儿。”高耀祖说。

关燕满足了他的这个要求，一个人走进了酒吧。高耀祖看着她离开的背影，感慨着，想起了分手前的那些事情。即使好多年过去了，一想到那件事，他都无法原谅自己。

那是他们毕业不久的一天晚上，高耀祖做了平时关燕最喜欢吃的菜，当时他们住在高耀祖自己花钱买的房子里，温馨地过着属于他们的日子。关燕坐到餐桌旁，忽然觉得反胃，于是她直奔厕所，过了五分钟之后才出来。

“吃了什么坏东西了?”高耀祖莫名其妙地问道。

关燕没有说话，只是指了指自己的肚子。高耀祖明白了，关燕怀了孕。当时他有些惊恐，但是理智很快就使他平静了下来，转而变成了兴奋。

“不是吧，我这么年轻就要当爸爸了。”高耀祖自言自语地说。

“到底高兴还是不高兴啊?”关燕从他的语气里听不出来。

“当然高兴了，我一直想做一个年轻的爸爸。”高耀祖双手摸着关燕的脸说。“难道你不高兴吗?”

“我高兴。”关燕觉得高耀祖有点兴奋过头了，“可是，这件事情太大了，而且我们还没有结婚呢。”

“结婚有什么难的，我这就给我爸打电话，让他帮我订饭店。”

高耀祖当时以为他这辈子都会因为这个生活上的变动而幸福下去，却没想到这个决定遭到了家人的阻挠。

高耀祖的父亲、高强钢铁制造集团的老总高建强，在接到高耀祖的电话之后，只是冷冷地说了两个字：打掉。

“为什么呀，爸。”高耀祖不敢相信自己听到的话，“那是我的孩子。”

“什么孩子、孙子的，我吃的盐比你吃的饭都多。你这么年轻，有能力养孩子吗?”

“怎么没能力，我可以工作赚钱啊，再说房子也是现成的。”

“我不给你拿钱，你哪来的房子。对方什么家庭，说结婚就结婚，你把她带来我见见。”

“你管人家什么家庭干吗。”高耀祖吼了起来，“人家是正经家庭，不比谁家差。”

“我告诉你，你要是一意孤行，以后什么事都不要跟家里说，我和你妈也不想知道。”

高建强挂了电话，高耀祖狠狠地把手机摔到了地上。尽管关着门，关燕还是在门外听到了高耀祖的咆哮，并偷偷流下了眼泪。一个孩子，如果在出生之前便得不到家人的祝福，那么他的未来是不会幸福的。

高耀祖带着关燕回到了自己的家，高建强甚至都没有正眼看关燕一眼，高耀祖的母亲也只是在一旁随声附和，不发表任何意见。

“我爸跟我说，要是我们结婚，他就要跟我断绝父子关系。”当他们单独在一起的时候，高耀祖对关燕说。

“那又怎么样，我们通过自己的努力来赚钱，一样会过得幸福。”关燕十分坚定地说。

“你想得太天真了，我们买得起房子吗，买得起车吗?”高耀祖的语气很不冷静，他已经很烦恼了，关燕居然还说出这么不理智的话。

关燕在那一刻明白了，尽管这个男人拥有很强的能力，但是家庭的障碍是这个男人绝对无法跨越的。她觉得他所说的理由都不是理由。房子可以住小的，车可以买便宜的，然而这也都是他接受不了的。经过深思熟虑，关燕在没有通知任何人的情况下，将自己还没出生的孩子送上了天堂。

# 44

关燕身着洁白的婚纱踩在红地毯上的那一刻，姚大力实现了人生的一个伟大心愿。那天，她成了名副其实的公主。现场的所有人都在她的纯洁、美丽、善良面前黯然失色。在那一刻，姚大力忘记了曾经接触过的所有其他女性，也不再有任何生活上的埋怨。这才是他眼中的关燕，她的一颦一笑都能净化他的心灵。

霖阳国际机场的候机大厅，人流一如既往地繁杂。

姚大力和关燕站在大厅中央，准备将眼前这位给他们的幸福生活锦上添花的老朋友送上飞机。

“兄弟，这次回去以后打算什么时候再回来?”

“很快，回去之后我就给你汇款，烧烤店的进展情况要随时告诉我，毕竟我是大股东。”

“放心，我会的。”

“那好，我没什么事了。”高耀祖看了看姚大力，又看了看关燕，“你们一定要幸福。”

“放心吧。”关燕说。

高耀祖朝着安检通道走去，他轻装素裹，样子依旧是那样潇洒。

“老公，”关燕挽着姚大力的胳膊，“其实高耀祖挺可怜的，连个女朋友也没有。”

姚大力轻松地笑着说：“高耀祖是从来也不会缺少女朋友的，他这样反倒好。我们还是祝福他早日找到真正疼他、爱他的女人吧。”

“我很感谢他，也会祝福他。”

“我也是。”

直到即将消失的那一刻，高耀祖还回头招了招手，像以往那样，将他那自信的笑容留给了姚大力和关燕。姚大力心想，他一定是想让他们记住这笑容。

那一年，霖阳下了一场五十年未遇的暴雪。当天全城交通瘫痪，所有机动车全部停在马路上，人们纷纷弃车而行，包括姚大力在内。让他感到欣慰的是，关燕那天正好在家。风卷狂沙般的暴雪打在他的脸上，感觉就像砂纸蹭在脸上一样。关燕待在家里十分担心，电话一个接一个地打来。姚大力一再告诉她不要担心，此时的马路是最安全的，即使闭着眼睛走也不用担心被车撞死，她这才放心。

走到家后，关燕帮他拍掉身上的积雪，让他感到了家的温暖。

“老公，我担心死你了。”关燕边拍边说。

“就是一场雪，能有什么事。”

“我看外面的汽车都停在那里了，太可怕了。”

“从这场雪我们就能看出，人类想同大自然对抗，还是有些力不从心。平时让我们自豪和骄傲的汽车，如今是那么不堪一击。”姚大力感叹着。

“好啦，你就别说那些大道理了，安全回来就好。”关燕说。

“给没给你爸妈打电话?”

“打了，他们在家呢。你呢?”

“刚才在回来的路上打了，老两口正好在街上。”说完他哈哈大笑。

“你还笑，”关燕看我他，自己也觉得好笑，“一会儿再打个电话问一下情况吧。”

“好的。”

第二天，姚大力拉开窗帘，外面的雪竟然有一人高，偌大的霖阳城变成了真正的雪国。大部分人在那一天都不用上班，除了一些特殊工种之外。

姚大力执意要关燕陪他去北国公园。

“这么大的雪，我不出去。”关燕躲在被窝里不情愿地说。

“你到窗户那里看看，这场雪太壮观了，可能一辈子也就遇到一次。你没意识到自己有多幸运吗？不出去你会后悔的。”

“后悔也不出去。”关燕看了一眼闹钟，“现在才七点多啊。”

姚大力依旧无休止地催促关燕起床，因为他知道，若不在早上出去，就不能见到完整的雪景了，勤劳的环卫部门一定会清雪的。最终，在姚大力的软磨硬泡之下，关燕终于动心了。可是，当她走出去后便又后悔了。关燕抱怨北国公园太远，徒步到那里简直是一项不可能完成的任务。

“你先自己走，走累了我背你。”

“老公，你不是疯了吧?”关燕大声说，“大冷天的你去那里干吗?”

“你就相信我吧，你绝对不会后悔的。”

关燕拗不过姚大力，只好依了他。姚大力拉着关燕的手，一步一个脚印地朝北国公园前进。关燕走累了，他便真的背她走，走一会儿再把她放下来，途中两人还摔了一跤。外面很冷，但姚大力早已满头大汗。他们就这样一直走着。虽然关燕有时会皱皱眉头，但脸上始终挂着笑容。

两个小时之后，他们终于看到了北国公园的西门，大门的栏杆都已被积雪掩埋了。姚大力小心翼翼地走在前面，让关燕紧紧跟着他。他摸到了栏杆，自己先跨了过去，紧接着又把关燕抱了过去。

北国公园空无一人，所有的松树都好像矮了一大截。姚大力在前面开道，关燕在他身后，不声不响地跟着。

“老公，你是对的。”关燕说，“我觉得很幸福，虽然累，但好开心。”

“怎么样，没骗你吧，这是只属于我们的游乐场。”

关燕并没有听姚大力说话，不知道什么时候，关燕已经握了一个雪球在手里。姚大力还在那里陶醉着，一个雪球忽然打中了他的脑袋。

“哎呀，你想玩打雪仗，你不知道我的实力吗?”姚大力说着就开始反击。

他觉得打雪仗不过瘾，干脆顶着飞过来的雪球，朝关燕跑去，把她扑倒在雪地里。他们在雪地里打滚，眉飞色舞，开心得像两个孩子。